克瑞希達・科威爾
Cressida Cowell

「想讓孩子變聰明，就讀童話故事給他們聽。想讓孩子變得更聰明，就讀更多童話故事給他們聽。」

——阿爾伯特・愛因斯坦

這本書獻給我兒子札尼（Xanny），他和我們的小英雄札爾一樣，名字是「X」開頭（但其實不是）。

這個故事有兩個小英雄。

男孩——札爾——來自巫師部族，

但他沒有魔法。為了得到魔法，

他**什麼都**願意做。

女孩——希望——

來自戰士部族，

卻擁有違禁魔法物品。

為了隱藏她的魔法物品，

她什麼都願意做。

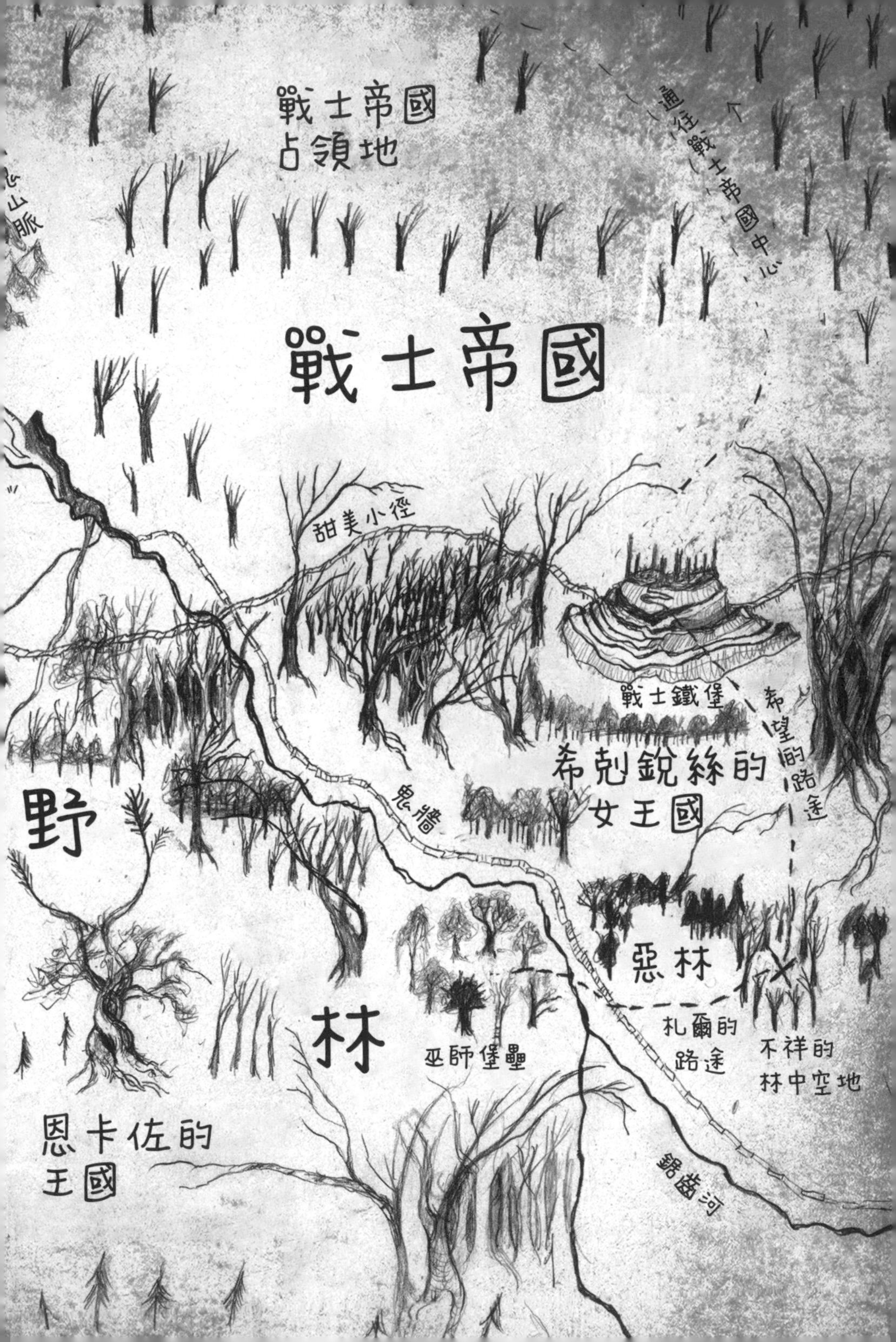
戰士帝國
占領地
通往戰士帝國中心
山脈
戰士帝國
甜美小徑
戰士鐵堡
希望的路途
希克銳絲的
女王國
鬼牆
野
惡林
林
巫師堡壘
札爾的
路途
不祥的
林中空地
恩卡佐的
王國
鋸齒河

通往巨人最後的堡壘的海路
海路
巨人的足印
北
東
南
西
不朽之崖
巨人國
巫妖山脈
怪鼻領土
（沼澤地）
土人堡
甜美小徑
土人出沒
師
巫
永恆之林
甜美小徑

希剋銳絲女王的地牢入口
希望住的屋子

希剋銳絲女王的戰士鐵堡

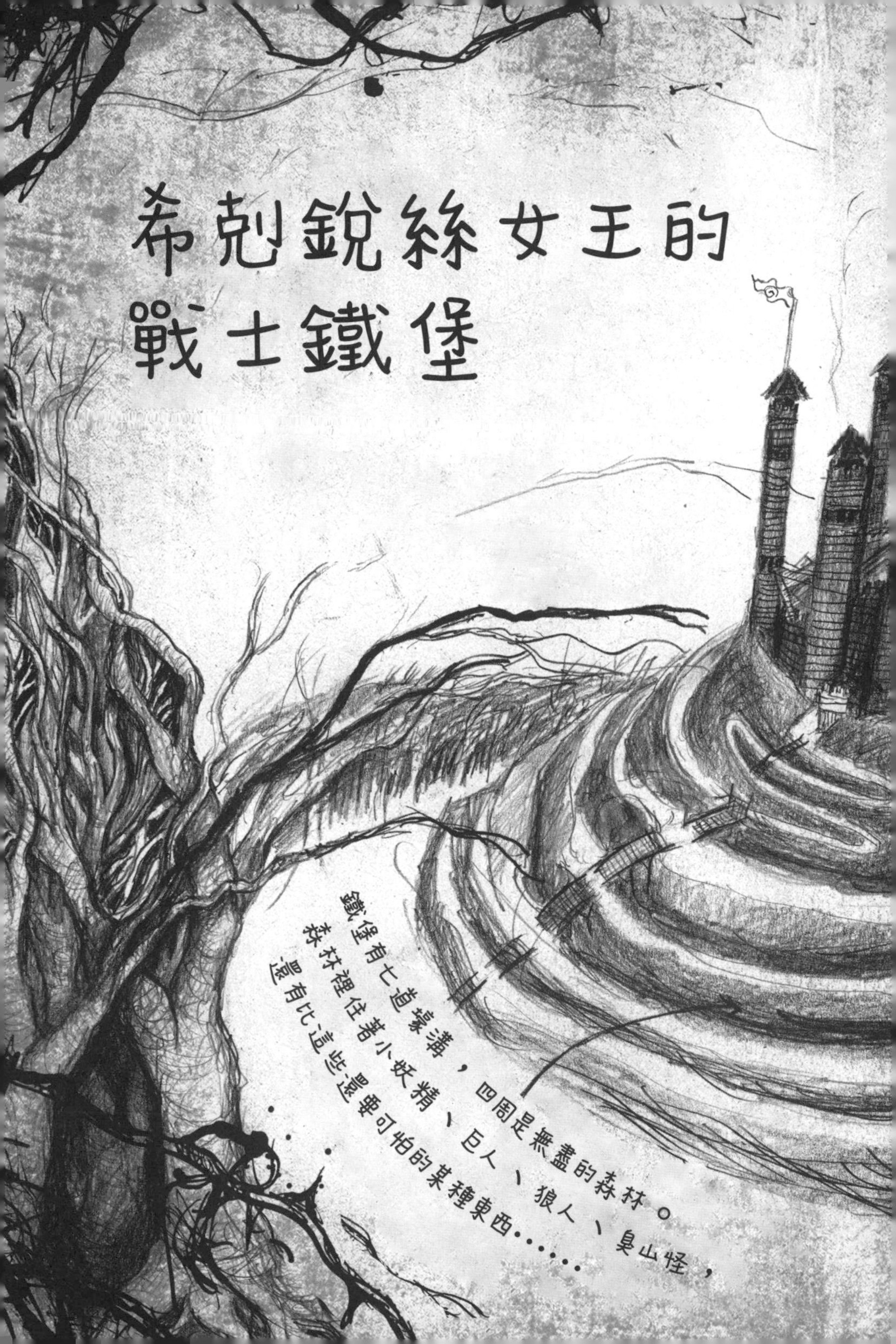
鐵堡有七道壕溝，四周是無盡的森林。
森林裡住著小妖精、巨人、狼人、臭山怪，
還有比這些還要可怕的某種東西……

從前從前，
世上存在
魔法……

楔子

從前從前，世上存在魔法。

那是很久很久以前的事了，在那個久遠的時代，不列顛群島還不知道它們是不列顛群島，魔法出沒在島上幽暗的森林裡。

你是不是以為你知道幽暗的森林長什麼模樣？

我現在就告訴你，你根本不知道。這些森林黑得超乎想像，比墨跡還黑，比午夜還黑，比宇宙還黑，而且和巫妖的心臟一樣扭曲、一樣糾結……那就是我們現在說的野林。野林占地廣闊，往四面八方延伸到大海。

野林裡住了很多不同的人。

有擁有魔法的巫師。

也有沒有魔法的戰士。

巫師從很久以前就居住在野林中，那之前的時代已經無人記得。巫師打算和其他魔法生物一起永遠住在野林裡……

……直到戰士來到了島上。來自海洋彼方的戰士入侵野林，他們雖然沒有魔法，卻帶來一種全新的武器：「鐵」。

鐵是唯一不受魔法影響的物質。

戰士有「鐵」劍，還有「鐵」盾牌，還有「鐵」盔甲，面對這種金屬，就連巫妖恐怖的魔法也無濟於事。

戰士先向巫妖發起戰爭，在漫長、駭人的戰役中，將巫妖逼上了絕路。

沒有人為巫妖哀悼，因為巫妖用的是壞魔法——那是最糟糕的魔法，能扯掉雲雀的翅膀、會為了好玩而殺戮，甚至能毀了整個世界與世上所有的人。

這裡是鐵戰士帝國，

帝國領土內

禁止一切魔法。

禁止小妖精，禁止巨人，

禁止野山怪，

禁止雪貓，禁止狼人，

禁止綠牙水妖

（或其他魔法生物）。

禁止飛行，

禁止魔法物品，

禁止法術、詛咒或符咒，

禁止所有魔法。

任何擅入帝國領土的巫師，

很抱歉，你們將被砍頭。

欽命，

希剋銳絲女王

鐵戰士女王

但滅了巫妖之後，戰士沒有停止打仗。

他們以為巫妖的魔法很壞，就代表所有魔法都很壞。

於是——戰士想辦法除掉巫師、山怪與狼人，還有在黑暗中像小星星那樣亂哄哄地閃耀，互相施咒和惡作劇的好小妖精和壞小妖精，以及那些比長毛象還大，卻比嬰兒還溫和、每次都小心翼翼地在樹叢間緩慢行動的巨人。

戰士部族發誓，在他們消滅黑暗森林中**所有的魔法**之前，他們不會停歇。

他們用鐵斧頭快速砍伐樹林，建造他們的堡壘、農田與全新的現代世界。

這是一個巫師男孩和一個戰士女孩的故事，他們從一出生便學會憎恨對方，把對方視若毒物。

這個故事，從一根**巨大的黑色羽毛**開始。

巫師和戰士會不會忙著互相爭鬥，沒注意到古老的邪惡生物又回來了？

這根羽毛，該不會真的是巫妖羽毛吧？

這該不會
真的是
巫妖羽毛吧？
巫妖羽毛

我是這個故事裡的
某個角色……
我能看見一切、知悉一切，
但我不會跟你說我是誰。
你可以自己猜猜看。故事從
這裡開始。
（別走丟了，
這片森林很危險的。）

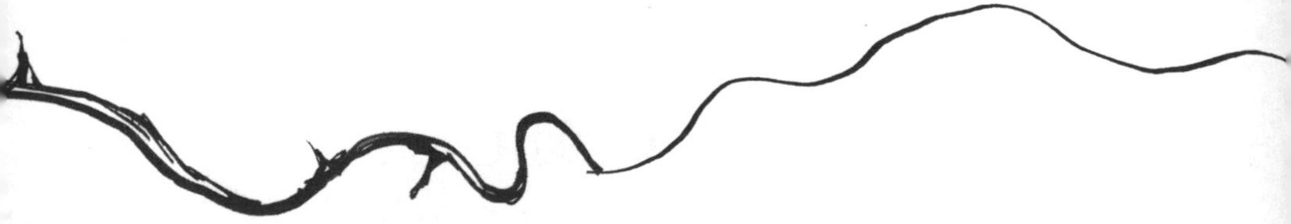

PART
One
Disobedience
第一部　違逆

第一章　捕巫妖的陷阱

那是個相對暖和的十一月夜晚，根據以前的故事，巫妖不會在這麼溫暖的夜晚出沒。當然，理論上巫妖早就滅絕了，但札爾聽說他們聞起來很臭，他覺得現在在這片黑暗又寂靜的森林裡，他能嗅到一股微弱卻又非常明顯的惡臭。這味道聞起來像燃燒的毛髮混合死掉許久的老鼠，再加上蛇毒的後勁，你只要聞過一次就永遠忘不了。

札爾是來自巫師部族的狂野人類男孩，他乘著巨大雪貓走在森林一個非常黑暗、非常複雜、植株糾纏不清的區域，這裡名叫惡林。

卡利伯——札爾會說話的渡鴉。

他不該來到這個地方，因為惡林是戰士的領土，如果札爾被戰士抓到，那……他可能會像大家說的那樣，被抓去殺掉，人頭落地！這就是戰士的習俗，是不是很棒啊？

可是札爾看起來一點也不擔心。

他是個歡樂的男孩，有一頭直直豎起來的頭髮，彷彿不小心遇上了看不見的垂直颶風。

他騎的雪貓名叫貓王，是隻樣貌高貴的巨型山貓。和厚顏無恥的主人相比，貓王實在太莊重了，他閃亮的腳爪圓得不可思議，軟毛深得宛如粉狀碎雪，毛皮濃豔的銀灰色澤接近藍色。雪貓在森林中疾行，腳步十分輕巧，一雙頂端長著黑毛的耳朵左右旋轉。他現在怕得要命，但自尊心不允許他表現出心裡的恐懼。

那天早上，札爾的父親——魔法大師恩卡佐，巫師之王——才警告所有巫師，誰也不准踏進惡林半步。

一驚恐的雪貓在完全安全的空地左顧右盼

札爾沒有要做壞事的意思，可是他這個人做事就是不經大腦，常常惹麻煩。他可是巫師王國四代以來最不聽話的孩子。

舉例來說，過去一週，札爾趁兩個最受人尊敬的巫師長老在宴會上睡覺時，把他們的鬍子綁在一起。他把愛情魔藥倒進豬的飼料槽，讓豬全都瘋狂地愛上札爾最不喜歡的老師，整天跟在老師身後興奮地尖叫，還發出親嘴的聲音。

札爾還不小心燒了巫師營地西側的樹木。

其實札爾不完全是故意的，他只是一時昏了頭而已。

然而，這些壞事都比不上札爾現在做的這件事。

一隻又大又黑的渡鴉，飛在札爾的頭上。

「札爾，這個主意糟透了。」渡鴉說。這隻會說話的渡鴉叫卡利伯，他原本長得很漂亮，但由於他的工作是阻止札爾惹麻煩，這不可能的任務害他

憂心得不得了，一直掉羽毛。「你帶你的動物和小妖精和小巫師來這麼危險的地方，對他們來說不公平……」

札爾是巫師之王的兒子，又是個很有個人魅力的男孩，追隨者自然不少。五匹狼、三隻雪貓、一隻熊、八隻小妖精、一個名叫粉碎者的高大巨人，還有一小群巫師孩子，全都像被催眠一樣跟在札爾身後。他們怕得簌簌發抖，但很努力假裝自己不害怕。

「唉呀，卡利伯，你太想不開了。」札爾邊說邊拉著貓王停下腳步，然後從雪貓背上跳下來。「你看看這塊又漂亮又可愛的小空地……你看……它『完全』安全，而且長得就跟森林其他地方沒兩樣。」

札爾滿意地左看看右看看，彷彿來到了一座漂亮的林間谷地，到處都是歡快的小兔子和小鹿……而不是一片陰冷的空地，四周的紫杉像在威脅他們似地向中間靠，槲寄生如淚水般從上方垂落。

其他的小巫師紛紛拔劍，三隻雪貓喉頭低鳴，因懼怕而豎起來的毛

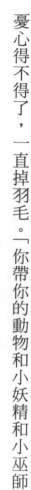

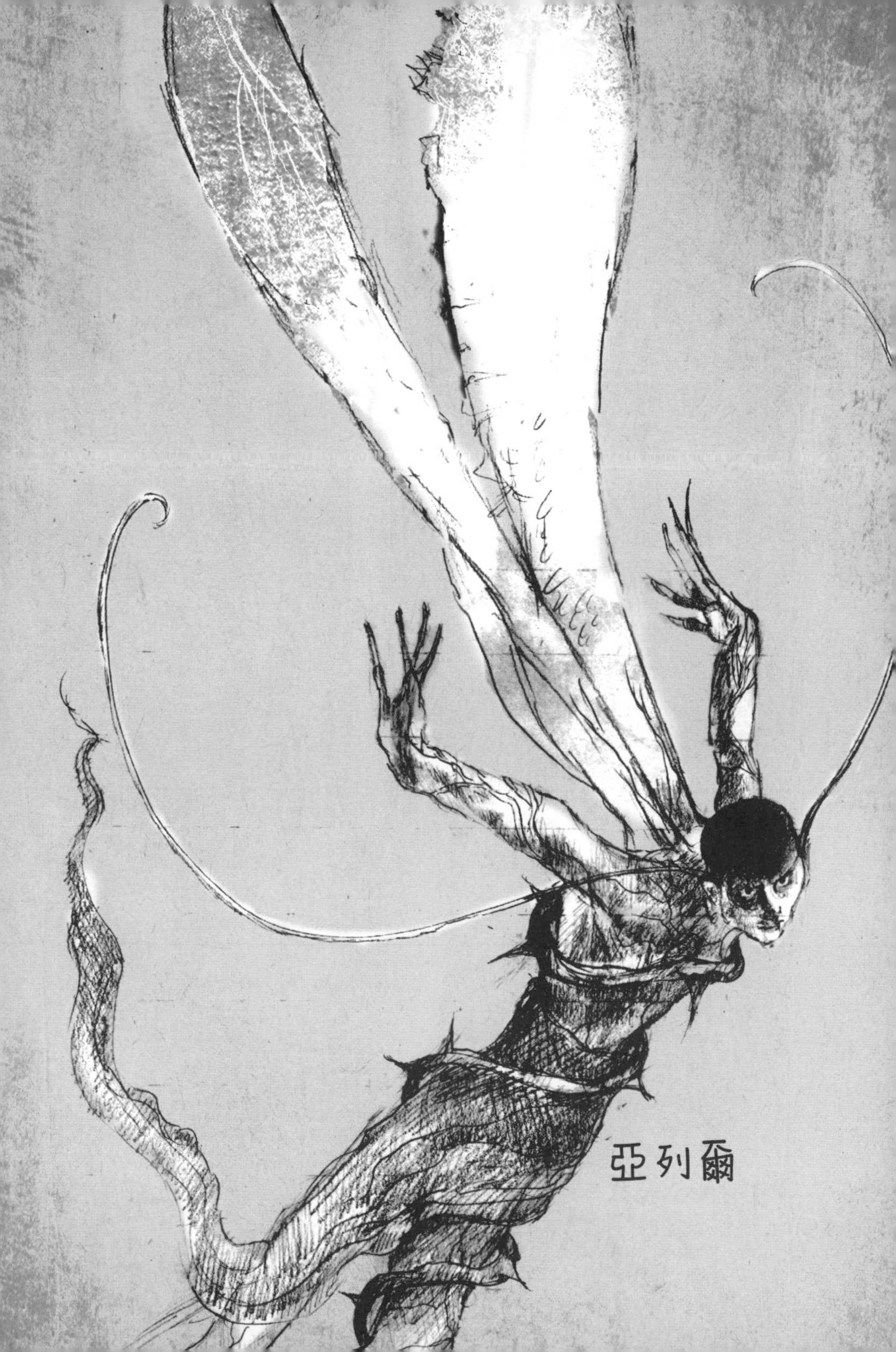
亞列爾

讓他們看起來像毛茸茸的毛球。狼不安地來回走動，試著圍成一圈保護他們的人類。

只有年紀比較小的小妖精和札爾一樣興奮，那是因為他們還太小，不懂得害怕。

不知道你有沒有看過小妖精，我幫你介紹一下好了。

這裡有五隻比較大的小妖精，長得有點像人類，也有點像凶猛、優雅的昆蟲。當他們感覺煩躁或無聊時（他們很常感到無聊），小妖精會像星星一樣閃爍，耳朵還會飄出紫色煙霧。他們的身體很透明，你還能看到他們的心臟在體內跳動。

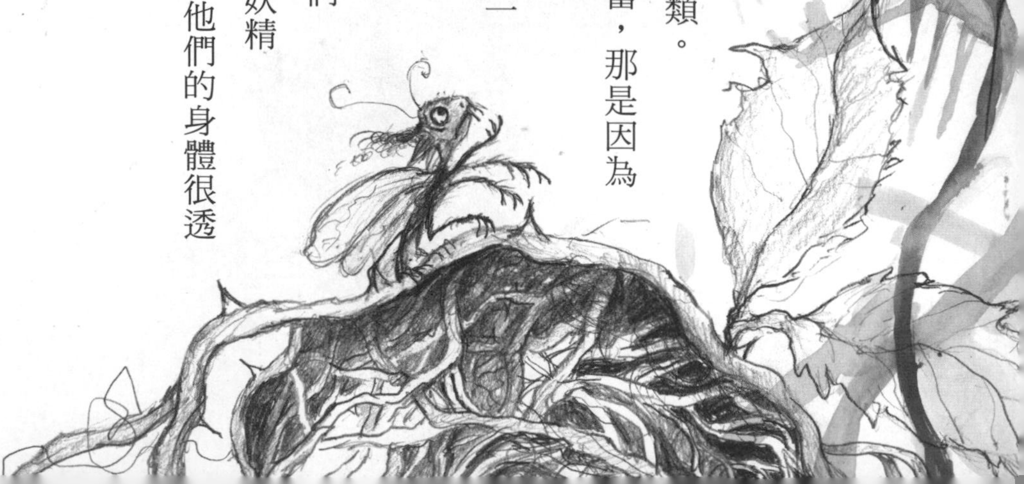

除了這些之外，還有三隻年幼的小小妖精，我們把這些還沒長大的小妖精稱為「毛妖精」。札爾最喜歡一隻叫吱吱啾的毛妖精，他是個過度興奮又有點傻的小傢伙。

「喔喔好漂亮！好漂亮！」吱吱啾尖喊。「這是窩看過最超級無敵漂亮的空地！這朵好玩有趣的花是什麼？窩猜猜看！是毛茛花！是雛菊！是天豬葵！是花椰菜！」

他飛到一棵特別陰沉、特別不祥的樹上，停在一朵有恐怖尖刺的多肉花朵邊緣——這種花叫作「小妖籠」，專門吃小妖精。吱吱啾身邊那朵花像捕鼠器一樣迅速闔上，可憐的小吱吱啾被困在裡面了。

卡利伯停在札爾的肩膀上，沉重地嘆息。

「我也不想這麼說，但我早就跟你說了。」卡利伯說。「我們來到惡林裡這塊『完全安全』的小空地，才過一分半鐘你就失去了一個追隨者。可憐的吱吱啾，就這樣被肉食花吃掉了。」

「亂講話。」札爾和善地責罵。「我才沒有失去他。一個領袖最重要的責任是，當我的追隨者遇上麻煩，我要去救他們。這就是領袖該做的事。」

札爾爬上那棵樹，在兩百英尺高的地方攀著幾根不斷吱嘎作響的樹枝，左搖右晃。他取出匕首，撬開小妖籠，及時放出氣喘吁吁的小吱吱啾。

「窩沒事！」吱吱啾尖喊。「『窩沒事！』窩的左腳沒感覺不過窩沒事！」

「吱吱啾，別擔心！那只是小妖籠的消化液害的——過幾個小時你的腳就有感覺了！」札爾邊從樹上爬下來邊大喊。「你看，我這個

劫客與札爾

領袖**超棒**的！只要跟著我，你們就不會有事。」

其他小巫師一臉若有所思。

就在這時，札爾的哥哥劫客騎著大灰狼，從他們背後的暗處走出來，身後跟了比札爾更多的追隨者——有小妖精、動物，還有年輕巫師。

札爾全身一僵，因為他最討厭哥哥劫客了。

劫客比札爾高壯許多，幾乎和他們父親一樣高。他不僅魔法高明，還長得很帥、頭腦聰明，而且我的天啊，他可是你能想像最驕傲最自大的巫師。劫客喜歡打札爾的小報告，故意害札爾被罵。

「劫客，你來這邊做什麼？」札爾狐疑地大聲問。

「喔，我只是一直跟在你背後，來看看我家寶貝弟弟這回又幹了什麼沒意義的蠢事。」劫客懶洋洋地說。

「像我這樣的偉大領袖才不會做『沒意義』的事呢！」札爾氣呼呼地說。

「我們來這裡是有『原因』的。雖然這件事跟你沒關係，我還是告訴你好

慘了，慘了，慘了……

了……」

札爾考慮編一個天花亂墜的故事來騙劫客——可是他忍不住想炫耀。

「……我們打算來抓一隻『巫妖』。」札爾驕傲地吹噓。

喔喔喔喔喔天啊天啊天啊天啊。

這是札爾第一次在追隨者面前說出探險的目的，這則驚天動地的消息非常不受歡迎。

抓「巫妖」！

熊、雪貓和狼停下所有動作，顫抖了起來，就連小妖精中最狂野、最無畏的亞列爾也瞬間竄上高空，消失無蹤。

「我知道惡林這個區域現在有巫妖出沒，我就是知道。」札爾興高采烈地悄聲說，彷彿巫妖是他送給大家的驚喜。

眾人沉默許久，劫客和他的巫師追隨者開始哈哈大笑。

他們一直笑一直笑　直笑。

「唉，真是的，札爾。」劫客終於喘過氣來的時候，對弟弟說道。「就算是『你』也該知道，巫妖好幾百年前就絕種了。」

「是沒錯。」札爾說。「可是，如果有些巫妖沒有死，這幾百年一直躲在什麼地方呢？你看！這是我昨天在這塊空地找到的東西！」

他小心翼翼地從帆布背包拿出一根巨無霸黑色羽毛。

它像是烏鴉的羽毛，可是比烏鴉的羽毛大非常非常多，底部是輕柔的黑色，最尖端則是閃亮的深綠色，就像綠頭鴨的頭。

「這是巫妖羽毛……」札爾小聲說。

劫客露出再傲慢不過的笑容。

「這不過是大鳥的羽毛，有什麼了不起的。」劫客譏嘲道。「一定是很大的烏鴉——惡

我們打算來抓一隻巫妖。

林裡住了各種奇怪的動物嘛。」

札爾皺起眉頭，把羽毛掛在皮帶上。

「我才沒看過這麼大隻的鳥。」他不高興地說。

「你別胡說八道了。」劫客笑著說。「巫妖很久以前就絕種了，永遠消失了，只有你這種無腦的笨蛋才不曉得。」

卡利伯飛下來，停在貓王頭上。

「『永遠』這兩個字，可是很久很久的。」渡鴉說。

「我就說吧！」札爾得意洋洋地說。「卡利伯是預言之鳥，能看見未來還有過去，他可不覺得巫妖永遠消失了！」

「我只知道，如果巫妖因為某種原因沒有滅絕，你絕對不會想在這種陰暗的地方碰上他們。」卡利伯顫抖著說。「札爾，你抓巫妖要做什麼？」

「我要抓到巫妖，」札爾說。「然後把他的魔法拿來自己用。」

所有人驚恐地沉默片刻。

最終，劫客說話了：「弟弟，這是我聽過最爛的計畫，在計畫史上最爛最爛的計畫。」

「你只是因為是我先想到這個點子，所以很嫉妒。」札爾說。

「我有幾個問題。」劫客說。「你打算怎麼抓巫妖？」

「我就是為了抓巫妖才帶網子來。」札爾邊說邊從帆布背包取出一張網子，舉起來給大家看。你再怎麼樣也不能說他沒有**熱忱**。「我們其中一個人會自願受一丁點小傷，巫妖會被血吸引過來……」

「好棒喔。」劫客說。「所以你還要故意害你可憐兮兮的追隨者受傷？你知道這片森林裡到處是瘋狂的狼人，還有會跟著血的味道找獵物的臭山怪吧？拜託，你真的瘋了……這個計畫就跟你一樣沒用……」

札爾不理他。「——然後我會等巫妖來攻擊我們的時候，用網子纏住他。好了，下一個問題。」

「好，那第二題。」劫客說。「沒有一個活人看過巫妖，你怎麼知道巫妖長什麼樣子？」

札爾打開帆布背包，取出一本和地圖集一樣大的書，書名是《法術全書》。每一個巫師剛出生就會拿到一本《法術全書》，札爾這本看上去狀況很糟，有一角完全隱形（之前不小心掉進隱形魔藥裡），封面焦黑到幾乎看不出書名寫什麼（那是札爾燒了巫師營地時燒焦的），還有好幾頁從書裡掉出來，掉得滿地都是（這本書遭遇的災難實在太多了，說也說不完）。

札爾翻開《法術全書》的目錄頁，紙上用巨大的金字寫了二十六個字母。札爾一一輕觸字母，拼出「巫妖」，書本就在嗡嗡聲響中自動翻頁。《法術全書》翻了很久很久很久，書頁像無窮無盡的撲克牌堆不停地翻，翻頁以後，前面的章節就會消失不見。最後，書本在正確的頁面停下來。

「怪了……書上沒有說他們長什麼樣子……不過他們應該是綠色的……應該吧……」札爾說。

書上寫說，有個人認為巫妖可以隱身，而且他們的血是酸液。還有另一個人說，巫妖會用眼睛把酸血噴出來。

「我相信等我們親眼看到巫妖，一定認得出來。」札爾邊說邊不耐煩地蓋上《法術全書》。「他們都長得很可怕，對吧？」

「可怕得不可思議。」卡利伯嚴肅地說。「他們是全世界有史以來最恐怖的生物……」

「那就算你真的抓到巫妖，你打算怎麼說服他把魔法讓給你？」劫客發問。「這些隱形的綠色巫妖可以噴酸血，是有史以來最恐怖的生物，不可能因為你說一聲『拜託』就把魔法白白送給你吧……」

「**沒錯**。」札爾狡猾地附和。「這我也想過了。」

他動作華麗地戴上手套，伸手從帆布包拿出……一口小小的長柄平底鍋。

大家又沉默了。

「你知道那是『平底鍋』吧？」劫客說。

「這可不是普通的平底鍋。」札爾得意地說。

鐵！

他深深吸一口氣，說出駭人聽聞的真相。

「這個平底鍋是『鐵』做的……」

大部分的巫師都驚恐地倒退一步，小妖精嚇得高聲尖叫，只有劫客無動於衷。

劫客甚至誇張地笑了起來，札爾還以為哥哥會笑到整個人癱倒在地上。

「太好笑了……你打算用『平底鍋』打巫妖！」劫客譏諷道。「札爾，你才不是什麼『偉大的領袖』，你分明就是個失敗的騙子，害父親丟臉丟到家了。而且我知道你為什麼急著要偷巫妖的魔法——今晚是冬季慶典，慶典上有法術大賽，可是**你**不會施魔法……**札爾不會施魔法**……」劫客不停冷嘲熱諷。

鐵！這個平底鍋是鐵做的。

札爾羞得漲紅了臉，又氣得面無血色。

他確實不會施魔法，這是他不可告人的祕密。巫師之子不是一出生就有魔法，魔法會在他們大約十二歲時降臨——札爾都**十三歲**了，到現在還沒有魔法。

札爾試過了，他花了不知道幾個小時努力施法，還試過用意念移動物品這種超級簡單的法術，但這就像使勁動他身上所沒有的肌肉一樣，根本就沒用。「別著急。」大家都告訴他。「別急，你放輕鬆就做得到了。」但這就像試圖用不存在的手去移動物品，他就是做不到。

他最近開始擔心一件事……要是魔法**永遠**不降臨怎麼辦？這樣的災難不太可能發生，但如果魔法大師的兒子**使不出魔法**，那札爾不就成了整個家族的恥辱？

光是想到這裡，札爾就覺得有點不舒服。

札爾……冷靜點，克制自己……別激動。

可是另一方面來說……

「可憐的小札爾……」劫客殘忍地用娃娃音笑他。「你以為自己長大了，結果到現在連一丁點魔法也沒有……」

「我的魔法**一定會**降臨。」札爾嘶聲說。「不過在它降臨之前，我發誓——」他惡狠狠地說，氣得瞇成縫隙的眼睛幾乎什麼都看不到。「——我**發誓**我會抓到巫妖，把他身

上的魔法都搾出來。劫客你等著瞧，我會用巫妖的魔法把你炸到**灰飛煙滅**……」

「是嗎？」劫客笑嘻嘻地從自己的帆布包抽出一根法杖。巫師的法杖和拐杖差不多大，他們都透過法杖集中魔力。

「我身上有『鐵』，你的法術對我沒效！」札爾邊吼邊衝上前，想用平底鍋砸劫客。

札爾說得一點也沒錯，可惜他往前衝的時候，被地上糾纏在一起的灌木絆了一跤，平底鍋從他戴著手套的手中飛出去，飛過劫客頭頂後消失在矮樹叢中。

劫客用法杖指著札爾，低聲唸一句咒語。劫客的身體微微顫抖，他身上的魔法透過手臂進入法杖，法杖再將它集中成一束又快又狠的魔力，從法杖尖端射出去打中札爾雙腿。

衝刺到一半的札爾停下腳步，兩隻腳被劫客的魔咒黏在地上。

「**哈！哈！哈！哈！哈！**」劫客的追隨者哄然大笑。

「**給我消除法術！**」札爾大喊。他掙扎著挪動雙腳，但兩隻腳彷彿變成了鉛塊。

「怎麼辦，我不太想消除法術耶……」劫客笑吟吟地說。

札爾火大了。

他打了個響指。

喵嗚嗚嗚嗚嗚！

大家還來不及思考，甚至來不及眨眼，貓王就張著血盆大口朝劫客撲過去，簡直是重達六十石的灰綠色殺人機器。劫客被貓王按在樹幹

上，嚇得縱聲尖叫。他只能看著那張噩夢般的大臉湊到自己面前幾吋的位置，似乎還能感覺到四把菜刀刺入肩膀，肩膀開始流血。

劫客自己的小妖精和動物同伴都來不及保護他，或做任何反應。

「我只要再打一次響指，」札爾狠狠地說。「貓王就會把你的頭扯下來。」

「作弊！」劫客氣喘吁吁地說。「你作弊！怎麼可以叫動物攻擊你的巫師同胞！」

「**給我消除法術！**」札爾大吼。

劫客也和札爾一樣火大了，可是他現在又能怎麼樣呢？

他用法杖指著札爾，消去了法術，讓札爾移動雙腳。札爾打手勢叫貓王放開劫客。「你瘋了……你這個瘋子……」劫客怒不可遏。貓王放開他之後，劫客不可置信地看著肩膀上四個整齊的傷口流出鮮血。「你的雪貓竟然咬我……

祝你順利抓到巫妖啊，魯蛇……

你要是有膽參加法術大賽，我一定會滅了你……」

劫客轉向札爾的追隨者。「你們想和這個白痴瘋子待在一起，用爛到爆的陷阱抓巫妖，還是跟『我』走？」他喊道。

札爾的追隨者一個個從他身邊退開，小聲說：「札爾對不起，你這次的想法真的太瘋狂了。」還有：「假如巫妖沒有滅絕，我們就不應該來這裡……札爾，他們是壞魔法生物……」他們走向劫客，陸續騎上劫客那邊的狼或雪貓。

「你看吧。」劫客得意洋洋地說。「就算是偉大的領袖也要有人給他領導，可是沒有人想追隨一個不會施魔法的瘋子。祝你順利抓到『巫妖』啊，魯蛇。」

說完，劫客騎著狼，領著幾乎所有的巫師孩子走了。

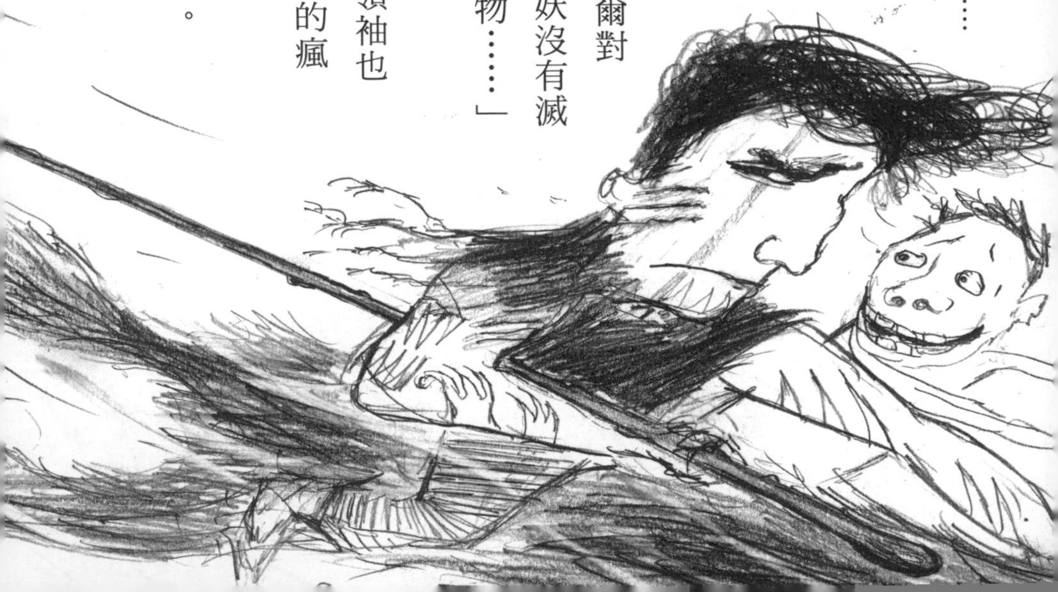

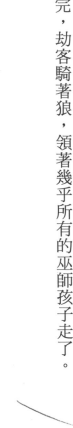

「一群膽小鬼！」札爾大叫，整個人氣到快哭出來了。他跑到矮樹叢裡撿回平底鍋，朝劫客一行人的背影揮動拳頭。

「你們等著瞧！我們會抓到巫妖，搶走他的魔法，到時候我們的魔法會多到沒有翅膀也能飛！」

札爾嘆一口氣，轉向他所剩無幾的追隨者。

為什麼劫客每次都要破壞他的好事？

札爾的追隨者幾乎全被帶走了，只剩三個同樣沒有魔法的小巫師：女孩天芥，以及兩個男孩——阿匆和淺暗。淺暗是個耳朵大得出奇的高大男孩，到了十七歲還沒有任何魔力，腦袋還有點不好。

「真是的，他只留了沒用的人給我。」札爾發出嘖嘖聲。

「喂，札爾，你這樣說也太不公平了吧。」阿匆出聲抗議。

「我們真的沒有翅膀也能飛嗎？」淺暗上下揮動粗壯的手臂。

「當然可以。」札爾保證。他興奮地摩拳擦掌，因為他就是個無法心情低落太久的男孩。

「我會讓那些離開我的膽小鬼**後悔莫及**……」

「淺暗，你最壯，你負責挖陷阱。」札爾指示。「阿匆，不好意思，我們可能得稍微**弄傷**你，這樣才能引誘巫妖中陷阱……假如發生什麼意外……」

「你不是說這次的任務完全安全嗎？」阿匆狐疑地提問。

「這個嘛，世界上沒有**完全**安全的事……」札爾很快地更正。「人生本來就很危險，不是嗎？你看，我剛剛爬樹也很危險啊，什麼時候摔死都不奇怪。」

「這跟爬樹不一樣！」停在上方的卡利伯氣急敗壞地說。三個小巫師照著札爾的指示做。「這叫作故意闖入戰士的地盤，設陷阱捕捉地球上從古至今最可怕的生物！」

卡利伯嘆息一聲。

沒有人要聽他的話。

卡利伯全身僵硬地站在樹枝上，頭藏在翅膀下，彷彿他只要把頭藏起來，只要看不見未來，未來就不會發生。

當然，老渡鴉也知道，這不過是掩耳盜鈴。

夜眸

嗡嗡咻

鬼燈籠

亞列爾

高高的樹上……
有某種「不好的東西」
看著那匹小馬……

第二章　名為「希望」的戰士

與此同時，一匹矮矮胖胖的戰士小馬馱著兩個小戰士，在夜幕下偷偷跑出戰士鐵堡。

戰士不該在入夜後離開鐵堡，因為他們都很怕森林裡的魔法。

戰士鐵堡是大得遠超想像的山堡，一共有十三座瞭望塔，周圍還有七層大壕溝。這些戰士想必是被所有和魔法相關的事物嚇壞了，竟然建了這麼一座骨白色鐵堡，狹窄的窗戶像極了貓咪陰險得半瞇的眼睛。

儘管如此，這匹戰士小馬還是偷偷溜了出來，路上也沒有被鐵堡高牆上那些哐啷哐啷踱步、緊張得要命的守衛看見。說不定——說不定那些守衛緊張兮兮地盯著環繞鐵堡的蓊鬱密林，努力觀察、凝視、想辦法看見林中的事物，是正確的決定。

因為高高的樹上，有某種「不好的東西」看著那匹小馬。

至於那是什麼「東西」，現在還不好說。

惡林裡住著許多不好的生物，那可能是貓怪，或是狼人，或是野山怪（野山怪和山怪有點像，不過比山怪可怕很多）。

過一會兒，我們就會得知「那個東西」的真面目了。

但小馬兒引起「那個東西」的興趣也很正常。

因為小馬在樹叢間大聲小跑步，背上載了瘦小的戰士公主和她的助理保鑣刺錐，兩人穿了鎧甲又披了紅斗篷，在深綠色森林裡和星星一樣顯眼。

除非他們在頭上戴副箭靶，或高舉「**惡林裡飢餓的怪獸，快來吃我**」的牌子，這兩個人實在沒辦法更顯眼了。

公主有一個很長、很尊貴的名字，不過大家都叫她「希望」。

戰士公主當然該像希望的母親——希剋銳絲女王——那樣，長得很高、令人心生畏懼。

但是希望不可怕，也長得不高。

她那張小小的臉似乎對周遭事物太感興趣，亂糟糟的頭髮則太細了，彷彿不小心碰到什麼東西，產生了靜電。

一塊黑布遮覆她的右眼，左眼似乎忙著找什麼東西。

「就算是**白天**我們也不該自己跑出來，更別說是晚上了！」助理保鑣刺錐邊說邊緊張地回頭望。刺錐並不是這個古怪小公主的正式保鑣，正式保鑣最近得了秋季流感，病得很慘。

刺錐才十三歲而已，但是他非常努力，進階保鑣技能考試拿全班第一名，所以得到了王室保鑣實習生這份搶手的工作。

話雖這麼說，這其實是刺錐第一次「實際工作」，他發現保護公主比原本想的困難許多。

第一，因為公主不聽話。

而且刺錐雖然很用功，但老實說，他不太喜歡打架，光是想到自己可能會用到暴力，他就覺得有點想吐。

「森林裡搞不好有狼人或是貓怪或是巨人。」刺錐說。「而且還有熊，還有豹，還有巫師，還有野山怪……就連矮人集體狩獵的時候也很危險。」

「真是的，刺錐，別那麼悲觀嘛！」公主回答。「找到我的寵物以後，我們就可以回去了。這麼說來，這一切都是你的錯，是你說要向我母親告狀，他才會嚇得離家出走。」

「我只是怕妳惹麻煩而已！」刺錐說。「妳不准養寵物！那樣是違反戰士鐵則！」

刺錐是個深信戰士鐵則的男孩，他的目標是從助理保鑣晉升到王室守衛，而破壞規則只會妨礙他的計畫。

「而且妳不但不該養寵物，還特別不該養這種寵物……」

啊！他在那邊！

「他肯定很害怕。」希望憂心忡忡地說。「我們怎麼可以讓他自己在危險的惡林裡亂跑——他自己一個人嚇得要死，被瘋牙嘴追著跑來跑去……

「啊！」她放心地歡呼。**「他在那邊！」**

她拉扯韁繩讓小馬停下來，抓起樹叢中匆匆亂跑的某樣東西。「太好了！」她輕輕撫摸手中的物品，發出溫柔的聲音，好像在說：「別擔心，沒事了，我找到你了，都沒事了。」彷彿在安慰一隻秋陽西下之後，嚇得獨自在惡林裡橫衝直撞的小狗、小貓或小兔子。

然而，她的寵物不是小狗，不是小貓，也不是小兔子。

「妳的寵物是『湯匙』啊！」刺錐抗議。

助理保鑣說對了。

公主的寵物確實是一根鐵製大湯匙。

「是耶。」希望說，彷彿現在才注意到這點。她坐回馬

妳的寵物是「湯匙」！

背上，用袖子把湯匙擦乾淨。

「而且那根湯匙是**活的**——公主，他是**活的**！」刺錐說。他看著湯匙，驚恐地全身一抖。「這代表他是被明令禁止的魔法物品。妳沒看到鐵堡到處都貼了公告嗎？絕對禁止魔法！禁止魔法物品！不准把動物帶到室內！看到任何魔法就告訴上級長官，這樣他們才能報告給更上級的人，驅除魔法！」

「我不知道他算不算是魔法物品啦……」希望滿懷希望地說。「他只是有點有彈性而已……」

「他當然是魔法物品了！」刺錐怒喝。「正常的湯匙才不會跳上跳下，要妳摸摸他，正常的湯匙只會安靜躺在那裡，餵妳吃飯！妳看看這支湯匙！他在對我**鞠躬**！」

「是啊。」希望驕傲地說。「他是不是很聰明？」

刺錐重重地吸氣、吐氣。「這才不叫聰明，這叫一次破壞一大堆規定。妳到底是在哪裡找到這支湯匙的？」

「他有一天像小老鼠一樣出現在我房間裡，所以我餵他喝了一點牛奶，從那之後他就一直待在我身邊了……這樣也不錯，因為在他出現之前我一直有點孤單。你難道從來不覺得孤單嗎，刺錐？」

「其實我懂。」刺錐坦承。「自從我考試考第一名，當上妳的助理保鑣，其他助理保鑣都說我太自大了，現在他們都不跟我講話，然後——**等一下！**這不是重點！

「重點是，」刺錐說。「如果在鐵堡裡看到魔法物品，應該立刻通知妳母親希剋銳絲女王，這樣她才能移除那個物品的魔法。妳**不應該**把他當寵物養。」

聽到希剋銳絲女王的名字，湯匙害怕地左右搖擺，然後跳進希望的背心。湯匙躲在她的鎧甲後面，只露出一張散發魔法光芒的小圓臉。

「你看，你又嚇到人家了！」希望說。「問題是，我覺得他不希望魔法被消除掉。」

「消除魔法完全不會痛。」刺錐說。

「可是他不要。」希望說。

「好，既然這樣，」刺錐在胸前交叉雙臂，斷然說。「妳只能放生這支湯匙，讓他回歸大自然。這座可怕的叢林是他的家，他應該跟其他的怪物和魔法生物住在一起，那些才是他的同類。公主，我不准妳把他帶回鐵堡，妳也不可以把這支湯匙當寵物養。如果違反規則被別人發現，妳就完蛋了。」

希望看起來難過極了。「可是我很同情湯匙，因為我跟別人不一樣，他也跟其他湯匙不一樣……」

「他跟其他湯匙不一樣，是因為他**活著**！公主，他是**活的**！」刺錐打斷她。

「其他戰士都不理我。」希望接著說。「我只有兩個朋友，就是你跟這支湯匙。如果我失去湯匙，就只剩你一個朋友了。」

「這個，其實我也不能當妳的朋友，因為妳是公主，我是僕人，依照規定，我們不可以當朋友。」刺錐解釋。

「這樣的話，我要是放生湯匙，就連一個朋友都沒有了！」希望說。

「好了，希望。」（刺錐激動到忘了叫她「公主」。）

是時候好好說教一番了。

「我滿喜歡妳這個人的，也知道妳很善良，可是我們必須面對現實——妳沒朋友是因為妳有點怪，戰士鐵堡容不下奇怪的人，所以妳要試著變正常。變正常的第一步，就是『把魔法湯匙給扔了』。」

情急之下，希望提出最後的理由。「可是我母親**自己**也有魔法物品！」希望說。

「你看這個！」

刺錐驚恐地看著希望從劍鞘抽出一把裝飾用的巨劍。

這把劍很特別，樣式古舊的劍柄非常髒，但即使它表面黏了一層綠色汙垢，你也看得出上面有枝葉、槲寄生與各種聖樹葉子的圖樣，設計得很漂亮。

劍刃的其中一面，有一行風格老舊但不失華麗的刻字：

世上曾存在巫妖……

希望翻過巨劍，劍刃另一面刻著：

……但是我殺了他們。

「妳怎麼會拿到那把劍？」刺錐不可思議地問。

「說來奇怪，我昨天下午發現它躺在主廊道地上，不像是別人弄掉的，所以我就把它撿起來了。」

「妳今天吃早餐的時候沒聽到公告嗎？妳母親地牢裡一把很貴重的劍不見了，妳沒聽到嗎？」刺錐驚呼。**「妳難道沒想過，不見的可能就是『這把劍』嗎？妳難道沒想過，亂撿別人的東西叫作『偷竊』嗎？」**

「我不是沒想過。」希望坦承。她渴望地撫摸巨劍。「我只是想拿著它，假裝這是我的劍，晚一點再還回去。我這麼普通，它這麼特別，你想想看，擁有這麼特別的東西不是很棒嗎？」

「我可不這麼想！思想很『危險』！王室守衛隊到處找這把劍，都快把整座

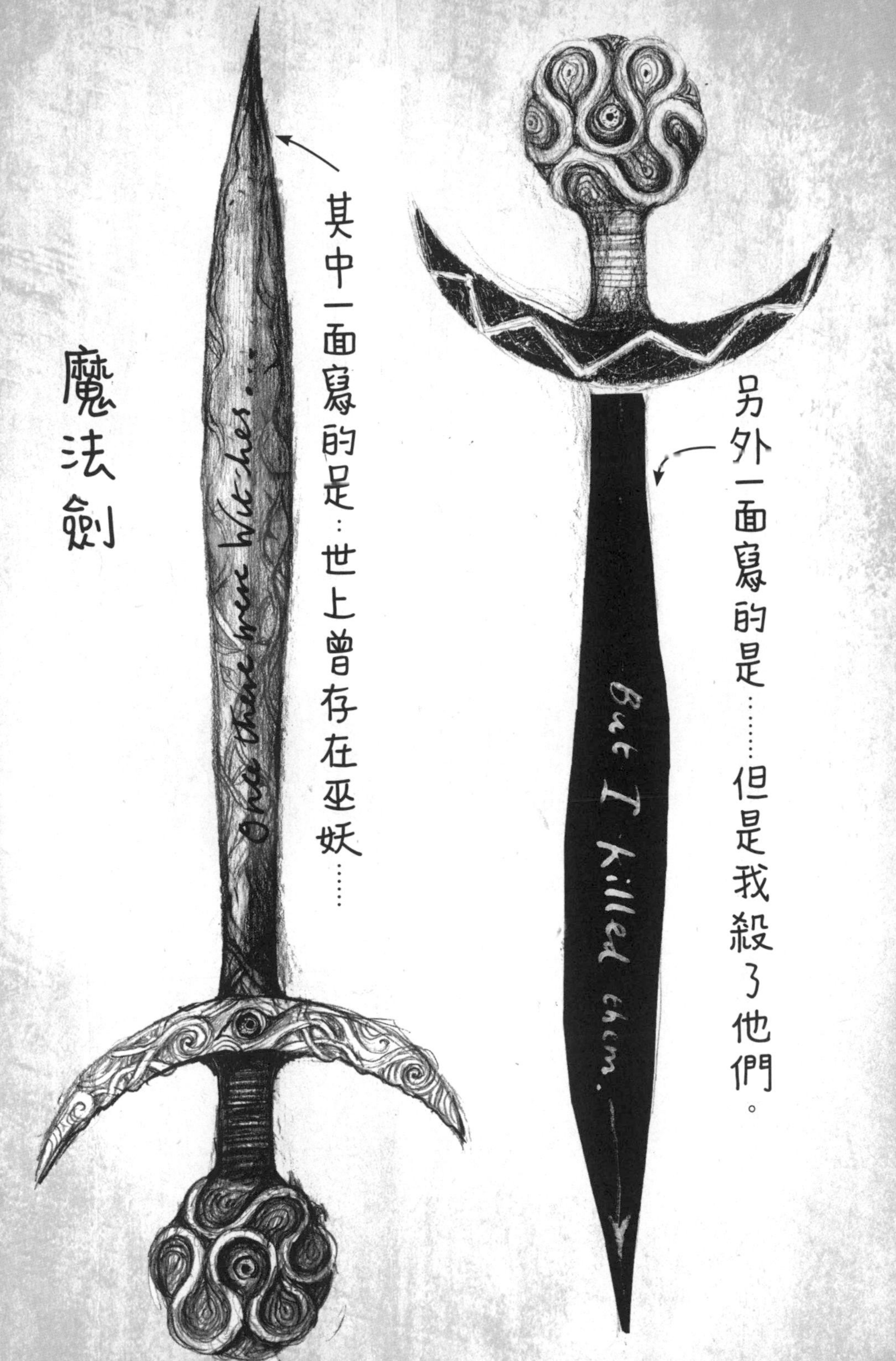
魔法劍
其中一面寫的是：世上曾存在巫妖……
Once there were Witches...
另外一面寫的是……但是我殺了他們。
But I killed them.

鐵堡給拆了，結果是被妳給『偷』了！」刺錐瞪大眼睛說。

「我才沒有偷，我只是『借用』而已。我本來想還回去的，可是你害湯匙嚇得離家出走，我就想說，既然我們要自己來惡林找他，那說不定會用到這把特別的劍。我真的覺得它是一把『魔法』劍。」希望得意地下結論。「我母親都有魔法物品了，它們應該沒那麼糟糕吧！」

「妳可怕的母親又沒有把劍當『寵物』養！」刺錐揮著瘦瘦長長的手臂高喊。「沒有人會把寵物養在『地牢』裡！她把這把劍關在地牢裡，是為了把它藏好！」

希望有點憂慮地看著巨劍，似乎現在才想到這個可能性。「喔喔喔……對喔喔喔……聽你這麼一說，我覺得有點道理。我母親不像是把劍當寵物養的人……她好像真的很討厭魔法耶。」

「妳過去十三年都沒發現嗎？」刺錐大喊。「整座鐵堡都貼了大型公告，妳怎麼可能沒看到！妳母親『討厭』魔法！她『痛恨』魔法！她發誓在『清除整座森林的魔法』之前不會罷休！」

希望皺起眉頭。「嗯，我不得不說，其實我不太瞭解。就算**有一些**魔法很壞，也不代表**全部的**魔法都很壞吧？」

「妳本來就不應該瞭解！」刺錐尖聲說。「妳是『戰士』，妳不應該問問題！妳遵守戰士鐵則就好了，搞得那麼複雜做什麼！」

希望突然一臉沮喪。

站在她頭上的湯匙也垂頭喪氣。

「唉，你說得對。」希望難過地說。「刺錐，我是不是又把事情搞砸了？」

「沒錯，妳搞砸了。」刺錐說。他又匆匆補充一句：「公主殿下。」剛才他太激動，都忘了戰士鐵則Ⅲ，關於「如何稱呼王室成員」的規定。這就是希望的問題，只要你和她在一起，就會不知不覺違反規定。

唉，刺錐，我是不是又把事情搞砸了？

「要是我母親知道這件事，她一定會氣炸，對不對？」希望又更難過地說。

「絕對會氣炸。」刺錐表示同意。他一想到女王生氣的模樣，就忍不住微微顫抖。

「真希望我跟其他人一樣『正常』。」希望說。「我該怎麼做才好？」

刺錐鬆了口氣。公主終於把他講的道理聽進去了。

「好了，別傷心，事情沒那麼慘。」他說。他輕輕一拍希望的肩膀，要她打起精神。「我知道妳不是故意做錯事。妳現在應該立刻野放這支湯匙，馬上把劍帶回鐵堡，然後別再做這種事了，從今以後妳要像一個正常的戰士公主，然後——等一下，那是什麼？」

上方傳來突兀的聲音，像是「某種東西」摩擦樹枝時，樹枝斷裂的聲響。

他們剛才忙著吵架，都忘了自己不是在安全的戰士鐵堡，準備吃一頓豐盛的晚餐（戰士很注重飲食）。

此時此刻，他們單獨兩個人，在一片漆黑的惡林中。

然後，他們終於發現有「什麼東西」盯著他們。

我不是在這章的開頭說過，樹梢有某種不好的東西，靜靜看著他們嗎？

希望的後頸有一種冰冰冷冷的感覺，汗毛像刺蝟的刺一樣豎起來。她環顧四周沉默、陰暗的樹林，注視著如矮妖手指般多節瘤的樹枝。

她抬頭往上看，不過沒看到什麼東西。上方只有一片更深的黑暗，空氣微微閃動，彷彿充滿了某種可怕的東西——沒錯，空氣的確充滿了可怕的東西。一股惡寒從那片閃動的黑暗中心散發出來，這是他們不曾感受過的冰寒。比北海深處還冰，比冰柱要冷，比南北極冰帽更凍人，甚至比死亡還要刺骨。野林久遠的回憶形成了凜冽的霧氣，鑽進希望的鎧甲，像死亡陷入她的骨肉。

是希望的錯覺嗎？為什麼他們上方的空氣似乎在「燦笑」？

希望戴上頭盔。

湯匙筆直站在希望頭頂，嗅了嗅周遭的空氣。

他忽然全身僵硬，彷彿感覺到什麼不好的東西……然後快速躲進希望的鎧甲。

「快跑！小馬，快跑啊！」希望尖叫。疲憊不堪的小馬身體一震，嚇得腳步蹣跚地跑了起來。

如果你站在旁邊看，一定會覺得他們瘋了，因為他們看起來像在逃離空氣。

可是情況確實不對

勁。

希望和刺錐只看得到上方烏黑的夜空、星星與樹木，但樹枝晃動的樣子，像是有隱形生物撲向他們。

上方流竄的空氣非常冷，冷到讓希望的額頭頂部開始灼痛。小馬越跑越快，他們身後的風開始發出詭異的聲響，希望從來沒聽過這樣的風聲。

「刺錐，我就說吧！你是不是很慶幸我把這把劍帶出來了？我就知道我們會用到它。」努力保持鎮定的希望氣喘吁吁地說。

「慶幸？慶幸？我們現在應該安安全全地待在戰士鐵堡裡，在大食堂吃晚餐——而且今天的晚餐好像是我最愛吃的鹿肉堡——還有，這匹馬跑錯方向了！」刺錐驚慌地大叫。「鐵堡在後面！」

但是追在他們身後的「那個東西」不想讓他們逃回鐵堡，所以「那個東西」追著他們一直跑，一直跑，一直跑，跑進惡林深處。

「有沒有人知道我們在森林裡？」刺錐高喊。他拿起弓箭胡亂向上射，但

你最好別跟著我們！我們手上有武器！
我們有一根魔法
湯匙！

他射箭的技術很差，而且又看不到目標在哪裡。「會有人來找我們嗎？」

「恐怕不會。」希望邊說邊瞇眼睛向上看，努力想看到追趕他們的東西。

「至少，在天亮以前不會有人來找我們。我跟母親說我頭痛，要提早休息。」

「太棒了。」刺錐說。「太棒了。告訴妳，我現在也覺得頭有點痛了……公主，別擔心……妳別擔心……我會保護妳的……」

希望朝追趕他們的東西揮動湯匙。

她這個戰士公主雖然有點怪，卻不缺乏勇氣。

「**我不管你是什麼東西，你最好別跟著我們！**」希望對呼嘯不斷的恐怖空氣大喊。「我們手上有武器！我們有一根『魔法湯匙』！」

「公主，我們有劍。」嘴唇發白的刺錐咕噥說。「劍聽起來比較厲害……」

「**我們『還有』一把劍！**」希望高喊。她右手揮動巨劍，左手揮動湯匙。

「這把劍危險到**被我母親鎖在地牢裡！**」

可是追趕他們的東西聽到這句話，似乎變得更興奮了。上方的風發出飢渴的尖響，用更快的速度追過來。

「公主，別害怕！」刺錐喊道。他緊張地不停顫抖，連把箭搭在弦上都有困難。「我們的處境很糟糕，不過我會拯救妳，因為我是公主的助理保鑣，受過進階保鑣技能訓練！」

可惜在這個危急時刻刺錐才發現，他身為實習保鑣，有一個致命的弱點。他患了一種病，會在遭遇極度危險的時候睡著。

勇敢的一番話才剛說完，刺錐就邊打呼，邊倒在公主的肩膀上。

「刺錐！」公主尖叫。「你在做什麼？」

呼嚕，呼嚕。

「刺錐！」希望又尖叫。「**快點醒來！**」

刺錐身體一震，醒了過來，口齒不清地問：「哪裡？什麼？怎麼這樣？」

「惡林……」公主上氣不接下氣地回答。「被追……可怕的東西……進階保鑣技能……」

「喔對！我受過專門的訓練，可以應付這種生死危機！」刺錐高呼著又拿起一枝箭，可惜他在瞄準的過程中又睡著了——結果他身體往前倒，一箭射在可憐的小馬屁股上。

箭矢劃過小馬的屁股，他痛得嘶叫一聲，瘋狂地直衝進伸手不見五指的森林。

希望的心跳得像兔子的心臟一樣快，她甚至沒注意到衣服被刺藤割破，兩條腿被劃了幾道長長的傷痕。

小馬來到一條冰冷的小溪邊，強行穿過荊棘，嘩啦嘩啦地衝進水裡——他們都被冰水凍得疼痛不堪——想辦法甩開追趕他們的東西。

小馬在小溪另一邊上岸，繼續在黑暗中奔馳。

喔我的槲寄生啊……希望驚恐地想。**我不該這樣的。母親禁止魔法不是沒有理由的。**

天黑後不准離開鐵堡不是沒有理由的。

戰士鐵堡會蓋成那樣，不是沒有理由的。

她感覺心臟跳得太快，彷彿隨時會破胸而出。

「快一點！跑快一點！」希望催促小馬。恐慌梗在她喉頭，幾乎令她窒息。小馬衝進森林裡一片空地。

陰風的呼嘯聲變得更激烈了，像是粉筆刮過石頭的刺耳尖響——這個聲音越來越響，似乎準備攻擊他們。

聲音越來越響，越來越響……**嘶嘰咿咿咿咿咿……！**尖銳的噪音傳進希望耳裡，彷彿空氣是一張巨大的紙，正被人撕成兩半。

希望驚恐地抬頭面對攻擊她的東西，高舉巨劍……

後方傳來人類的叫聲，然後……

一切發生得很突然。

第三章　巫妖羽毛開始發光

「我告訴你，我要生氣了。」阿匆說。他躺在札爾的巫妖陷阱——一張藏在土裡的網子——前面，假裝自己受了傷。「我們在這裡不知道等幾個小時了。」

「你喊『救命』的時候要裝得可憐一點。」躲在一棵樹後面的札爾不理他，照樣下指令。

「你要的話，我可以把阿匆弄傷。」風暴提芬邊說邊露出一口小小的尖牙。

「他看起來很好吃。」

「不用謝謝。」阿匆急急地說。「札爾，面對現實吧，說不定大家說得對，巫妖真的滅絕了……而且現在時間不早了，老實說，比起遇到巫妖，我更擔心

等等遇到戰士。」

「別擔心。」札爾一派輕鬆地說。「**如果有什麼問題，粉碎者會告訴我們，對不對啊，粉碎者？**」

粉碎者負責在巫妖出現的時候拉繩子、用網子把巫妖抓起來，還有放哨。這個巨人站得很高，札爾只能大叫吸引他的注意。

「唔唔唔……」粉碎者若有所思地說。「其實真的有問題。」他承認，但是他站得太遠了，而且講話非——常，非——常慢，所以札爾聽不見（巨人做事的時間尺度跟別人不太一樣）。

不過這不重要，反正札爾也沒在聽，而且粉碎者說的問題和札爾想像中的問題不太一樣。

你要是以為巨人講話很慢表示他們很笨，你就大錯特錯了。巨人很大，他們的思想也很「大」，而粉碎者是長步高行巨人，也就是思慮最深遠的思想家之一。

粉碎者心想：**問題是，宇宙有沒有膨脹的極限呢？它會不停膨脹，直到永遠？**

（我就說吧，這是一個「大」問題。）

假如空間是無限的，星星也是無限的，粉碎者心想。**那宇宙中是不是存在無數個粉碎者？這種事情有可能嗎？這其中的意義是什麼？**

這些想法是很有趣沒錯，但不幸的是，粉碎者雖然鬆鬆握著繩子，思緒卻在星辰間飄盪，根本沒注意到朝眾人襲來的危險。

長步高行巨人不是很適合放哨。

「阿匆，再一下下……」札爾眼睛發亮地悄聲說。「巫妖就在附近了，我聞得到他的味道……」

札爾閉上眼睛，嗅了嗅森林裡的空氣。**拜託……**札爾心想。**樹木的神靈、河川的神靈啊……你們都不明白，一個沒有魔法的人在魔法世界長大有多難受，每個人都笑你，每個人都可憐你……求求你們讓巫妖過來。我需要魔法，我想讓**

父親為我驕傲。

就在這時，札爾的小妖精從黑暗中飛出來，邊發出嘶嘶聲邊繞著札爾的頭飛來飛去，形成妖精光環。他們眼睛通紅，像一窩黃蜂般嗡嗡作響，不停唸道：「巫妖……巫妖……巫妖……」

「我就知道！」札爾興奮地說。「小妖精，快拿出魔杖！弓箭也準備好，巫妖要來攻擊我們了！」

「才沒有……」天芥嘆一口氣。她已經受夠了札爾和他的瘋狂計畫，恨不得馬上回家。「大家都知道巫妖絕種了……」

然而躺在地上的阿匆忽然覺得周遭的空氣變冷了，他發著抖。

札爾出聲鼓勵他：「阿匆，別動！你演得很棒……你演得非常像……巫妖一定會以為你真的受傷了。」

「粉碎者！預備！」

上方一片沉寂。

「**粉碎者！**」

「嗯？我想通了！」粉碎者宣布。他把頭探到樹冠下，從人類的角度來看，他的動作比蝸牛還慢，但是以巨人而言已經非常快了，因為粉碎者很激動。「我覺得空間是『有限的』……」

「粉碎者！這件事現在不重要！我不是叫你別想這麼深奧的事情嗎？」札爾斥責他。巨人思索深奧的事情時，整顆頭會像著了火似地冒煙，因此距離他們很遠的戰士、野山怪或巫妖都能清楚找到他們。

「有人要攻擊我們！」札爾惱怒地大喊。

「**喔！**」粉碎者把他的巨大白日夢先放在一邊，想起現在的情況之後，他用力抓住繩索。

在這緊張的時刻，沒有人注意到掛在札爾腰帶上的巨大黑羽毛。

這時，如果有人注意那根羽毛，可能會發現它在黑暗中開始「發光」，光芒不亮，但非常不祥。

我想，我們肯定能用科學解釋這個現象。

但無論烏鴉有多大隻，他們羽毛都不可能發光。

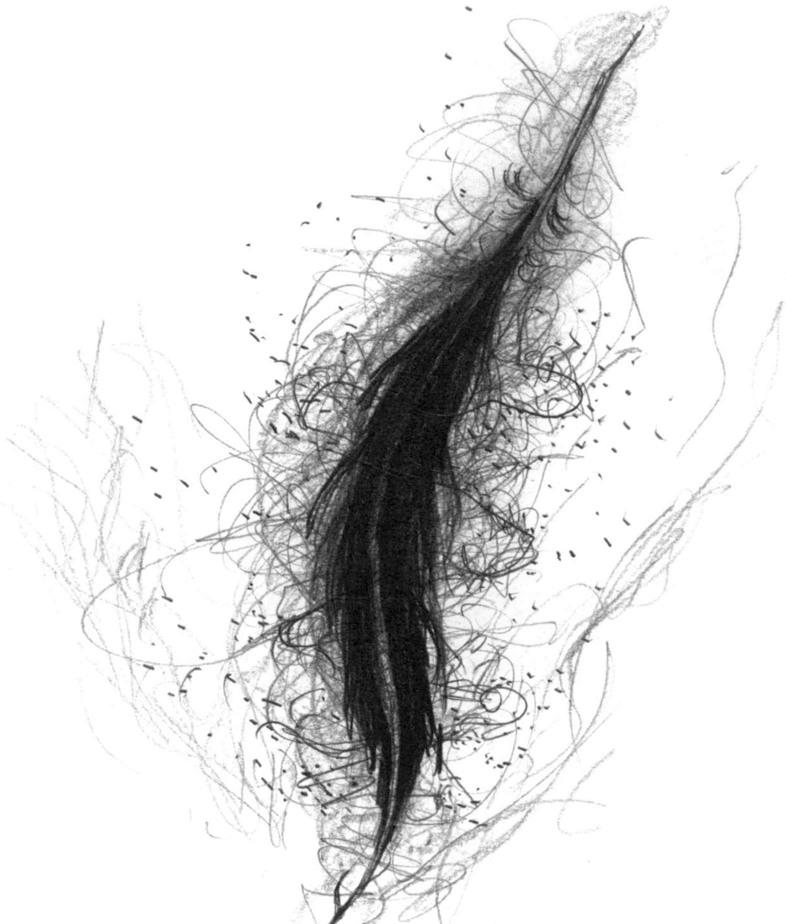

第四章　巫妖陷阱抓到東西了……

在札爾看來，事情是這樣發生的。

札爾躲在樹後面等待，從頭到腳興奮地顫抖不停。

小妖精的嗡嗡聲越來越吵，他們繞著札爾的頭轉圈圈，一直尖叫：「巫妖巫妖巫妖巫妖！」

札爾聽見馬蹄聲，接著某個東西衝進沐浴在月光下的空地，速度快到停不下來。假如札爾有機會仔細觀察那個東西，他會發現下面是小馬的四條腿，中間是兩個人，上面是一團沒有固定形狀的雲霧。

這是什麼怪獸？

阿匆嚇得動彈不得，他要被踩死了……

嘶嘰咿咿咿咿咿……！

東西撕裂的聲音傳進札爾耳朵裡，彷彿空氣變成了布幔，被人硬生生撕開。

然後，札爾的感官被一股鋪天蓋地的惡臭襲擊——那是遠超任何人想像的恐怖惡臭，像是腐敗的屍體、發霉發綠的雞蛋、死了六個星期的人、臭腳丫，還有濃烈的狐臭。不只是這樣，還有像是五百隻狐狸垂死哭喊的尖叫聲，直接灌進札爾腦袋，在他的頭顱裡不斷迴響，快把他給逼瘋了。

到底發生什麼事了？札爾用腦袋還算清醒的最後一個角落想。

阿匆像刺蝟一樣縮起來，可憐兮兮地用手抱住頭，彷彿能防止發出那個聲音和那個惡臭的恐怖怪獸攻擊他。

札爾抬頭呼叫粉碎者。

這時候，事情變得一團亂。

那朵像雲又像風的東西——誰知道它究竟是什麼呢？——叫得更響了。也許札爾說得對，也許那真的是巫妖……無論如何，「那個東西」對下方的人們尖叫。此時，八隻小妖精都用魔杖施展魔法，白熾的法術如螢火蟲射向空地中央，粉碎者同時猛力拉扯網子，空地發生大爆炸……

砰——！

札爾為了閃開，整個人趴在樹後的地上。

尖銳的響聲傳遍林中空地。

有「什麼東西」在空地上彈來彈去，這個東西異常大、異常黑，身上的羽毛也異常多。「那個東西」發出刺耳的尖叫聲，離開了空地。

又黑又綠的煙霧瀰漫林中空地。札爾咳嗽著站起身。他設下的巫妖陷阱吊在空地中央，連著網子的繩索被粉碎者死命拉住。網子裡有東西瘋狂掙扎，那周圍是一圈和血一樣鮮紅、和火一樣豔紅的空氣結界。

剛剛到底是怎麼回事？阿匆心想。他鼻子裡還聞得到那股惡臭，讓他忍不住咳嗽想吐。他不敢相信自己還活著。

「成功了……」札爾輕聲說。他跌跌撞撞地站起來，作夢都不敢相信自己運氣這麼好。「我的老天……**成功了**！我們成功了……我們真的抓到一隻巫妖了……那就是巫妖的力場……小妖精，別攻擊他了，再這樣下去也沒意義……」

小妖精的法術不停冒出火花，奮力推擠明亮的紅色空氣，卻徒勞無功。網子周圍的空氣只有變得更紅，還變得又尖又刺，像是活生生的火荊棘。

阿匆看著網子裡掙扎不停的東西，目瞪口呆地吞口口水。「喔天啊我的槲寄生，天啊我的常春藤，說不定札爾真的做到了……說不定他真的抓到一隻巫妖了……！我們趕快離開這裡……」

阿匆手忙腳亂地站起來，跳上他的雪貓直接逃走，天芥和淺暗也跟著騎雪貓逃走了。

他們以為札爾會一起走。

但是，全世界只有札爾夠瘋狂，敢和活生生的巫妖待在同一個地方。

「逆『太厲害了』！逆『太強了』！逆是全世界『最棒』的領袖！……呃……老大，窩們現在要怎麼辦？」吱吱啾緊張地問。

現在連札爾都怕得半死，但他寧可去死，也不願對他的小妖精和動物追隨者承認這件事。

「包圍巫妖！」札爾下令。

小妖精大聲抱怨，依然心不甘情不願地包圍網子，形成閃爍亮光的圓圈。

札爾強迫自己一步步走向網子，滿是冷汗的手差點握不住鍋柄。

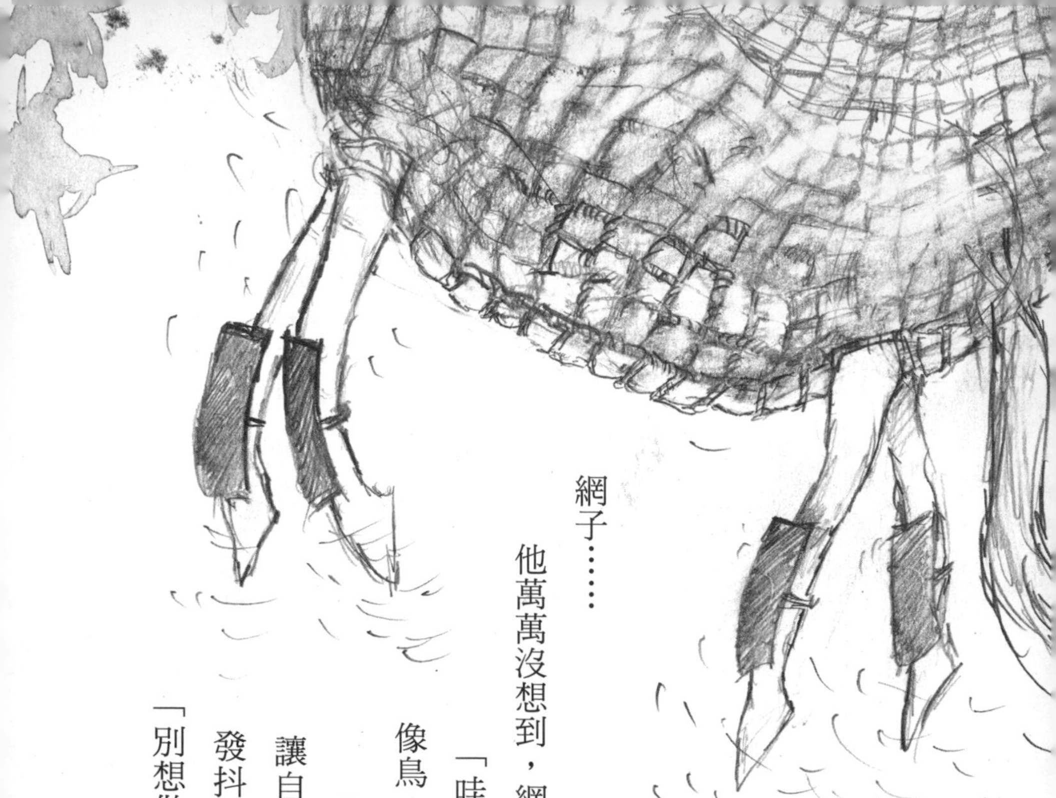

空地充斥著那股令人窒息的臭味，札爾感覺自己在噁心的硫磺湯裡游泳。

他站在網子下方，抬頭凝視那個緩緩晃過來、又晃過去的網子……

他萬萬沒想到，網子的洞伸出了四條「馬腿」。

「哇……」札爾驚嘆地說。「原來巫妖不像鳥，他們比較像人馬啊……

「好了，巫妖！」札爾大喊。他努力讓自己的聲音聽起來很可怕，還用一隻發抖的手揮動平底鍋，威脅那隻巫妖。

「別想做傻事！你已經被包圍了，而且我手

上有**鐵製**武器！」

眾人沉默片刻，網子裡傳出不住顫抖的微弱聲音：

「我不是巫妖……巫妖絕種了！這種事大家都知道……你為什麼攻擊我們？你想做什麼？」

「巫妖當然不會承認自己是巫妖！」札爾說。「你這個巫妖，別想騙我！」

「我沒騙你。」那個聲音比較不害怕了，現在聲音的主人生氣了。「我才不叫『巫妖』，我的名字叫『希望』。就算世界上真的有巫妖，他們也是綠色的吧？而且他們還有酸血，還有羽毛什麼的……」

眾人又沉默了。「那你到底是什麼怪獸？」札爾質問。「你是人馬嗎？」

「不是，不是。」那個聲音說。「這是我的小馬，他好像昏倒了。我跟我朋友刺錐剛剛騎馬走在森林裡，突然被什麼東西追著跑……**快放了我們！**」嘖。

原來這根本不是巫妖，札爾白費力氣了。他那個高高在上的討厭哥哥說得對，他白白浪費了一整個晚上。

「粉碎者，把那什麼東西放下來。」札爾嘆氣說，他感覺自己被鋪天蓋地的失落感壓垮了。

粉碎者慢慢放下網子。可憐的小馬並沒有昏倒，而是被風暴提芬的睡眠魔咒打中了，現在躺在地上大聲打呼。

札爾發現網子裡還有兩個人類，一個是從頭到腳穿著鎧甲的瘦小人類，這個人手腳並用地從沉睡的小馬身上爬起來，離開網子。瘦小的人類手上拿著一柄裝飾用的巨劍，身後是稍微高大一點的人。第二個人同樣身穿鎧甲，他瘦得像竹竿，此時剛睡醒似地爬起身來。

我們知道這兩個人類是希望和刺錐（刺錐是比較高的那個，希望則是手拿巨劍的瘦小人類）。

不過札爾這輩子從來沒看過戰士。

他想都沒想過，希望和刺錐就像他一樣，是這則故事的主角。

札爾只看到這兩個人身穿鐵盔甲，手持鐵劍，代表他們是戰士。札爾從小就聽人說戰士是敵人，巫師都痛恨戰士，把戰士當毒物看待。

太棒了。

情緒經過恐懼、興奮與失望的波折之後，札爾恨不得找人好好大打一場。他抓不到巫妖，至少能奮勇殺敵。

「**戰士！**」札爾凶神惡煞地喊。他瞇起眼睛，握緊平底鍋，從法杖袋抽出一根沉重的橡木法杖。

「戰士……戰士……戰士……」小妖精嘶聲說，身體發出憤怒的紅光。「殺了他們……殺了他們……殺了他們……」

「是**巫師**和他的怪物！」刺錐驚恐地指著札爾說，說完他跳到希望身前保護她。「他們看起來很不友善！」

他們看起來確實很凶惡。希望目瞪口呆地盯著小妖精，他們燃燒著熊熊怒火，火焰包覆纖長的四肢，到處噴濺火花。包圍他們的還有低鳴著露出利牙的狼、熊與雪貓，以及上面很高很高的巨人影子。

希望這邊的人數遠遠不及敵方，而且敵方有據說會吃人的巨人。小妖精的魔法能讓你緩緩死去，那些雪貓的眼神也告訴你，他們能把你活活撕成碎片。希望有一把魔法劍，可是她不是很擅長劍術，到目前為止，刺錐做為保鑣的表現還不怎麼亮眼。

他們沒救了。

「公主妳別怕！」刺錐勇敢地大喊。「我來解決他們！」

刺錐拿起長槍，抽出他的劍。

他勇猛地走上前。

他瞥見高高在上的巨人。

擺出勇猛姿勢的刺錐停下腳步……

他眨了眨眼。

接著他眼睛一閉，頭往前一垂，整個人像倒塌的樹木一樣慢……慢……地……倒在地上，倒地的過程中還不小心用劍把長槍劈成兩半。

他張著嘴趴在地上。

札爾瞠目結舌地盯著倒地不起的刺錐。這是種詭計嗎？

「雪貓！狼！掩護我！」札

爾下令。鬃毛直豎的動物們簇擁著札爾，隨時準備撲出去。

「熊！看好地上的人！他可能在裝死！」

熊把一隻大熊掌放在刺錐胸口，接著一屁股坐在刺錐身上。

「小妖精！別插手！我要讓這些邪惡的戰士知道，我們巫師可是很擅長戰鬥的！」札爾高喊。他一手提著平底鍋，一手抓著法杖，直接衝向希望。

希望用魔法劍擋開札爾的攻擊，兩個人開始打鬥。

希望發現，用魔法劍打架比用普通的劍打架還要輕鬆，因為魔法劍會預先料到平底鍋或法杖的下一次攻擊，自動飛過去擋。希望被魔法劍拖著到處跑，只能用兩隻手緊緊握住劍柄，彷彿她抓的不是劍，而是野牛的尾巴。

卡利伯擔心得不得了，他飛在兩人頭上，尖喊：「那把魔法劍！注意那把魔法劍！別碰到它！它不太對勁！」

「魔法劍！」札爾小聲說。「怎麼可能！」

戰士怎麼會用魔法劍戰鬥？戰士才不會使用魔法呢。

魔法劍往前大力一揮，終於打飛了札爾的武器。札爾的法杖旋轉著落入矮樹叢，平底鍋也跟著飛出去。

「你要不要投降？」希望把魔法劍舉在札爾頭上。

「我投降。」札爾咬牙切齒地說。

「別相信他！巫師都是大騙子！」刺錐喊道。他雖然醒了，卻還是被熊壓在身下。

希望不理刺錐，她放鬆姿態倒退一步，原本高舉的魔法劍也垂了下來。她錯了。刺錐說得對，她不能相信札爾。

「貓王！夜眸！上啊！」希望的劍一放下來，札爾就大吼。

貓王跳上前，把希望撲倒在地，魔法劍也被撞飛。一旦脫離希望的掌握，巨劍就失去了魔法，像普通的劍一樣冷冰冰地躺在森林地上。

札爾撿起魔法劍。三百八十公斤重的粉藍色雪貓壓在希望胸口，一口咬開她的頭盔——簡直像咬碎胡桃的胡桃鉗。

頭盔裂成兩半掉到地上，札爾看見一個長相奇怪，一隻眼睛用眼罩遮住的女孩。

「是女生！」札爾驚訝地說。小妖精哄然大笑。「札爾剛剛被女生打敗了……」希望看見面前齜牙咧嘴的雪貓，以及果斷將魔法劍舉在她頭頂的巫師男孩。

「現在，」巫師男孩說。「『妳』要不要投降？」

第五章　星辰交會與世界碰撞之際

「我才不會投降呢！」希望說。「你**作弊**！」

「巫師才不會按照戰士的規則做事。」札爾說。

「作弊的巫師！」

「邪惡的戰士！」

「你們這些愛詛咒別人的巫師！」

「你們這些毒害森林的戰士！」

「你們這些愛吃小孩的巫師！」

「你們這些破壞魔法的戰士！祝你們被大灰山怪的牙齒咬得粉碎，變得比

蒼蠅身上的蝨子的眼睛還要小！」札爾詛咒她。

札爾和希望都又冷又累，剛才也嚇得不輕。可想而知，他們的恐懼化成了憤怒，兩個人罵來罵去，重複幾百年前戰士漂洋過海來到野林，與巫師首度開戰至今的無數次對話。

札爾氣得滿臉通紅，把劍舉在希望頭上的動作顯得更果決了。刺錐看了大叫：

「別殺她！她是希剋銳絲女王的女兒，如果你殺了她，希剋銳絲女王一定會找你報仇！」

札爾不可置信地盯著希望。「希剋銳絲女王的女兒……？怎麼可能！」

即使對森林裡的巫師而言，希剋銳絲女王也是傳說一般的存在，以身高、殘忍與毫不留情的力量著稱。這個長相奇怪又瘦巴巴的女孩，怎麼會是恐怖的希剋銳絲女王的女兒？

「希剋銳絲女王的女兒！殺了她殺了她殺了她殺了她……」小妖精又嘶聲

說。他們在空中緩緩接近希望，弓弦上搭著他們最危險的詛咒，只等札爾一聲令下，詛咒就會射出去。

札爾常常吹噓，說他要是哪天遇到敵人，肯定會立刻殺了他們。

可是吹噓是一回事。

實際上用一把作弊搶來的劍，殺死一個和自己同年齡、正努力掩飾恐懼的女孩……這……這又是另一回事了。札爾發現，他做不到。

我的祖先一定下得了手。札爾慚愧地想。**換作是劫客，他肯定不會猶豫**。

但札爾猶豫了。

這時他訝異地發現，一根像是湯匙的東西正在攻擊自己，這根湯匙凶猛地撲過來，打得札爾頭很痛。

「你叫你的熊退開，我就把湯匙叫回來……」希望喘著氣說。

在小妖精失望的嗡嗡聲中，札爾垂下魔法劍，對熊打了個手勢。熊低哼一聲放開刺錐，魔法湯匙也停止敲打札爾，他抱歉地對札爾鞠躬，跳回到希望身

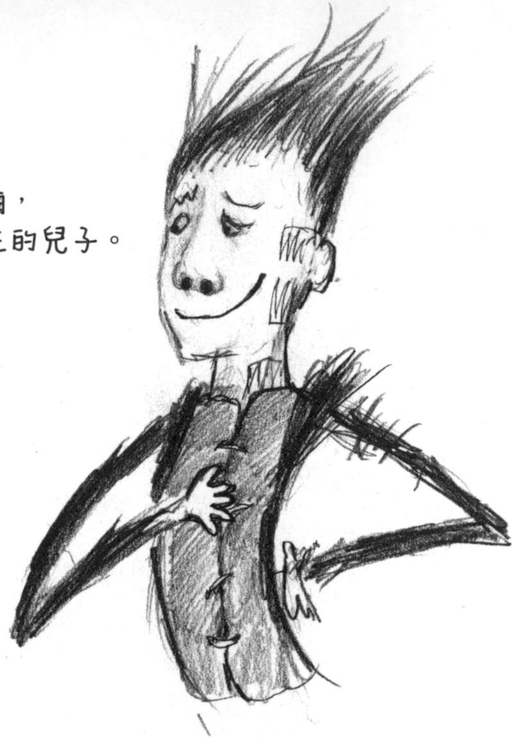

邊。

巫師與兩名戰士驚疑不定地盯著對方，充滿敵意的心裡萌生了好奇。

「我是希望，戰士女王希剋銳絲的女兒。」希望說。「這是我的助理保鑣刺錐。你是誰？」

「我是壯闊的札爾，巫師之王恩卡佐的兒子。」札爾說。「這些是我的同伴，我的狼、熊、雪貓——貓王、夜睟、森心——這是我的鳥，他叫卡利伯。這是我的巨人粉碎者和小妖精亞列爾、芥末念、風暴提芬、鬼燈籠，還有時失。」

小妖精在兩名戰士的頭附近繞來繞去，凶惡地發出火光、冒出火花。

「別忘了窩們。」吱吱啾尖聲說。

「喔對，這些也是小妖精，不過他們還很小，所以我們都叫他們毛妖精。」札爾說。「這是嗡嗡咻、寶寶還有……」

「吱吱啾。」吱吱啾突然飛到刺錐耳邊悄聲說，害刺錐嚇一大跳。吱吱啾長長的觸角搔得刺錐頭皮都起雞皮疙瘩，刺錐狂亂地把他拍開。

希望看著札爾的夥伴——尤其是小妖精——又羨又妒地嘆一口氣。

她朝札爾說的「吱吱啾」伸出手，這隻小小妖精長得很有趣，像大黃蜂一樣毛茸茸的。

不幸的是，吱吱啾咬了她一口。

「哇！」希望邊吸吮手指邊說。「小妖精比我想像中厲害……而且有點暴力……而且他們好像不太喜歡我……」

「笨蛋戰士，他們當然不喜歡妳。」札爾說。「妳邪惡的母親用恐怖陷阱抓我們的巨人、矮人和小妖精，然後**再也沒有人見到他們了……**」

「可是我母親不會把她抓到的小妖精殺掉。」希望說。「她的地牢裡有一顆『移除魔法的石頭』，她只會把小妖精放在石頭上，很人道地移除他們的魔法……」

希望想到自己有多麼不想讓湯匙被抓去消除魔法，話說得越來越沒自信。

「移除魔法的過程完全不會痛……」刺錐提醒她。

「這和殺死他們有什麼不一樣？」風暴提芬憤恨地問。「她何不直接移除他們的心臟？失去魔法的小妖精，就和失去靈魂沒兩樣……」

喔天啊……聽她這麼一說，希望覺得好難過。真的是這樣嗎？

「可是魔法對他們有害。」她不是很確定地說。「他們會用魔法詛咒我們……而且巨人會吃人……我母親說，這是她抓那些魔法生物的原因……」

札爾和小妖精聽到如此無知的發言，忍不住哈哈大笑。「巨人才不會吃人呢！」

希望驚奇地仰頭看著巨人。

然後，刺錐驚恐地看著巨人彎下腰，非——常小心地用巨大手指握住希望的身體，將她舉到空中。希望應該嚇得半死才對，但巨人的動作很慢，握住她的手指大得令人心安，希望只感覺自己一直往上、往上、往上，到了樹冠上，心中只有體驗新事物的興奮與激動。

「看看四周，再看看下面。」巨人說。「站在這個位置，什麼看起來最重要？」希望從巨人手指的邊緣往下看，呼吸突然一頓。她從全新的視角看見這個世界，下方是無窮無盡的森林，上方也是無窮無盡的星空。下面的人類

看起來和小妖精差不多大，而小妖精簡直像發光的塵埃；其中一個人類——刺錐——大喊：「**放——她——下——來！**」不過距離太遠了，希望聽不清楚。而且從這個視角看下去，刺錐似乎沒抓到事情的重點，他根本不必那麼緊張。

「森林很重要。」希望說。「星星也是……」

「沒錯。」巨人微笑著說。

「妳看看我的眼睛。」巨人說。「我看起來像是會吃人嗎？」

巨人臉上布滿皺紋與笑紋，像是舊地圖上畫的一條條小徑，他的眼睛仁慈且睿智。

「不像。」希望說。「你不像是會吃人……」

「又答對了。」巨人說。他輕輕放下希望。「巨人跟山怪不一樣，我們吃素。」

粉碎者笑嘻嘻地拔起一棵小樹，他對希望露出大大的笑容，接著將整棵樹塞進巨大的嘴巴，粗樹枝像細枝似的被他咬碎。「比——較好消——化。」他悠然說。

希望仰望巨人和善的大臉，看著他為自己的冷笑話大笑，心中萌生新的念頭：她聽過那麼多關於魔法生物的事，究竟有多少是真的？

「『粉碎者』這個名字好像不太適合你。」希望說。

「我的全名是『問題粉碎者』。」粉碎者說。

「妳還好嗎？」刺錐緊張兮兮地問。

「我當然還好。」巨人將她輕輕放下來時，希望說。「那個巨人真的不危險……」

難道戰士對魔法的看法錯了嗎？難道除了戰士的視角以外，還有其他看事情的方式嗎？

希望對世界的認知整個顛倒了，她不知該怎麼想才好。

「公主，別聽他們的！」刺錐說。「**他們對我們施了法術！他們想讓我們從他們的角度看事情！**」

札爾也若有所思。

「戰士不是想毀了所有魔法嗎？」他皺起眉頭，望向自己手裡的魔法劍。

「一個戰士公主身上怎麼會帶著魔法物品？」

「你說得沒錯。」刺錐說。「我也是這麼認為的。」

「札爾，小心那把魔法劍。」卡利伯警告他。「那把劍不對勁……我的羽毛也這麼覺得……」

札爾盯著那把劍，忽然發現卡利伯說得沒錯，這把劍的確有點奇怪。它很奇怪，很特別，很神奇——札爾興奮到差點讓劍掉到地上。

「我的天啊，卡利伯！」札爾驚呼。

「我不敢相信！太不可思議了！」

「你覺得這把劍不對勁對不對？我告訴你，它是鐵做的！那根魔法湯匙也是鐵做的！鐵還有魔法**混在一起了**！」

不可置信！

無法想像！

「不可能！」卡利伯驚喊。

「妳是從哪裡拿到這把劍的？」札爾小聲問。他轉動手裡的巨劍。

「我在走廊上撿到的，不過它是魔法劍，所以可能是它自己從我母親的地牢跑出來的。」希望說著，一顆心沉了下去。「札爾，那不是你的東西，那是我母親的劍！**快點**還給我！」

希望伸手想把魔法劍搶過來，但札爾閃到她碰不到的地方，夜眸也走到他們兩人中間，發出警告的低鳴，不讓希望接近札爾。

「等一下……」札爾說。「那是什麼？」

這時候，他才注意到劍刃上刻的文字：

世上曾存在巫妖……

札爾後頸的汗毛豎了起來。

他翻過巨劍，看見另一面刻的字：

……**但是我殺了他們**。

在「他們」兩個字後面，一條箭頭指向劍尖，那裡有什麼東西在反光。

是一滴綠色鮮血。

在場三個人類盯著那滴微微冒煙的綠色血液。

「別碰它！」卡利伯尖叫。

别碰它！

别碰它！

第六章　千萬別亂許願

三個孩子、一隻鳥、八隻小妖精與所有的動物，都直勾勾地盯著那滴綠血，越看越怕——只有札爾越來越激動。

「巫妖血！」札爾開心地說。

「你說什麼『巫妖血』？」刺錐提出異議。「世界上早就沒有巫妖了！」

話雖這麼說，此時離開了戰士鐵堡與七道壕溝的刺錐，語氣沒有那麼不屑了。不知為什麼，天黑後的惡林和布滿每一根枯枝的「毛冰」（這是小妖精的用語，指天寒地凍時在枯木上生成的細小冰霜），讓人忍不住擔心巫妖真的、真的沒有滅絕……

「這是殺巫妖的劍。」札爾說。「你們看！它上面自己寫的。它跑出你們的戰士地牢，就是因為它感覺到森林裡的巫妖又覺醒了。」

「不可能……」刺錐說。

「但是，」希望緩緩地說。「在我們被札爾的陷阱困住前，我們的確被『什麼東西』攻擊了。我可能用那把劍弄傷了『那個東西』。」

「攻擊你們的一定是巫妖，這個一定是巫妖血。」札爾笑著說。

「才不是！很多東西都有綠色的血……」刺錐說。「貓怪！野山怪！綠牙矮妖！綠牙山怪！總之不可能是巫妖，因為巫妖絕種了……」

「『可能』絕種了。」卡利伯糾正他。

「**絕對**沒有絕種。」札爾說。他指向空地正中央。

札爾的巫妖陷阱旁邊，多了一根黑色羽毛，它就像烏鴉的羽毛，但它比烏鴉羽毛大了許多。

札爾撿起這根羽毛。

當這根羽毛接近掛在札爾腰帶上的另一根羽毛時，兩根黑羽都散發黯淡的綠光——那是不祥的魔法、不祥的光芒。札爾將羽毛舉到劍尖，那滴綠色血液也像螢火蟲般發起光，但它多了一股陰森的綠意。

「巫妖！」札爾笑吟吟地說。

眾人陷入死寂。

也許，巫妖真的回到了惡林。

有史以來最令人畏懼的生物，重返這個世界了。

敵對的雙方——動物與小妖精——都稍微靠近對方，環顧周遭陰暗的森林，想到有可能躲藏在森林裡的東西，就不由得心生畏懼……

「假如那真的是巫妖血——它多半不是，但假如你說對了，它真的是巫妖血——光是那一滴就非常、非常危險。」卡利伯顫抖著說。「札爾，用那邊的樹皮把它擦掉，免得不小心傷到人……」

「我怎麼可以浪費這滴血……」札爾說。「我的巫妖陷阱抓到一個叫『希望』的人，一定是有原因的……你想想看，這種事情很難得吧？我許了得到魔法的願望，現在宇宙想告訴我，我的願望實現了！」

「宇宙可能不是那個意思！宇宙可是很複雜的！」卡利伯尖叫。「它可能在測試你！它可能在警告你，叫你不要許這麼愚蠢的願望！」

但札爾沒在聽卡利伯說話。

命運已經把從巫妖身上奪取魔法的方法，擺在他眼前了。

「**札爾，不要碰它！**」卡利伯大吼。他緊張到瘋狂掉羽毛，羽毛如黑雨般落下。

「不要碰它……不要碰它……不要碰它……」小妖精齊聲低喊。

然而札爾逕自伸出手掌，用力按在綠血閃爍的劍尖。

他用劍劃過手心一次、兩次，刻了他名字的第一個字母：X。

從這一刻開始，札爾的故事踏上了不一樣的路線，這將是一條難以回頭的艱苦道路。

「不不不不不——！」卡利伯哀求他。

太遲了。

太遲了……太遲了。

魔法劍的尖刃刺入札爾手心……

……他痛得尖叫著彎下腰，受傷的手捧在肚子前。

卡利伯移開遮住眼睛的翅膀。「天啊，札爾……你做了什麼好事？」

札爾直起身。

雖然他痛得渾身發抖，手像被燙到似的甩個不停，札爾的眼睛卻興奮得閃閃發亮。

「太遲了。」他笑著舉起手，手心是巫妖血和他自己的血刻出來的「X」。

糟糕的星辰及相斥的世界……將在「X」記號處交會、碰撞。

「他為什麼要那樣做？」希望發問。

「我要用巫妖血施展魔法……」札爾胸有成竹地說。

「有用嗎？」希望問。

「他根本就不曉得！」卡利伯說。「妳覺得札爾是那種三思而後行的人嗎？我們連那個綠色液體是什麼都**不知道**！札爾，你最好祈禱那不是巫妖血，據說巫妖血極度危險！你也許能用它施展魔法，但它會讓你加入黑暗的一方……你可能會成為巫妖的走狗……你父親會失去王位……」

卡利伯比平時還要激動。「不過話說回來，」他稍微開心了一點。「其實那很可能不是巫妖血。惡林裡有很多生物的血都是綠色的……那可能是狼人血……你只會變成狼人……」

「糟了。」札爾說。他有點不安地搖頭。「我都沒想過這件事。」

「……那確實很不方便。」卡利伯接著說。「你午夜過後不能出門，看到月亮就會號叫，身上還會長很多毛，但至少還不是世界

太遲了。「X」記號已經刻在札爾手心。

末日。」

「那會『超棒棒』！」吱吱啾尖喊。「逆會跟『窩』一樣毛茸茸的！喔喔拜託！拜託變成狼人嘛，札爾！變成狼人好不好！」

但札爾聽了一點也不開心。

希望和刺錐一起後退一步，以防萬一。

「那也有可能是野山怪的血……野山怪的血沒有作用……吧……嗯，你說得對。」卡利伯說。「我應該樂觀一點。希望那只是野山怪的血——如果是的話，我們不應該繼續待在這裡，別忘了，如果你弄傷了野山怪，他們會為了把血搶回來而一直跟蹤你。」

「他們怎麼跟蹤你？」刺錐害怕地問。

「你還是不要知道比較好。」卡利伯說。「這樣說吧，他們對自己的血執念很深，所以他們把血收回來的方法有點噁心。」

「反正不管你怎麼說，我就是希望這是巫妖血。」札爾頑固地說。「就算不是，我手上還有這把劍，不是嗎？」札爾邊說邊把巨劍掛在腰帶上（我不建議你這樣做，劍應該用劍鞘安全地放好才對，但札爾這個人不太在乎健康和安全這種事）。

「那不是你的劍！」希望說。「快把它還回來！」

「劍？」札爾重複道。他無辜地瞪大眼睛。「哪來的劍？」

「我母親的魔法劍，就是現在掛在你腰帶上的那把劍。」希望說。

「喔，這把劍啊。」札爾邊說邊跳上貓王的背。「這是命運送給我的劍。我命中註定要成為『命運之子』，帶領我的人民反攻戰士一族。誰都不能違抗天命。」

「那不是命運送給你的！」希望大喊。「是你**偷走**的！你這個小偷，快把我們的劍還給我們！」

札爾不理她，他轉向其他人說：「我們走吧！我們要趕快回去，我才能參加法術大賽，打敗劫客。」

「等一下，那我們怎麼辦？」希望發問。「我們回不了家了！你的小妖精施法術害我的小馬睡著了。」

她說得沒錯，小馬還躺在空地中間，平靜地打呼。

「早知道會發生不好的事，你們就不該在天黑過後進到惡林裡，是不是啊？」札爾以傲慢到不可思議、無禮到極點的語氣說。

就在這時，遠方傳來陣陣馬蹄聲與犬吠聲，小妖精驚慌地嘶聲說：「**戰士！**」

希剋銳絲女王的鐵戰士發現他們的惡林領地有巨人出沒（札爾之前擔心深

奧的思想會使粉碎者冒煙，結果還真的被人看見了），現在他們騎馬湧出戰士鐵堡，準備來調查了。

「妳看，問題解決了。」札爾對希望說。「妳的族人等下就會帶妳回家……」

「可是我們沒經過大人同意就溜出鐵堡，一定會被處罰！」希望說。「拜託你，偷偷帶我們回鐵堡，不要讓他們發現我們好不好？」

「法術大賽快開始了，我沒時間幫你們。」札爾說。「不過我可以大發慈悲帶你們回巫師營地，讓你們在我房間過夜。」

「你**偷了東西**還想**綁架我們！**」希望怒氣沖沖地說。「你這個可惡的巫師，快帶我們回戰士鐵堡，還有把劍還給我！」

「我真的不懂，這件事跟我有什麼關係？」札爾詫異地說。「你們兩個是戰士，是敵人，你們遇到什麼問題，跟我有關係嗎？我已經對你們很好了，你們還這樣為難我。」

希望本以為其他人說巫師很壞，其實是誤解了巫師——但此刻，那些想法全都蒸發了。

「我母親說得沒錯，你們這些巫師果然很壞！」希望氣呼呼地說。「你們賴皮，你們作弊，你們沒良心，你們完全不講道理，而且……」

「札爾，她說得對！」卡利伯嘎嘎叫著說。「你對宇宙做什麼，宇宙就會對你做什麼。你綁架這個女孩，還偷了她的劍，宇宙肯定會用很可怕的方式回報你……己所不欲，勿施於人，否則你會完蛋……」

「我沒有把這兩個人丟在這裡餵巫妖已經很好了，宇宙應該很高興才對。我不瞭解你們這些人在生什麼氣。」札爾皺著眉頭說。「你們也太自私了吧？**我可是命運之子！我可是被選中的男孩！**」

他轉向他的動物與巨人。

「夜眸！森心！粉碎者！把這兩個蠢戰士和他們的小馬帶走，我們一起回巫師營地！」

「窩要飛在戰士旁邊！」吱吱啾尖聲說。「窩要待在他們旁邊，注意附近有沒有豹！」

「吱吱啾，你其實不用這樣。」札爾有點不高興地說。

「窩『想要』這樣！」吱吱啾過度興奮地唱道。「窩喜歡她！她長得有點奇怪……而且她只有一隻眼睛……可是她聞起來不太像大人類，比較像杏子……而且窩喜歡她的頭髮！」

吱吱啾飛進希望的頭髮，把後面的頭髮弄得像鳥巢一樣蓬蓬的之後鑽了進去。

「真是糟糕的品味。」札爾凶巴巴地說。「大家應該都想跟我這個命運之子待在一起才對，只有你同情那些可憐兮兮的怪人。好啊，吱吱啾，你開心就好……」

「大夥兒，我們走！」札爾大叫。「我們比賽看誰先回到巫師堡壘！」

湯匙有點嫉妒。
這是「他」的位子。

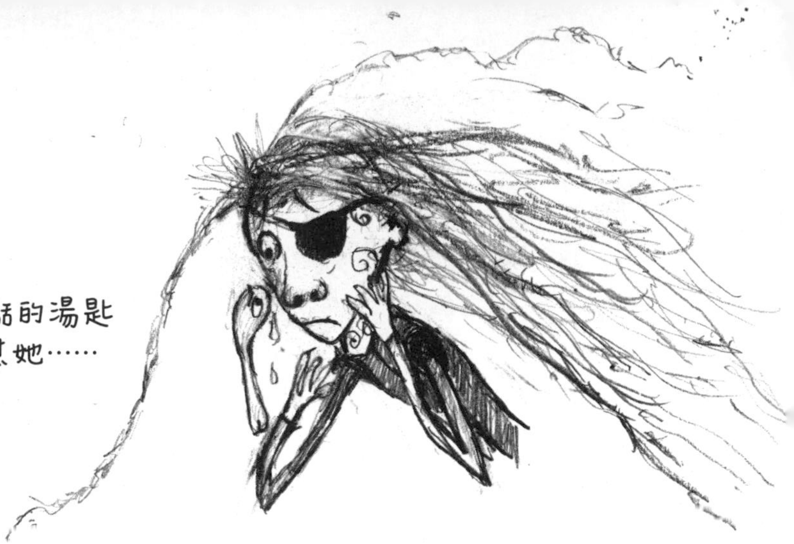

貓王像灰綠色影子似地縱身一躍，其他動物形成瘋狂的隊伍，跟了上前，小妖精則飛在最前頭。

時間不可能倒轉。

大概。

但是……

如果札爾能看到被他丟在林中空地的希望，

如果他能看到希望的表情，看到她發現自己就算把劍還回去也於事無補，她母親一定會用母親特有的方式發現希望不聽話，

如果他知道希望的母親不是那種會原諒女兒的母親……

如果他能看到希望哭泣，看到無法說話的湯

匙努力安慰她，看到同樣難過的助理保鑣拍拍她的背，看到吱吱啾扮鬼臉還有翻筋斗，想辦法讓她打起精神……

如果札爾看到這一幕，就算知道時間不可能倒轉，他會不會想試一試？

可能吧。

但是……

當別人的人生沒有在你眼前上演時，你不可能看見他們生命中的點點滴滴……

大概。

我之所以說「大概」，是因為扭轉時光，還有看見別人的人生，都會用到我們稱為「想像力」的魔法。就如他現在無法用意念移動物品，或不用翅膀飛行，札爾還沒培養出這種魔法。

所以一旦希望離開他的視線，札爾很快就會忘了她。他騎著貓王回巫師營地，一路上忙著稱讚自己聰明機智。

與此同時，被丟在林中空地的希望停止哭泣，因為她是個講究實際的人，她知道哭也沒有用。

「我們現在怎麼辦？」刺錐瞪大眼睛說。每想到現在越來越糟的情況，他就氣餒地把眼睛瞪得更大。

「我們得跟著那個不要臉的小偷札爾回巫師營地，把魔法劍偷回來，再在天亮前溜回我們的鐵堡。」希望說。「那把劍是混了魔法的鐵，我們不能讓它落到巫師手裡。」

「喔，就這麼簡單喔？」刺錐無神地說。「是我把問題想得太複雜了對不對……」

「好消息是，我們可以騎雪貓過去。」希望說。

「這是好消息？」刺錐驚恐地看著離自己非常近——太近——的巨大野獸。「可是這些是被禁止的動物！我們會違反戰士鐵則！」

希望膽怯地伸出一隻手，觸摸森心頭上軟得不可思議的毛。從看到雪貓那一刻起，她就恨不得騎上去試試看。

希望小心翼翼地爬上森心的背。

「粉碎者，你也會跟我們回去嗎？」希望抬頭對巨人喊道。粉碎者很開心，難得有人問他的意見。「我比雪貓慢——了——一——點。」他說。他露出像極了裂開的西瓜的巨大笑容。「不過我會跟在你們後頭……我不會有事的……因為我是巨人！」

那當然，她剛才到底在想什麼？巨人當然能照顧好自己，他就算吃素，應該也是個驍勇善戰的巨人。

「雪貓，請跟著札爾回去。」希望說。

森心一躍而起，以天鵝絨般流暢卻又迅速的動作向前飛奔。**我竟然騎在一隻雪貓背上**，「**我不是在作夢**」……希望興奮到幾乎不敢相信此時的情況。雪貓敏捷地穿行樹林，晚風將希望的頭髮向後吹，她忘了此時此刻的危險，開心地高聲歡呼。

唉，我的冬青樹啊，我的槲寄生啊，我的巫妖腳趾甲啊，我的凸眼矮妖怪的口臭啊。獨自一人站在空地上的刺錐在心裡暗罵。**那個小公主長得不像她母親，但她們母女一樣倔強！一樣亂來！一樣固執！而且那個巫師男孩更糟糕！這些王室成員都怎麼了？說不定他們吃太多高級大餐，腦子壞掉了。**

可憐的刺錐又能怎麼辦？他又不能一個人待在可能有狼人出沒的森林，呼吸沁涼的空氣，自己跟自己玩「找野山怪」遊戲。

更何況，他的工作就是保護和控制那個不受控的小公主。於是，刺錐心不甘情不願地爬到第二隻（違禁的）雪貓背上，雪貓也同樣心不甘情不願地

讓刺錐爬上來，駝著刺錐隨希望跑遠。

巨人粉碎者彎下腰，用巨手輕輕撿起沉睡的小馬。他用一根巨大的手指撫摸小馬的鬃毛，像是人類撫摸小老鼠的動作，非常小心地把小馬放進口袋，再非──常緩慢地跟在刺錐、希望與雪貓身後，朝巫師堡壘走去。

「別擔心！」夜眸泊上森心時，希望對刺錐喊道。「我們不會有事的！」

「『別擔心』？」刺錐嘲諷地重複。「『我們不會有事』？今晚到目前為止，我們未經同意就溜出戰士鐵堡……把魔法湯匙當寵物帶在身邊……偷了妳母親非常珍貴又非常危險的劍……讓那把劍被巫師搶走，危及戰士的反魔法戰爭……**現在**我們還騎在違禁的動物身上，直接往敵方陣營跑過去！我們被一個瘋狂的巫師男孩綁架了，他還隨時有可能變成狼人……

「妳說，我該不該擔心？」

刺錐的肚子大大地「咕嚕」一聲。

「**而且**我們錯過了晚餐。我最愛吃的鹿肉堡。」

吱吱啾彷彿一道白色閃電，咻——的飛在前頭。

「窩是哨兵！窩是哨兵！啊啊啊啊啊啊啊！那裡有豹！那裡有豹！…………喔喔喔……不對，對不起的，窩錯了。那只是樹幹而已……大家『對不起的』……」

他們越來越深入黑暗的野林與未知的世界，也越來越沉默。每棵樹後面似乎都有詭異的眼睛瞪著他們，夜間活動的生物從四面八方發出令人毛骨悚然的尖叫聲，可能是豹、狼人，或是更恐怖的東西……

幸好刺錐沒有看見他們離開空地後發生的兩件事，不然他會比現在還要擔心。

首先，巨人粉碎者被希剋銳絲的鐵戰士抓走了。

希望果然應該擔心粉碎者的安危。巨人是睿智的思想家，但他們做事的時間觀念和別人不一樣，這是他們面對比較小的敵人時，暴露的巨大弱點。粉碎者只能在心裡想：

「現——在——到——底——是——怎——麼——回——事——」戰士隊伍就騎著馬衝進空地，用鐵鍊把粉碎者的腿纏得緊緊的。戰士警告他，要是他發出聲音，他們就會殺了那匹小馬，所以粉碎者默默被那群氣呼呼的小螞蟻戰士拖回戰士鐵堡，每次腳步踉蹌，附近的樹梢就狂亂晃動（他們為什麼脾氣那麼壞？巨人不瞭解憤怒，他們覺得那很明顯是浪費時間）。接著，森林裡只剩下沉寂。然而，空地的空氣似乎比先前冷了幾度，白雪如暴風雨中的白色大海，開始湧動。是「那個東西」降到空地上了嗎？「那個東西」剛才一直在觀察希望他們嗎？難道「那個東西」想得到魔法劍？

嗯，沒錯，刺錐若是知道了這些，肯定會擔心得要死。

但倘若「那個東西」是巫妖——無論這件事有多麼不可思議——刺錐就得拿出他最厲害的保鑣技術了……

巫妖的腳不留下足跡，巫妖的身體沒有影子。

但他們行經樹木、大地與青苔時，一切都會變得更寒冷。

小妖精的詛咒之歌

我們不在那裡，你瞥見的翅膀，那裡的東西，
那不過是空氣。
你的牛快要死了，那不是我們害的，所以你別想咒罵，
別想——
惹我們小妖精——罵我們鬼靈精——握緊硬邦邦的拳頭——
你不能揍我們，我們不在此處，
我們只是煙霧，
剛才那只是風的憤怒。
我們不在乎，我們沒做壞事，

我們才不會打賭去弄壞你的椅子，
然後假裝它完全沒事——等一個又胖又肥又老的人——把油膩膩肥滋滋的屁股坐上去——然後**咻**——**砰**——**哈**、**哈**、**哈！**——**砰砰砰！**——整張椅子裂成碎片——他摔在石地板上——摔斷下巴——又哭又叫又吼又跳直到他哭不出來……

那是他的哭聲，你沒聽見小妖精大笑，
如果他說有，那一定是在胡說八道。
你的孩子快要死了，那不是我們害的，所以你別想咒罵，
別想——
惹我們小妖精——罵我們鬼靈精——握緊硬邦邦的拳頭——
你不能揍我們，我們不在此處，
我們只是煙霧，
剛才那只是風的憤怒。

巫師堡壘

第七章　巫師營地

希望覺得他們在迷宮般的黑森林裡走了好幾個小時，穿過一條冰河，離開了戰士領土，來到巫師的領地。最後，他們抵達森林裡一塊樹木、荊棘、枯木與藤蔓異常糾結的區域，不可能再前進了。

月亮從烏雲後探出頭來，札爾叫亞列爾指向眾人前方糾結的荊棘山——希望和刺錐驚愕地看著樹叢與樹枝開始滑動，彷彿有隱形的手指解開了糾纏成一團的釣魚線。樹木發出類似老人彎曲膝蓋的喀喀聲，往左右彎伸，前方的植株躺倒在地上，露出一片空地。

看清空地的模樣時，希望和刺錐後頸的毛髮像刺蝟的刺般豎了起來。空地周圍是一圈巨大的老樹，大多是巨無霸的大樹——紫杉樹、樺樹、山梨樹、赤楊樹、柳樹、白蠟樹、山楂樹、接骨木、蘋果樹、白楊樹，你能想到的樹種都有，當然，最重要的是橡樹。乍看之下，這塊空地沒有人類居住的痕跡，但希望聽到音樂聲，也聞到一股柴煙味。

現在他們離家這麼遠，又深入敵方陣營，希望感到非常非常害怕。要是札爾綁著他們不放，向她母親要贖金怎麼辦？札爾說隔天早上就會放他們離開，但他這個人感覺就不怎麼可信。

「你們的堡壘在哪裡？」希望有點膽怯地問。

「在地底下。」札爾回答。

想像一片陷入地底的營區——周圍每一棵大樹都中空，所以地面上的光線可以射進隱藏在地下的房間。札爾帶領他們走到他房間所在的樹塔，那是一棵很老很老的紫杉樹，它長得十分扭曲，彷彿小時候被巨人輕輕抓住最上層的樹枝，整棵樹幹像黏土似的被扭成現在的形狀。他們爬上好幾座梯子、樹枝與平臺，從札爾房間的窗戶爬進去。

希望的心繼續下沉。他們現在跑不掉了，他們被困在這個地方，身邊都是敵人。要是札爾告訴其他巫師她和刺錐在這裡，那怎麼辦？要是有比札爾還可惡的巫師，真的施咒讓他們慢慢死掉，那又怎麼辦？

她覺得有點想吐。

札爾的房間沒有天花板，所以上方是夜空與星星，房間地板有巨大的裂縫，你可以直接看到下方四十英尺處的大廳。「別擔心。」見刺錐與希望震驚地看著札爾走過一半是空氣做成的地板，卡利伯安慰他們。「地板施了魔法，不會塌下去的……」

札爾打開帆布包，取出《法術全書》，開始找可以把人變成蚯蚓的法術。把人變成蚯蚓的法術旁邊那一頁，是把人變成貓的法術（這個很簡單），還有把貓變回人類的法術（這就比較麻煩了）。

札爾心想，他要先用巫妖魔法把劫客變成蚯蚓，好好懲罰他。接著是這齣戲的高潮：他會拔出魔法劍，讓所有人見識他對鐵施展魔法。這時大家會鼓掌叫好，大喊他的名字，他父親會對他鞠躬敬禮，然後說：「札爾，我之前懷疑你的能力，真是對不起……我從以前就知道你很特別。我知道我們之前相處得不是很愉快，但你就是命運派來幫助我們的英雄……」

札爾一定會**非常**享受這一切。

他背下書上的魔咒，「砰」一聲蓋上《法術全書》。「走吧，小妖精們！」札爾輕快地說。「比賽再過幾分鐘就要開始了，我要趕快下去羞辱劫客……大家跟我走……除了森心、夜眸、貓王、熊和吱吱啾……」

「為什麼窩也要留在這裡？」吱吱啾說。

「你不是很喜歡這兩個戰士嗎？」札爾意有所指地說，因為他有點嫉妒。

「那你就留在這裡守住他們……」

「好的老大，別擔心……『窩』會保護他們……」

「吱吱啾，我不是叫你『保護』他們，你應該『看守』他們才對，他們是敵方的俘虜……」

「可是窩『真的』很想跟逆走，看逆變成狼人！」吱吱啾失望無比地說。

「我好像看到他手臂上的毛變多了……」風暴提芬雙眼閃爍著惡毒的光芒，樂呵呵地斷聲說。

「真是的，你們兩個閉嘴！」札爾斥道。「我不會變成狼人！這是巫妖血，我會用它來施魔法！」

「可是你現在還不曉得它有沒有效。」卡利伯指出。「而且你要跑去一大群人面前，還有可能變成狼人——你不覺得應該先查清楚那個綠色液體是什麼嗎？」

札爾看瘋子似的看著他。「可是這麼一來我就要等很久。」札爾指出。「法術大賽**現在**就開始了！反正就算巫妖血沒有效，我還可以用這把劍。」

「札爾，法術大賽不准攜帶刀劍進場，更別提『鐵』做的巨劍了……」卡利伯說。

「而且那是我們的劍！」希望又出聲抗議。

「妳可以不要再跟我吵這個了嗎？這是一把魔法劍，」札爾說。「所以它是我的。還有卡利伯，你在那邊死氣沉沉地說我給宇宙什麼東西，宇宙就會給我什麼東西的，我告訴你，宇宙把這把劍送到我面前，很明顯是因為它覺得我很特別……」

「宇宙『做得好』！」吱吱啾尖喊。

札爾一旦進入這種妄自尊大的心態，就什麼也聽不進去了。

「宇宙現在下大雨了。」卡利伯陰沉地說。豆大的雨滴落在他們肩頭。

樓下大廳傳來巨人跳舞的歡快聲響，還有愉快的交談聲。樓上這個長滿藤蔓，如海上小船般在風中搖曳的房間裡，一陣大雨把所有人淋成了落湯雞。

「怎麼會有人設計一間沒有屋頂的房間？」刺錐問。「太不實際了吧。」

「風暴提芬！」札爾說。「趁我們還沒淹死趕快施天氣魔法，妳留在這邊負責維持法術，別讓俘虜淋溼……」

風暴提芬不悅地抱怨：「為什麼每次都是『我』做這些雜事？我也想去看法術大賽！」說完，她悶悶不樂地從魔杖袋抽出一根四號魔杖，選了一個法術之後，用魔杖把它揮到空中。法術形成隱形的空氣雨傘，飄在所有人上方三到四英尺處，從法術邊緣滴下來的雨水形成小瀑布。

「我的天，太厲害了！」希望驚嘆。

「別太佩服他們！」刺錐警告她。「別忘了，魔法表面上看起來光鮮亮麗，實際上很危險，很混亂……」

「可是你不得不承認，不想被雨淋溼的話，魔法非常方便。」札爾說。

「跟屋頂的功能差不多。」刺錐說。

札爾摔上房門，將門鎖上。

「他把劍帶走了。」希望懊惱地說。「我們只能等他回來，趁他睡覺的時候把劍偷走。」

「好，那假設我們成功把劍從札爾身上偷回來。」刺錐說。「我們要怎麼回戰士鐵堡？我們又不能『走路』回去，那要走好幾英里。」

「喔天啊，札爾說得對，我們是他的俘虜！」希望說。她從窗戶望向漆黑的夜晚。從札爾的房間到樹塔底部有很長一段距離，而且巨人和小馬到現在還不見蹤影。「我擔心可憐的粉碎者被母親的戰士抓走了……」

「『可憐的』粉碎者！希望，他可是『巨人』！」刺錐震驚地說。「妳到底站在我們這邊還是他們那邊？」

希望沉重地嘆一口氣，離開窗戶。她拿起札爾隨手放在桌上的《法術全書》。

「刺錐，你快來看看這本書，它太神奇了！」希望說。她一時間忘了恐懼與焦慮，興奮得差點把書摔到地上。

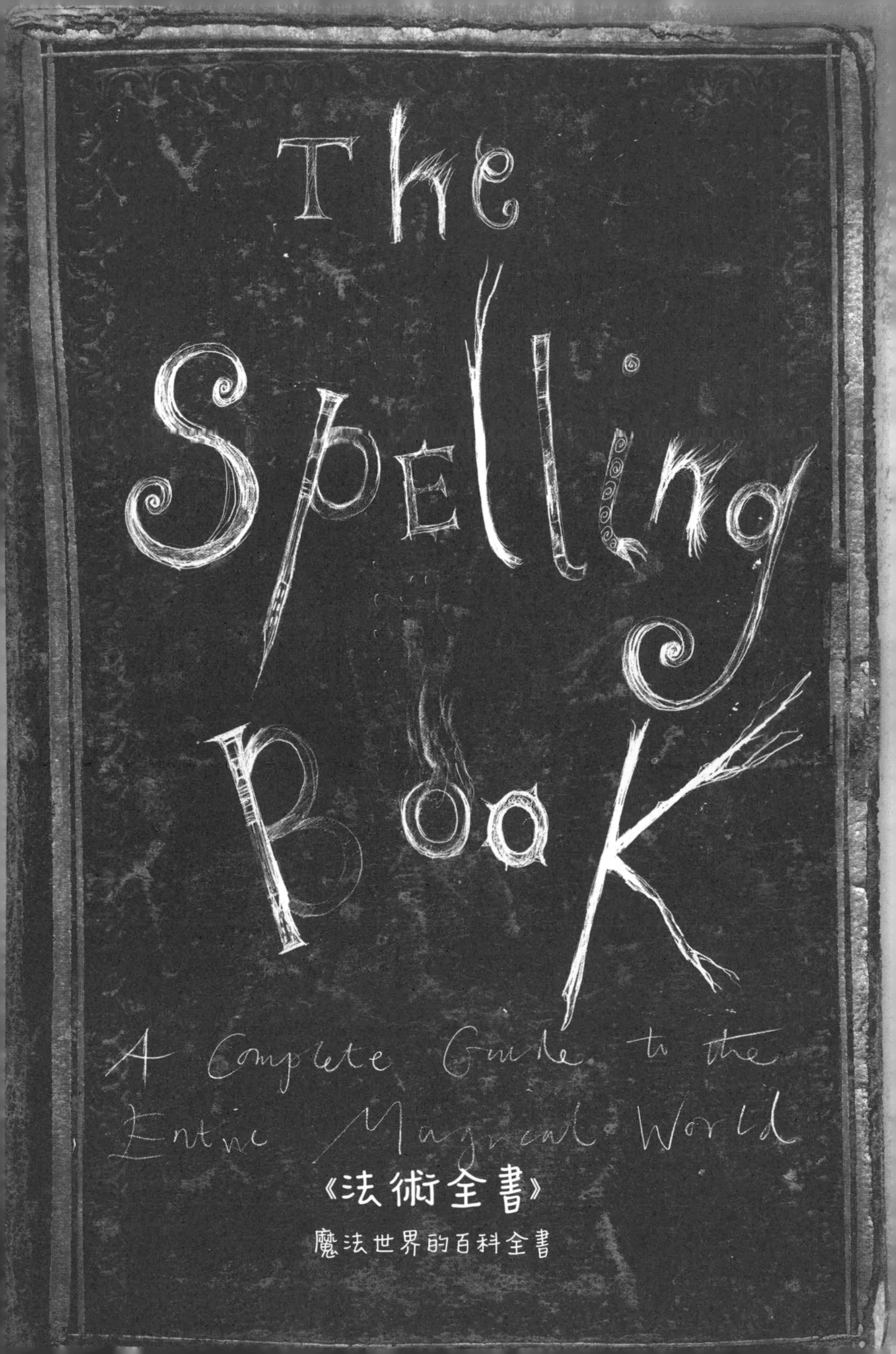

《法術全書》

魔法世界的百科全書

《法術全書》

嗨！歡迎閱讀《法術全書》。

使用方法：用下方的字符打出你的問題。

您選擇的問題如下：

在沒有繩索、沒有交通工具、沒有指南針，也不知道自己在什麼地方的情況下，該怎麼逃離巫師堡壘的魔法樹塔、穿過惡林？

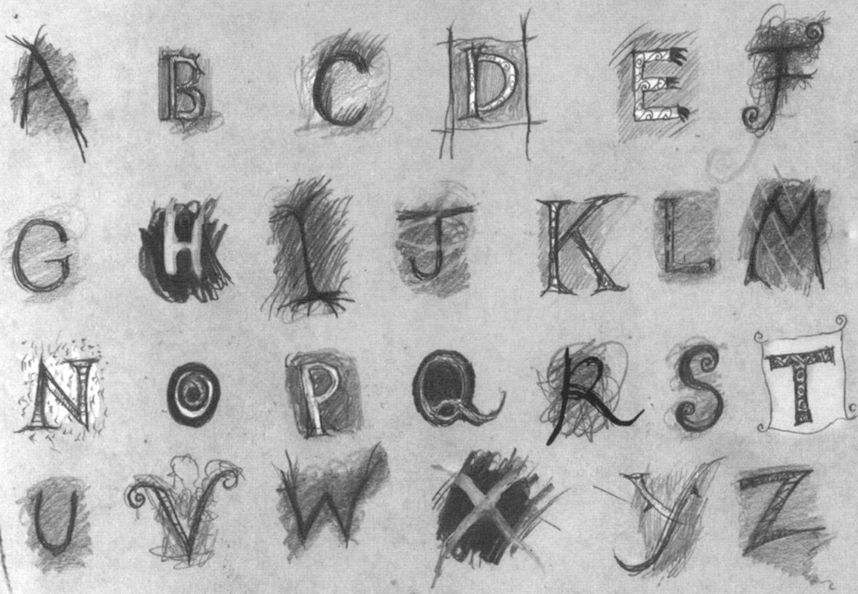

注意：（若《法術全書》故障，你只能自己翻閱整本書共 6,304,560 頁了。抱歉）

這木書鼠於命運之了
壯閣的札爾

《法術全書》

長步高行巨人

長步高行巨人經常思索生命與宇宙的奧祕，他們在野林中走動時會留下巨大的「空道」（小妖精用語，意思是「路徑」）。

《法術全書》

超大褶邊耳思夢巨人

世界上有很多種巨人：冰霜巨人、巨團巨人、思夢巨人、遺跡巨人等等。雖然他們通稱巨人，其實有各種不同的大小。這是一個尷尬的長毛象巨高沉重巨人，他不小心把別人的家踩扁了。

唉呀！
真的很抱

超大褶邊耳思夢巨人

思考中……

這種短腿巨人手臂非常長，因此擅長攀爬。

大多數巨人
是草食性動
物，和樹
不多高，所
以他們不
被野林上
飛行的猛禽
群發現。（請
2,000,041 頁）

下圖是一隻短腿褶邊耳思夢巨人，他用手臂撐著身體在沼澤中跳躍。

第 1,230,493 頁

《法術全書》

嘀咕野山怪

我遇過的野山怪：

狐臭嘀咕野山怪（毛背版）。

這隻嘀咕野山怪把牛糞塗在腋窩，當作吸引母嘀咕野山怪的香水。超噁，可是我沒騙你。

警告：切勿嘗試和他講道理，他不是很理性。

第 1,230,494 頁

《法術全書》

毛背野山怪

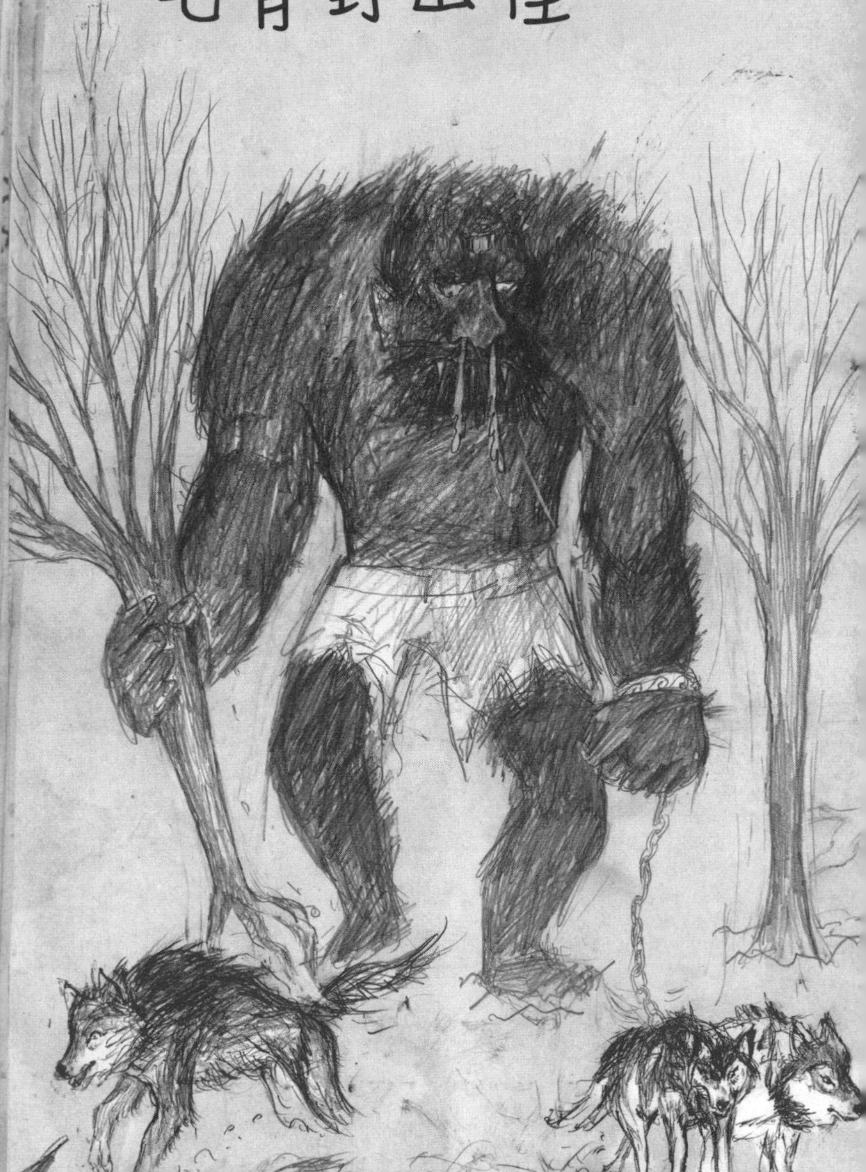

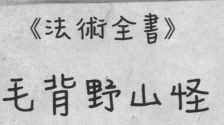

《法術全書》

不同種類的法術

飛行法術　水之法術

火之法術　愛情法術

生長法術　忘卻法術

隱身法術　雷電法術

不可思議的觀念

第 34721 號：法術與拼字

其實字母的先後順序不重要，只要第一個字母和最後一個字母位置正確就好了。

法術

教你「如何使用法術」的魔法手冊

大部分的小妖精體型太小，魔法對體型較大的生物效果不大，所以他們的魔法必須濃縮成小球或「炸彈」似的小「法術」，他們通常把這些法術放在腰間的法術袋裡。

小妖精還有專門用來裝魔杖的箭袋，當他們需要施放法術時，他們會選擇最適合該法術的魔杖，然後將法術「擊」向受害者。

裝了法術的法術袋

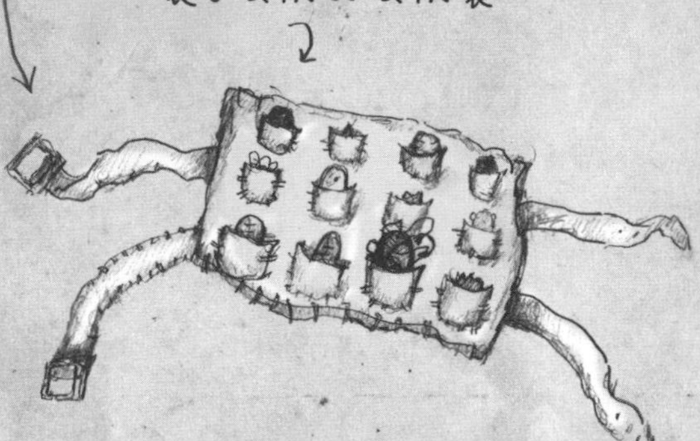

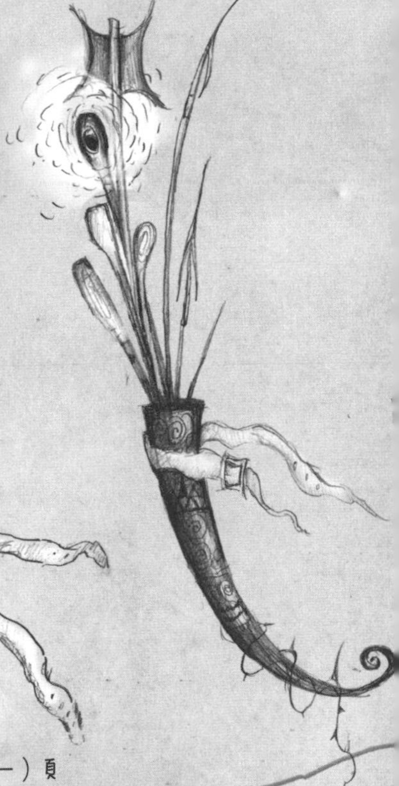

《法術全書》

妖精頭：剛睡醒的頭髮

幽靈光：小妖精夜間飛行時的光線，又稱妖精火

蝸牛糊：野山怪路過的地方，像蝸牛黏液一樣噁心的鼻涕

飛飛：搬家或流浪

除非你知道毛冰的祕密，否則不會注意到藏在枯木旁的小毛妖精。

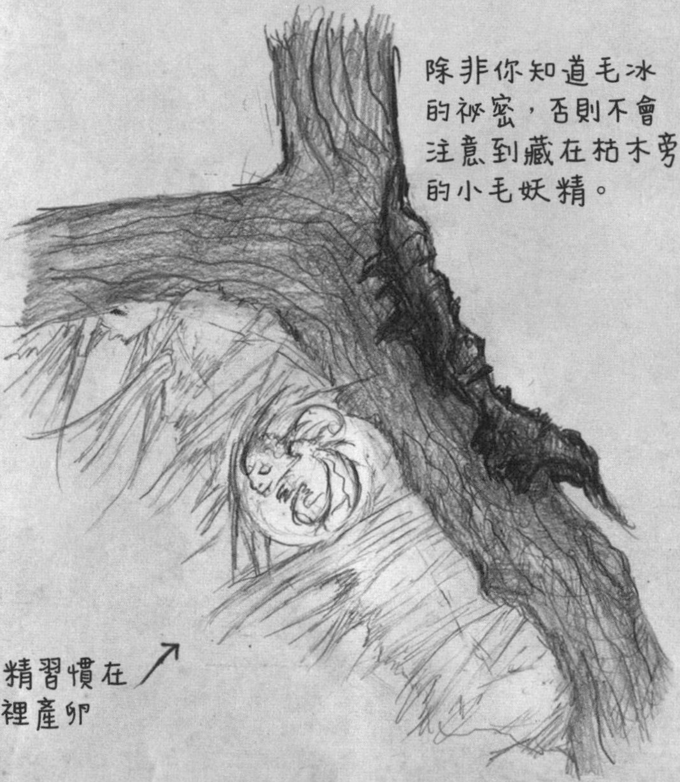
霜妖精習慣在毛冰裡產卵

《法術全書》

消失的詞彙

頭頂冒煙的長步高行巨人穿行阿爾比昂的森林時，會收集「消失」或瀕臨絕跡的「詞彙」。

在巨人看來，你如果失去了形容一件事物的詞彙，就沒法「思考」這件事物了。

下列是一些「瀕臨絕跡」的小妖精詞彙：

茲茲：草地上的窸窣聲

龍寒：天氣冷到讓人呼出霧氣，看起來像龍一樣

毛冰：像毛髮或手指一樣長在枯木上的霜

妖精火：小妖精在黑暗中飛過樹林時，身後閃現的流光

空道：巨人在野林漫步行走時，開出的道路

牛肚：河床的泥沙

#《法術全書》

巫妖

巫妖滅絕了，所以《法術全書》無法給你看巫妖的圖片，因為現在在世的人都沒看過巫妖。

假如巫妖不幸**沒有**滅絕，你應該：

1. 我不知道。
2. 別想逃跑，他們一定會追上你的。
3. 用鐵對付他們……可是魔法生物對鐵過敏。
4. 請見上面第一點。對了，別看他們。有時候你光是「看到」巫妖就會嚇死。

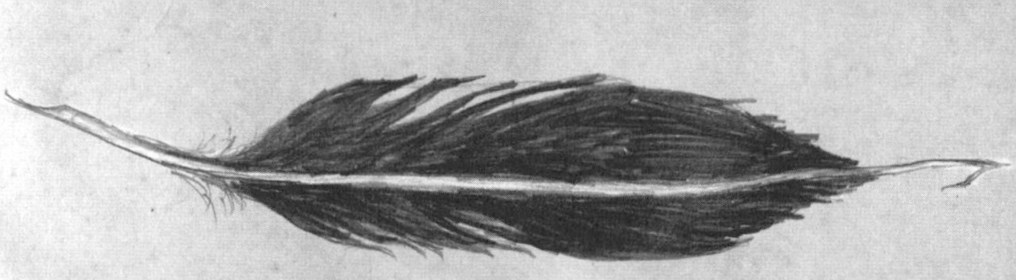

《法術全書》

小妖精的詛咒

在魔法世界裡，「語言」也有魔力，所以「詛咒」是非常厲害的攻擊手段。德魯伊族特別擅長詛咒別人。

「祝逆感冒流鼻涕**整整五個星期**流蝸牛糊然後腋下像被鼠怪咬了一樣癢……」

「祝逆被牛吃掉然後牛被鯨魚吃掉然後鯨魚沉到海底荒蕪的沙堆……」

（注意：小妖精從**藝術家**的視角看文字，他們認為文字的順序和對錯不太重要，只要看得懂就好了。）

《法術全書》感謝你閱讀本書。我們想貼心地提醒你，通常所有事情到最後

都會沒事的。

去死吧！
雪喵萬歲
夜咩把劫客吃掉
等我的魔法降淋，
我會試全宇宙
最利害勵害的人

「希望，我們不該亂碰這些東西……」刺錐不安地說。

「這是魔法物品……我們不應該看……我們不應該聽……我們不應該拿起來……」

「可是這本書說它有超過六百萬頁！」

「不可能。」刺錐說。他雖然叫希望不要看，還是從她背後看向那本書，因為刺錐熱愛書本，如果真的有一本六百萬頁的書，他非得看一眼不可。

「你看！」希望說。「它說它是魔法世界的百科全書，裡面有地圖、食譜、魔法物種、巫師、巫妖、矮人、矮妖、山貓、矮人、小妖精……而且它還解說了各種不同的魔法……還有各種消失的詞彙……聽起來很有趣……還有各種語言：矮人語、精靈語、巨人語、門語——什麼是門語？我都不知道門會說話……」

這本書讓人越讀越困惑，因為有很多頁都快掉出來了，掉出來的書頁會照不同的順序飄回書裡。而且這本書的作者寫得很沒條理，常常寫著寫著就離題，有時這會導向新的主題，有時候只會導向死路。

「而且這本書上有些地方出現一堆拼字錯誤，拼字能力幾乎和我一樣差！」希望得意地說。

「希望，這不是好事。」刺錐指出。「妳也知道，妳母親一定會說單字只有**一種**拼法，那就是**正確的**拼法……其他都是混亂……渾沌……無秩序……」

但希望沒在聽。「我的天啊！你快看！書上有寫到我的事！」希望不可思議地說。她翻到巨人那一節的一張圖片。「還有粉碎者！這怎麼可能？」

刺錐隔著她的肩膀，瞇眼看書頁。「那張圖看起來就是個女孩，不一定是妳啊……」

「可是這個女孩頭上有一根湯匙！」希望指出。

「是沒錯……」刺錐嘆了一口氣。「那可能真的是妳吧，畢竟這是本魔法書……」他想到一本魔法書在你不知情的情況下，自己把你的事情寫進書裡，就渾身一抖。「所以我們**真的真的**不該看這本書……」

《法術全書》

湯匙的心情

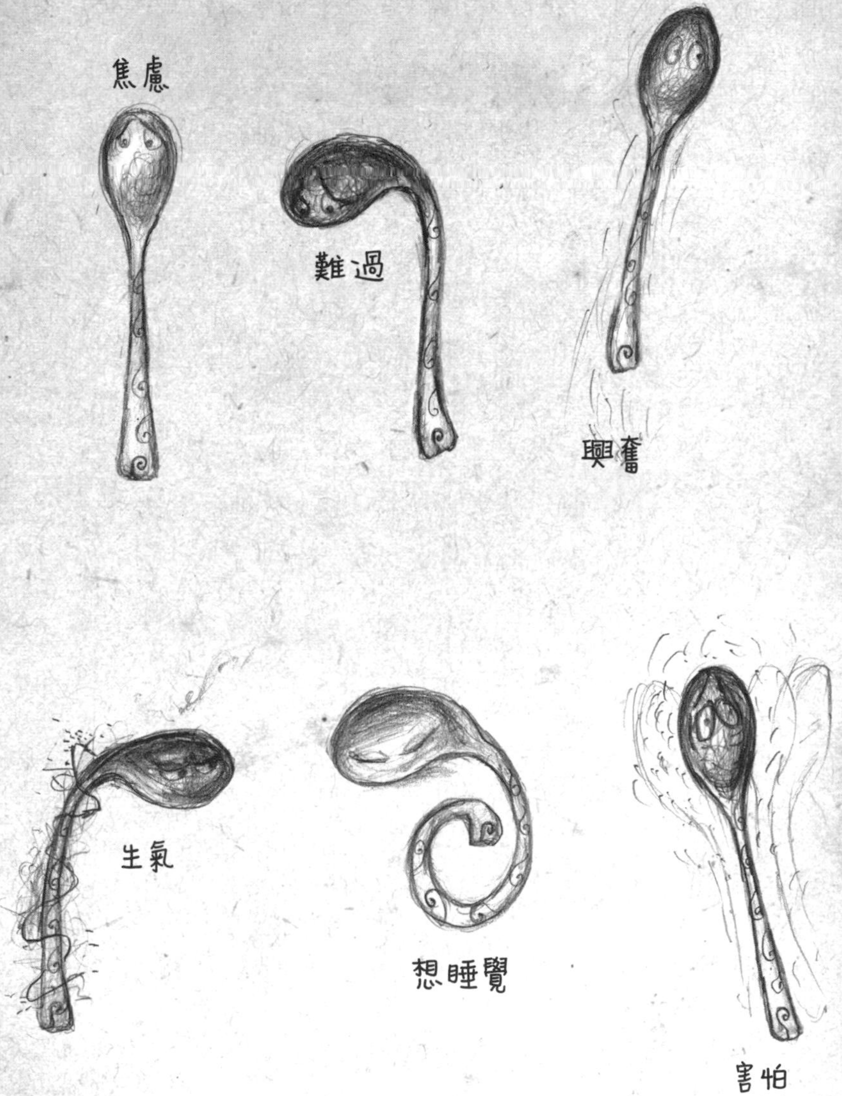

第 2,531,294 頁

「我只是想看看它能不能幫我們逃出去而已……」吱吱啾、風暴提芬和三隻雪貓並沒有認真看守札爾的俘虜，今天實在太累人了，他們已沉沉睡去。**我們也許「真」有機會逃脫**。刺錐心中萌生一點希望。

「札爾剛才是怎麼用的？」希望皺著眉頭說。「他碰了目錄頁的字母幾下，魔法書就自動翻到正確的那一頁……糟糕，我不太會拼字，刺錐你可以幫幫忙嗎？」刺錐從希望身後彎下腰，在《法術全書》目錄頁打出這句話：「在沒有繩索、沒有交通工具、沒有指南針，也不知道自己在什麼地方的情況下，該怎麼逃離巫師堡壘的魔法樹塔，然後穿過惡林？」

可惜所有的解答似乎都得用特殊工具，例如飛天魔毯或有翅膀的鞋子，而且《法術全書》還非常寫實、非常鉅細靡遺地指出潛藏在惡林裡的危險，像是巨貓、狼人與有牙齒的蘑菇，刺錐不是很想看到這些。札爾上鎖的房間下方傳出驚人巨響，嚇了希望與刺錐一大跳，那聲音類似天空同時打二十道雷，似乎是巫師在大廳打鬥的聲音。

「我的老天，那是什麼？」刺錐驚呼。

希望從札爾房間地板的縫隙往下看，直接看見巫師的宴會大廳。法術大賽開始了。

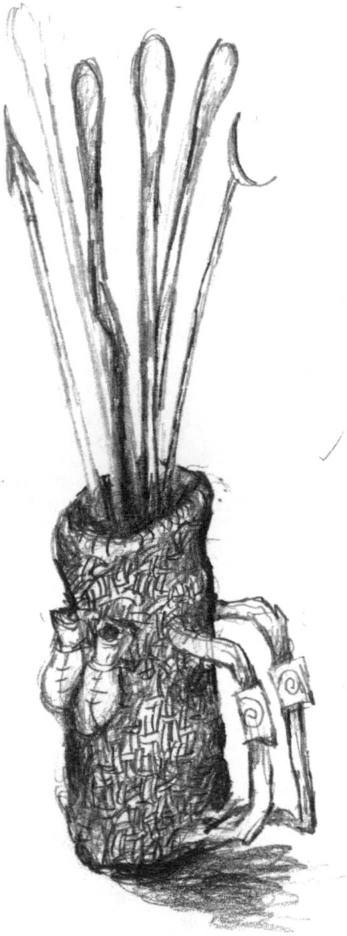

《法術全書》

法杖

像扎爾這樣的新手巫師只能用樺木做的法杖。橡木是適合各類型法術的木材，柳木則經常被用來施展治療法術。白蠟木經常被用於變形法術與妖術，但它難以控制。黑刺李是常被用於鬥法與黑魔法的危險木材。只有法力高強的魔法大師才准使用紫杉木做的法杖。

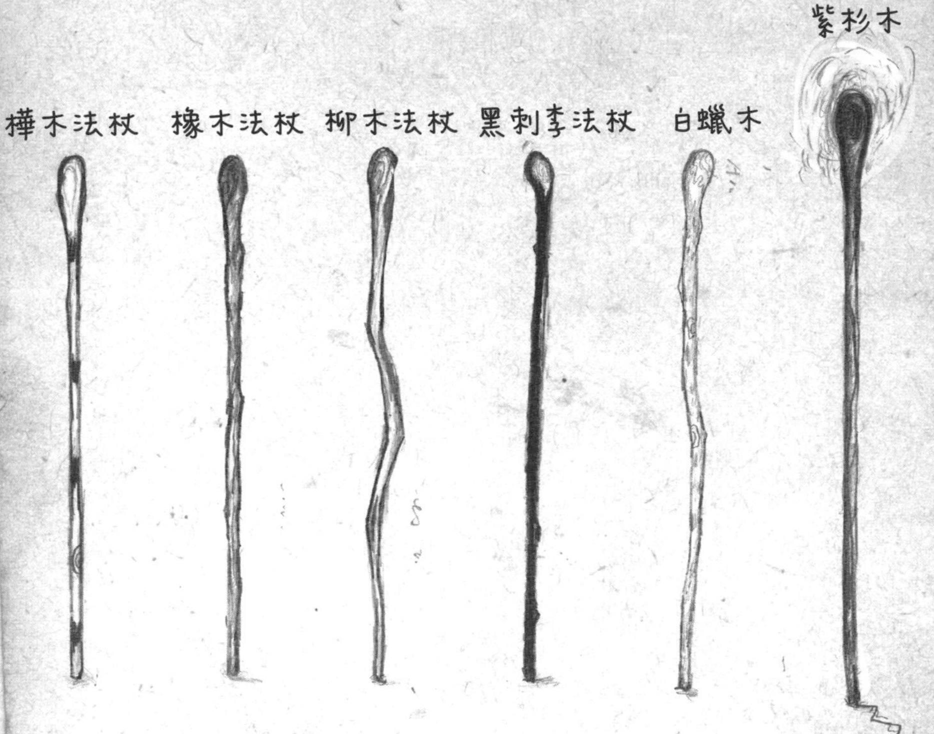

第八章　法術大賽

今天是「火焰」的慶典，所以大廳每個角落都燃著篝火，而吵雜的宴會大廳中央，是一圈火焰圍成的法術競技場。

大廳滿是不同歲數與不同體型的巫師，還有開心跳舞的巨人，或在角落邊思考邊打盹的巨人。大廳裡有號叫的狼、緩步行走的熊，還有在上方枝葉間的陰影俯視會場、尾巴來回晃動的雪貓。小提琴與銅管樂器自己飄在空中，即使沒有樂師也能跳舞、演奏。

在大廳的一角，巫師之王恩卡佐和其他成年巫師忙著談論政治。來自另一個巫師部族的斯維利認為巫師應該對戰士展開反擊，就像從前的巫師祖先一樣。「是時候戰鬥了。」斯維利說。「你該下臺了，恩卡佐，我們應該換一個新的巫師之王——也就是『我』。」

年輕巫師的法術大賽在大廳另一角舉行，目前沒有人是劫客的對手。這時候，札爾大搖大擺地走過來，身後跟著他的熊與狼，幾隻小妖精飛在眾人頭頂，他們偷走別人的帽子、亂捏別人的鼻子，吸引大家的注意。在短短兩秒內，發生了這件事：

亞列爾竄到所有宴會桌下，把人們的鞋帶綁在一起，等會兒這些人站起來準備離開時，就會撲倒在餐桌上，而且最好是整個人趴在「燉菜」這種容易亂噴亂濺的食物上。

時失施法讓好幾塊地板結冰。

其他小妖精也同樣頑皮地惹麻煩……

「札爾，你來這裡做什麼？」劫客壞笑著說。「你還沒有魔法啊……」

「我是來挑戰你的。」札爾大氣地說。

「怎麼挑戰我？」劫客露齒一笑。「寶貝弟弟，你該不會真的抓到**巫妖**了吧？」他開玩笑說。他轉向笑得前仰後合的一群朋友，用大拇指比了比札爾的方向。「這個魯蛇說他要抓一隻巫妖，把巫妖的魔法偷走……」

「**哈哈哈哈哈！**」年輕巫師齊聲大笑。

札爾若無其事地聳肩。「說不定我真的抓到巫妖了喔，劫客。」他說。「你要不要試著對我施法術，看看會發生什麼事？還是你太膽小了，不敢攻擊我？」

「劫客，小心！」戔暗提醒他。「他真的有抓到什麼東西……雖然我不知道那是什麼……」

「你當然沒抓到巫妖。」劫客譏諷道。「我的寶貝弟弟，你當然也沒辦法施魔法。我之前就警告過你了，你要是敢參加法術大賽，我就會滅了你，我一定說到做到……」

劫客臉上還有先前被貓王攻擊的齒痕。「札爾，你一踏進法術競技場就是自己一個人，你的小妖精和動物都幫不了你。」劫客冷笑著說。「你沒辦法像之前那樣作弊了。你的雪貓弄傷了我，我一定要**給你好看……**」

札爾踏進粉筆畫的圓圈，在跨過界線的剎那，一層薄薄的透明魔法力場在短促的嗡嗡聲中形成半圓，將札爾與劫客包在魔力的結界裡。

所有人都屏氣凝神，等著看接下來會發生什麼事。時失抽出一根魔杖，嗡嗡咻也跟著拿出魔杖，但現在札爾在界線內，他們幫不了他。

札爾只能靠自己了。

他朝劫客伸出雙手。

「喔？札爾，你不需要法杖就能施法嗎？」劫客輕蔑地說，他朋友聽了又笑成一片。只有札爾父親那樣的魔法大師才不需要法杖，那可是最困難的法術。

「你等著瞧，劫客，你等等就知道了。」札爾警告他。「我不但有巫妖的魔法，我還可以對『鐵』施法……」

「哈哈哈哈哈哈哈！」

所有年輕巫師哄堂大笑。

「哦？是嗎？」劫客笑了。

這太太太好玩了。

「沒錯。」札爾說。「我是命運選中的男孩。」

札爾自信地舉起沾了巫妖血的手，閉上眼睛，所有精力都集中在內在的自己。

去感覺那股力量……札爾心想。**感覺那股力量……**

在腦中想像……感覺指尖的魔力……

老師總是這麼說。

然而札爾的臉越來越紅，心裡也越來越氣。這就跟之前一樣，他每次試著施魔法，都會失敗……

……根本就沒有任何事情發生。

劫客剛才小心翼翼地沿著圓圈周圍走動，以免他瘋瘋癲癲的弟弟真的抓到了絕跡已久的生物。他知道那種事不可能發生，但札爾總是會做一些稀奇古怪的事，有時就連不可能發生的事也會發生。

但現在，劫客雙眼放光地看著札爾。

「唉呀唉呀。」劫客裝出很同情的語調，兩隻手愛憐地捧著法杖。「唉呀唉呀……所以呢，命運之子，被選中的男孩……你可怕的巫妖魔法到底在哪裡？」

「命運之子！」結界外那群年輕巫師又開始大笑。

「我不懂。」札爾不解又憤怒。「我**就是**命運之子，我**可以**的……我知道自己可以施魔法啊……」

慘了……札爾心想。他看到魔法劍上刻的字，看到那把號稱專門殺巫妖的劍，就滿心以為這全都是命運給他的啟示。但也許他錯了……如果這不是巫妖血——那它究竟是什麼東西？

拜託，拜託，別讓我在所有人面前變成狼人。札爾心想。**那太丟臉了。**

札爾再次後悔自己沒聽卡利伯的話。他感覺全身的皮膚都發癢，彷彿隨時會長出狼毛。

「你不會施魔法。」劫客說。「但我會。讓我來教你怎麼做吧……我該先施什麼法術比較好呢？那就先用……這招！」他用法杖指著札爾，一片閃光與熾熱的魔光從法杖射出來，重重打在札爾胸口。札爾整個人往後飛，撞上透明的魔法力場。

喔慘了。札爾無精打采地想。他慢慢站起來。**這跟我的計畫不一樣……**

「我把你變綠色。」劫客笑嘻嘻地對札爾發射一束又一束的魔法。札爾被魔力撞飛的同時變成鮮綠色，他感覺魔力像拳頭一樣一次又一次打在他肚子上，

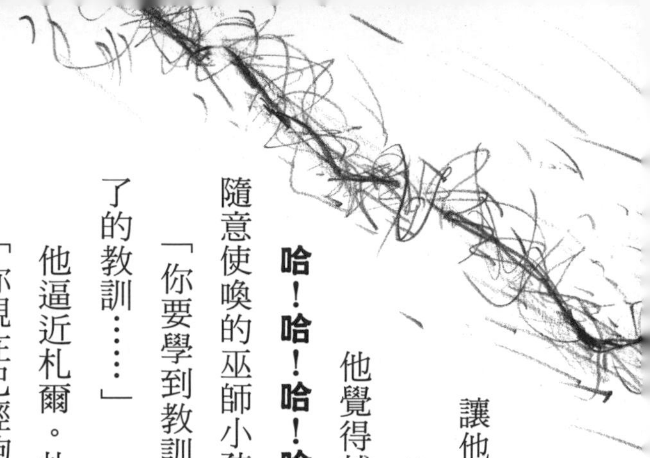

讓他差點尖叫出聲。「再變紅色……黃色……粉紅色……」

札爾在結界裡被打得飛來飛去，每次都變成鮮豔的顏色。

他覺得越來越想吐，用盡全力才忍住不在所有人面前吐出來。

哈！哈！哈！哈！哈！劫客的小嘍囉放聲大笑，以前被札爾捉弄、被札爾隨意使喚的巫師小孩也跟著大笑。

「你要學到教訓才行。」劫客笑吟吟地說。「我會讓你學到你一輩子都忘不了的教訓……」

他逼近札爾。札爾痛得直不起身，只能在原地呻吟。

「你現在已經夠小了。」劫客說。「但我要讓你變得更小……」

他用法杖指向札爾，低聲唸出咒語：「S、H、R、I、N、K……」這是縮小咒。「縮小吧……」

喔天啊……我不要縮小咒。札爾心想。**那很痛的，而且我已經夠小隻了。**

我要趕快把劍拔出來。

但他還來不及拔劍，法術就從劫客法杖的尖端尖聲飛出來，打中縮成一團的札爾。札爾身體的輪廓亮了起來，宛如星光編織成的男孩。

札爾硬生生憋住痛苦的哭喊，他感受到魔法星光緊緊抓住他，隨著魔法越抓越緊，額頭上一種詭異的擠壓感漸漸擴散到全身。他被法術又捏又擠又壓，彷彿身上穿了一套逐漸縮小的盔甲。

「快承認，是我贏了！」劫客高喊。他後退一步，給札爾一點掙扎與放棄的時間。「投降吧！」

札爾在縮小的過程中，嘴巴被擠成奇怪的形狀，但他奮力喊道：「不要！我拒絕！」

他的嘴脣被縮小、擠壓成「O」形，只能發出奇怪的尖聲。

「好啊。」劫客說。「那你就再縮小一次好了……」

這回，札爾忍不住叫了出來。法術在一陣尖叫聲、壓力與擠痛之中打到他，他的骨架又縮得更小了。可惡，這樣他哪有時間拔出那把劍？

「你放棄了沒？」劫客說。

「當然還沒！」札爾大喊。「劫客，我真的火大了！」

好消息是，劫客聽了暫停施法，因為他笑得太用力了，差點握不住法杖。

「喔，原來我真的惹你火大了啊？我好怕喔，好怕怕喔……」

劫客忙著大笑的同時，札爾終於鬆一口氣，抽出魔法劍。

他拔劍的時機很剛好，要是再晚一點，要是他的手縮得更小，札爾就沒辦法握劍了。

但他剛好能握住劍柄，把它從腰間拔出來。

這是他勝利的一刻。

札爾抽出魔法劍，劍劃過空氣，發出好聽的破風聲。聽到這個聲音的觀眾不再嘲笑他，他們發現這把劍是鐵做的，表情從驚訝變成恐懼。

劫客倒退一步。

「你怎麼可以帶『鐵劍』進來……」劫客期期艾艾地說。「你這個瘋子，你從哪裡拿到那玩意的？」

「我闖進了戰士鐵堡……」札爾開始自吹自擂。「在那些自大的戰士眼皮下，直接偷走這把劍……我當然可以帶它進來，因為這是專門用來殺巫妖的魔法劍。你等等就會看到，我現在有魔法了，而且我的魔法可以控制它……」

札爾朝劫客走去，劫客緊張地發射一束魔力，結果魔力被札爾揮劍劈成兩半。札爾覺得這個動作讓他心情大好。

「劫客，你剛剛還想讓我縮小嗎？」札爾嘲弄哥哥。「要不要再試一次？我離你越來越近囉……」

他們猛然開打，劫客用法杖快速發射滾燙的魔力，但魔力還沒打中札爾，就被札爾用劍砍成兩半，無力地掉在地上。

劍在札爾手裡活了起來，像剛從水裡抓到的鮭魚似地跳來跳去，劫客還沒發動攻擊，劍就先預測到他的下一招了。

札爾的體重沒有希望那麼輕，所以其他人看不出主導動作的人不是札爾，而是魔法劍。在其他人眼裡，札爾突然奇蹟似的變成世界最強劍士了。

觀眾不再嘲笑札爾，反而欣賞地指向他，看他在法術競技場邊跑邊砍斷劫客發射的魔力，還一邊大叫：「你現在覺得我的魔法怎麼樣啊，劫客？」札爾全力表現，在眾人面前演得不亦樂乎。

成功了！他愉快地想。

這就和他想像的一樣，再刺激不過了。

他聽見天芥對葉歌說：「哇！用劍打架好像比用法杖打架還要酷耶！」

葉歌也說：「妳覺得札爾真的是命運之子嗎？」

我變成明星了！札爾心中一陣狂喜。**我從一開始就知道我很有潛力！現**

在所有人都知道了。

就在這時，奇怪的事情發生了。

不知道為什麼，魔法劍突然猛地往左又往右跑，拖著札爾左右亂動。

這是怎麼了？札爾心想。

他剛剛還感覺自己和劍合為一體，他可以隨心所欲地控制魔法劍，現在他卻覺得這把劍想逃脫他的掌握。

札爾不得不雙手抓住巨劍，直到魔法劍大力一跳，拉著他往上飛三英尺，硬是逃出了他的手掌心。魔法劍撞穿拱形魔法結界，結果整個圓圈都爆炸了。

砰————！

爆炸的氣流使魔法暴力地撞向大廳各處，天花板被打穿好幾個洞，還有幾顆南瓜大小的火球飛過大廳。

魔法劍衝出法術競技場之後，自己朝大廳天花板飄上去，往札爾的房間飛走了……瀰漫大廳的煙霧消散時，剛才被炸飛的札爾和劫客躺在地上，大聲咳嗽。

札爾腳下多了一道大裂縫，整個大廳的地板都裂開了。

「這邊到底發生了什麼事？」

巫師之王的語氣比冰還要寒冷。

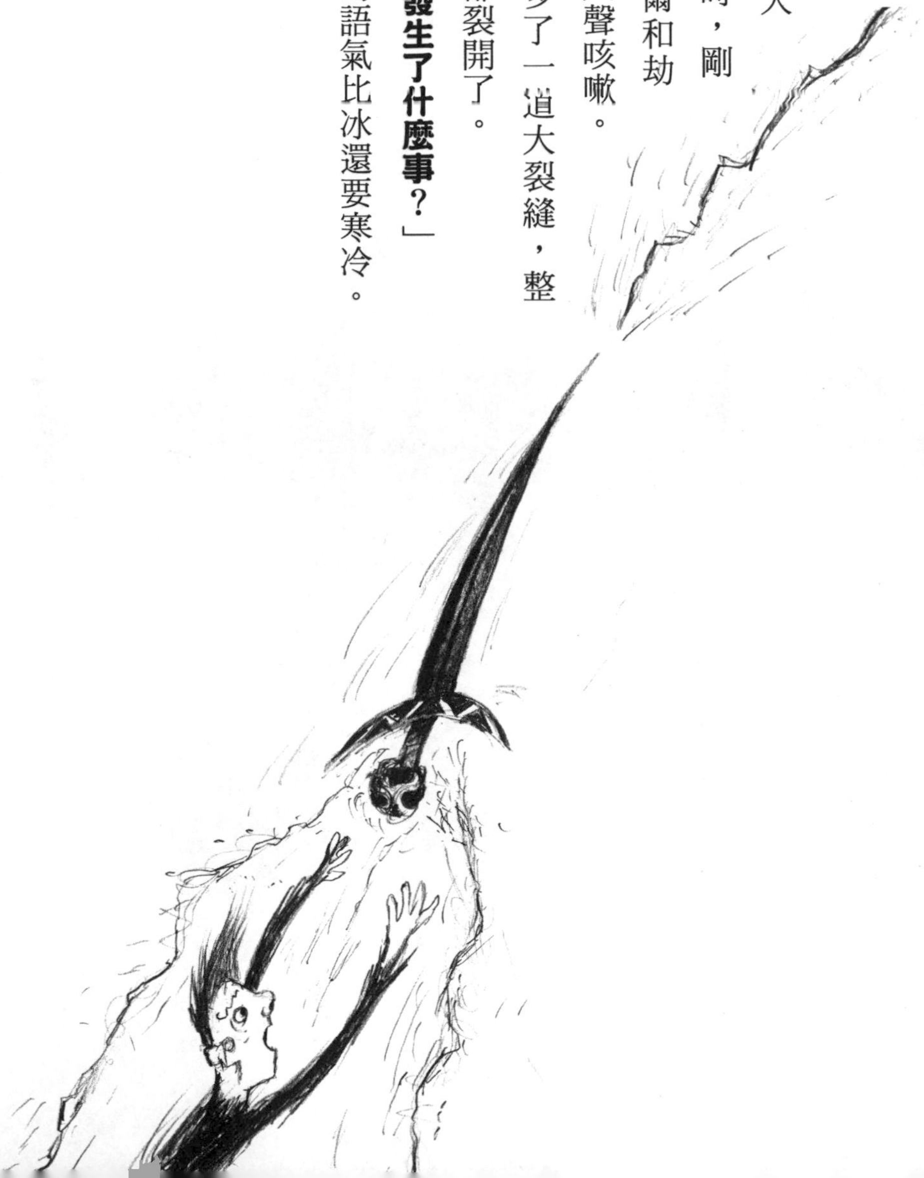

扎爾的父親
—魔法大師

第九章　巫師之王恩卡佐

巫師之王本來就是個高大的男人，他的魔法令他變得更高了。你很難盯著他瞧，因為他似乎時時刻刻都在變幻形狀，身體輪廓模糊不清——但在不斷變化的臉部輪廓下，只要你看透海浪般來來去去的魔力，就會看到一張剛正不阿、宛如斷崖線條凌厲的面孔。

他是一位法力高強的巫師，就連靜靜站在那裡，也讓人嚇得簌簌發抖。他右手有一枚黑色指甲，這背後有一則故事，卻沒人敢向魔法大師問起他指甲變黑的故事。

他身邊有兩隻非常大、非常老的雪貓，他們像大門兩側的石像，坐在巫師

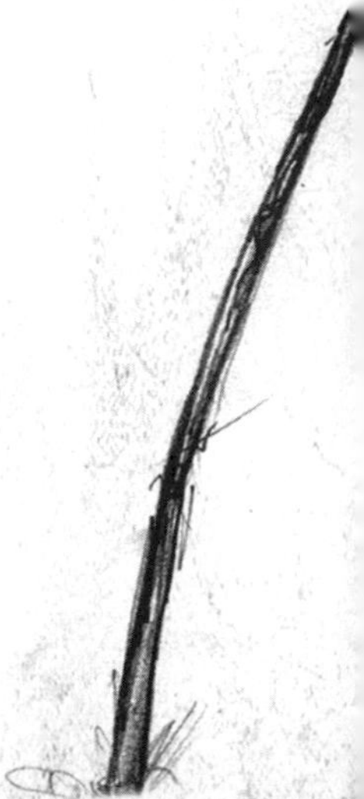

之王左右手邊。

札爾和劫客像真人做的稻草人，跌跌撞撞地站起身。

「札爾！」巫師之王厲聲說。「這到底是怎麼回事？還有，你怎麼會參加法術大賽？」

巫師之王冰寒的怒火消失片刻，他問札爾：「你的魔法終於降臨了嗎？」

他的聲音充滿期待——太期待了——巫師之王的兒子一聽就知道父親有多希望魔法能快快降臨。

「降臨了。」札爾說。

「才沒有！」劫客說。

「札爾？」巫師之王嚴厲地問，這回他將失望的心情表露無遺。「到底降臨了沒有？」

「可能沒有。」札爾鬱鬱不樂地承認。

「那你怎麼會參加法術大——」巫師之王話說到一半，就被氣呼呼的劫客

無禮打斷了。

「他作弊！他完全瘋了！」劫客大吼。「今天晚上他跑進惡林，口口聲聲說要抓一隻巫妖，把巫妖的魔法搶來自己用……然後他還攻擊我，他拿鐵——」

劫客正想說出魔法劍的事，但巫師之王為了處罰他不守規矩，趁劫客話還沒說完就用魔法把他的嘴巴封起來了。巫師之王小指一彈，劫客的嘴巴用力地閉上，彷彿患了牙關緊閉症。

嚷特——札爾的巫術與進階法術老師——匆匆跑上前。

嚷特這個男人非常浮誇，他的鼻子像

隻尊貴的龍蝦，幾層下巴隨時都憤怒地晃來晃去。

他雖然表現得很莊重、很鎮靜，身後跟著他的卻不只有高貴、年邁的小妖精，還有六隻小豬。這六隻對著嚷特興奮亂叫的小豬，完全毀了他的形象。

「國王陛下，這件事我已經提過好幾次，**好幾次**了！」嚷特高呼。「您從以前就選擇忽視我的諫言！您的兒子不只犯了這些錯事，過去這週他還騎著雪貓爬上城堡的旗竿，取下巫師部族的旗子，把陛下您的內褲掛了上去……他甚至燒了營地的西區……」

「那是意外！」札爾忍不住打斷他。「我只是在捉弄煙囪裡的小妖精，是他們開不起玩笑……反正，」他急急地說。「那不是我做的，我那時候根本不在現場……」

嚷特抱怨到激動處，氣得連聲音都發顫，多層下巴左右晃動，撞來撞去。

「最過分的是，他把『愛情不說謊』魔藥倒進餵豬的飼料槽，害小豬表現得**非常誇張……**」

《法術全書》

愛情不說謊魔藥

如果你喝下「愛情不說謊」魔藥，就會愛上你下一個看到的人。這個魔藥也能辨別事實和謊言，如果你拿著這種魔藥說謊，藥水就會從紅色變成藍色。

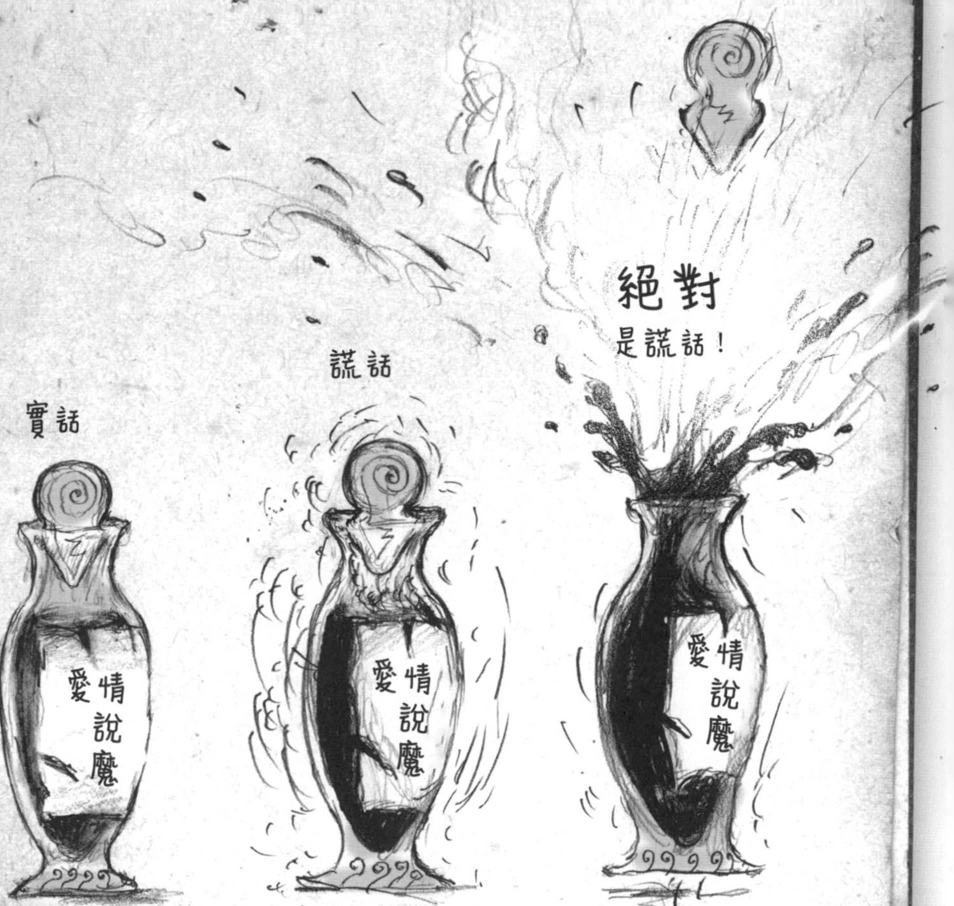

小兒子的行為確實令巫師之王煩躁不已，但他還是忍不住嘴角一抽，微露笑意。他低頭看著六隻直盯著嚷特、目露熱愛的小豬。「也是。我還想說你怎麼會讓豬當你的追隨者呢，嚷特……對你這樣身分尊貴的老巫師來說，感覺太不莊重了，對吧……」

「這六隻豬，」嚷特氣鼓鼓地說。「不是我的追隨者！是您兒子搞的鬼！巫師之王陛下，您怎麼可以覺得這件事很好笑……您的兒子不守規矩，又沒有魔法，讓我們整個部族蒙羞……」

「札爾，你有什麼藉口嗎？」巫師之王問。

「你們沒有證據！」札爾大喊。他憤怒地對空氣揮拳。「我是『壯闊的札爾』，我要求你們公平公正地審判我！」

「那當然。」壯闊的恩卡佐說。

「札爾，能讓我看看你口袋裡的東西嗎？」

他指向掛在札爾腰間的口袋，口袋裡有一包東西。札爾非──常不情願地從口袋取出包裹，在恩卡佐的堅持下拆開它。原來這個「包裹」是巫師部族燒焦的旗幟，旗子裹著一瓶半滿的「愛情不說謊」魔藥。

恩卡佐抖了抖旗子。「嗯……你不覺得這就是證據嗎？我在此宣布，你……**有罪**。」

「我從來沒看過那面旗子！」札爾大聲說。

可惜札爾手上還拿著那瓶「愛情不說謊」魔藥。

「愛情不說謊」有兩種功能，如果你把它吃下肚或聞到它的味道，你會愛上下一個出現在你面前的人或動物。第二種功能是，當拿著這種魔藥的人說謊，藥水就會從紅色變成藍色。

恩卡佐看著「愛情不說謊」魔藥逐漸從紫紅色變成不透明的深藍色。

「一定是有人把旗子和『愛情不說謊』放在我口袋裡，這些**不是**我的東西！」札爾依然滿懷希望地撒謊。

「愛情不說謊」魔藥隨著謊言的嚴重程度，從深藍色變成黑色。藥瓶充滿煙霧，在札爾手中抖動——軟木塞直接飛了出去。札爾連忙把軟木塞塞回去，可是有一絲氣態魔藥灑出來，靜靜圍坐在嚷特腳邊的六隻小豬被灑了一身魔藥。新鮮魔藥使原本愛慕地看著嚷特的小豬跳起來，他們瘋狂亂叫，想引起嚷特的注意，叫聲越來越沒禮貌。

「**啊啊啊！**」嚷特大吼著拍開六隻小豬。「**滾開！去！討厭的畜生，去去去！**」

看到這麼好笑的畫面，只有札爾膽敢發出笑聲，因為恩卡佐不再覺得有趣。他低頭盯著自己的小兒子，雷雲般的眉毛越沉越低，一雙鷹眸變得越來越凌厲。

「札爾，嚷特和劫客對你的指控都屬實，不僅如此，你還是個騙子，是個小偷。」巫師之王凝重地說。

可惡的父親！為什麼他總是讓札爾感覺自己很小很小很小？

「現在，你必須捨棄這些愚蠢的小把戲，是時候『長大』了。」巫師之王說。「其他都還是愚蠢、幼稚的小事，但你試圖取得壞魔法，這是非常嚴重的罪行，過去就有巫師犯了這個罪，被部族驅逐……」

「我們**的確**應該驅逐他！」嚷特激動地插嘴。「……陛下是壯闊的恩卡佐、魔法大師、巫師之王，結果您的小兒子竟然沒有魔法！太丟臉了！太糟糕了！**要是他的魔法永遠不降臨怎麼辦？**我們會成為整片森林的笑柄。」

札爾的胃不安地翻滾。

「札爾，我們今天不驅逐你的唯一理由，是因為你的想法實在太蠢了。」巫師之王冷冰冰地說。「就算是十三歲小孩也該知道，巫妖早就滅絕了，即使森林裡真的有巫妖出沒，也只有瘋子會想接近他們。」

恩卡佐指著札爾，他不需要法杖也能集中魔力，極強的魔力從他指尖射出來，強到無法用肉眼看見。

札爾焦黑的衣服緊緊裹住他，他幾乎無法呼吸。

札爾腳下破碎的泥地浮現了不斷扭動的蛇影，地板上的蛇影開始爬動，他們有了實體，直接浮出地板，緊緊纏住札爾雙腿。札爾的衣服帶著他飄到空中，他彷彿被掛在樹枝上，而嘶嘶叫的蛇變成水銀將他纏了起來，再化為固體鎖鏈。札爾掛在空中，身上纏滿了鎖鏈。

「**放我下去！**」札爾怒不可遏地高喊。

「你違背我的命令，擅自闖入惡林。」巫師之王說。「你試圖從黑暗生物身上奪取魔法，將壞魔法帶進這座堡壘，還試圖在法術大賽中作弊。在我決定要怎麼懲罰你之前，我不會放你下來。」

「我不懂，你為什麼要處罰我！」札爾忿忿不平。被鎖鏈捆住的他奮力掙扎，兩條腿在空中瘋狂亂踢。「不公平！你們每次都找我麻煩！」

「我每次都找你麻煩，是因為你每次都惹麻煩。」巫師之王惱怒地說。

卡利伯張開翅膀，在巫師之王耳邊低語。

「我建議您耐心點。」渡鴉說。「和孩子相處時，耐心非常重要。您應該試著從他們的角度看事情。」

「我對這孩子已經非常有耐心了，」巫師之王咬牙切齒地說。「但我的耐心快要用完了。這孩子必須學會服從我的命令，如果他不聽話，我就必須懲罰他。」

「您越是嚴厲地懲罰他，他就越是叛逆。」卡利伯警告他。

迪門德——德魯伊最高統帥部派來的使臣——摸了摸鬍鬚，高高舉起一根手指。「這個男孩沒有魔法，這是眾神不悅的表現！」

「你說得對。」斯絆利說。他是恩卡佐的競爭對手，從以前到現在一直很想推翻恩卡佐（這又是另一則故事了，我晚點再說給你聽）。「你連自己的兒子都控制不了，連處罰他也下不了手，或許這代表你不適合領導這個部族……」

唉，當孩子的父親還有當一國之君，比你我想像的困難許多。

而且每個人都認為自己可以當一個更棒的家長，或是更棒的君主。

「**你們都給我安靜！**」巫師之王恩卡佐大喊。

「我要是想聽你們的意見，就會請你們發言。」巫師之王說。「札爾只不過是因為魔法還沒降臨，喜歡在朋友面前耍帥，所以才這麼幼稚，這麼不聽話……」

札爾情緒失控了。

「至少我有在**做事**！」札爾大吼。「至少我有**試著**做事！你呢，父親，你什麼事都沒做！」

整間大廳的巫師一起倒抽一口氣。巫師之王的輪廓憤怒地震顫，身上迸出火花，而在上方，烏雲飄進大廳高高的天花板，大廳變得越來越暗，隆隆雷聲不斷迴盪。

卡利伯用翅膀遮住眼睛。札爾該不會真想被驅逐吧？

「我們怎麼不出去和戰士的軍隊打仗！」札爾喊道。

「這正是我剛才那番話的重點。」斯維利滿意地說。他雙眼閃爍著愉悅的亮光。「就連恩卡佐的親兒子，也覺得他這個國王不夠稱職……」

斯維利沒有把話說完，因為巫師之王的手指微微一動，斯維利脖子上的金屬環就猛地收緊，過了好一陣子他才有辦法呼吸。

「只有當我們確定能贏的時候，才應該和戰士打仗。」巫師之王說。他努力克制自己的脾氣。

「你為什麼認為我們不會贏？」札爾大叫。「搞不好我們躲在這個一直縮小的森林裡閒晃、拉小提琴，還有施小魔法和調愛情魔藥，戰士還是會把我們全都消滅掉！他們會燒了我們的森林，殺了我們的巨人，毀了我們的生活方式！」

魔法大師恩卡佐的眼睛一閃。

「我們都只像膽小鬼一樣躲在這裡，不去面對戰士。」札爾又大叫。「父親，你為什麼要我們當膽小鬼？說不定你自己就是膽小鬼……」

「住口！」巫師之王怒喝。「否則我會**強迫**你閉嘴！我會用魔法把你的嘴脣死死黏在一起！」

「那你就施法啊。」札爾說。「我才不在乎呢。」

「夠了！」巫師之王喝道。「我知道該怎麼懲罰你了。接下來三天，我會把你和你的動物、你的小妖精都鎖在房間裡。」

「這還不夠。」嚷特氣呼呼地嘀咕。

札爾一臉震驚。

「父親！不！」

「不想被懲罰，你就不該違反規則，不是嗎？」恩卡佐用最嚴厲的語氣說。「好了，安靜。」

「是我不聽話！別處罰他們，處罰我啊！」札爾憤怒地說。

「三天。」巫師之王的聲音更冰冷了，他氣得臉色發白。「你每說一句話，我就多加一天。」

札爾張開嘴……又閉上嘴巴。

「四天。」巫師之王說。「你這四天都不准離開房間。如果你再不聽話，如果你還要無視我的命令，你就**再也別想**和你的動物或你的小妖精見面！」

札爾很在乎這件事，非常非常在乎。

他沉默不語。

「我是這裡的王……」恩卡佐說。「這間大廳裡的所有人都該記得這件事，札爾更應該記得我們是什麼人……

「札爾，你覺得自己很了不起。」巫師之王說。「但實際上你很自大，你不服從命令，你自私得不可思議，還試圖從巫妖身上奪取壞魔法，表示你不瞭解巫師的本質。札爾，巫師應該是使用好魔法的人……

「我給你最後一次機會，你要好好表現。」巫師之王警告札爾。「假如你做什麼壞事，或違抗我的命令，我就不得不驅逐你，逼你身邊的動物和小妖精離開你。」

「**你根本就不關心我！**」札爾高聲哭喊。「**你只想要一個有魔法的兒子！**」

「**閉嘴！**」巫師之上大吼。

他再次移動手臂，之前法術競技場爆炸時，大廳四周的柱子與樓梯碎成了好幾千塊碎片，現在那些微小的碎片從地上飄起來，像蜂群形成的雲般在空中舞動。

巫師之王揮動手臂，彷彿在指揮隱形的樂團，空中的塵埃跟隨他的動作浮動。

「破壞非常容易。」巫師之王說。「但我和戰士不一樣，我對破壞沒有興趣。創造比破壞困難太多了，我們巫師的本質就是創造者。奏響吧，小提琴！演奏吧！」

小提琴全都飛到空中，自動演奏起音樂，而飄浮在巨大宴會廳裡的塵埃如森林大火的濃煙般隨音樂起舞。塵埃帶著十足的精力舞動，甚至散發熱氣，讓所有驚嘆得仰頭的巫師都暖了起來。

他用十分驚人的方式展現了自己的力量，因為創造的魔法比破壞的魔法困難太多了，只有「巫師之王」能做到這麼厲害的魔法。他這麼做是希望對札爾證明自己說得對，也是提醒斯維利和其他的巫師，這才是巫師該有的精神。

他成功了，就連斯維利也不情願地讚嘆出聲（同時也低聲咒罵）。

「札爾，創造新事物吧。創造新事物，讓我對你刮目相看。」說完，巫師之王瘋狂揮動雙手，隨著他讓小提琴演奏的音樂華麗舞動。

「現在，在我准許你出來之前，你給我乖乖待在房間裡。」

砰！

最後一聲震耳欲聾的魔法雷聲響起，大廳被閃電般的法術照亮，數百萬個塵埃碎片陡然碰撞在一起，變回原本的柱子。地板的裂縫重新合起來，而札爾的衣服與飛在空中的蛇鎖鏈帶著他往上飛啊飛，回到他的房間。房門飛開，蛇鎖鏈前後搖晃札爾，接著突然放開他，札爾被甩到房間地上。

巫師之王對札爾的動物與小妖精打了個手勢，動物紛紛跳出大廳爬上樓，小妖精也跟了上去。最後，卡利伯緩緩拍著翅膀，不甘願地跟其他動物一起走了。札爾的房門在他們背後重重摔上。

「這不夠。」劫客不滿地說。他的嘴脣終於分開了。「嚷特說得沒錯，你應該驅逐他才對。」巫師之王對劫客大吼一聲。這很少見，因為他平時最喜歡大兒子劫客。我這裡說的「大吼」，是指巫師之王張開嘴巴，一股憤怒的魔力飛出來，把劫客整個人打飛。接著，恩卡佐大步走回自己的王座，重重坐下來，抱著頭心想：

札爾到底有什麼問題？為什麼他的魔法還沒降臨？我給他境內最好的巨人、最好的樹、最聰慧的導師卡利伯……為什麼我就是控制不了他？

唉，當孩子的父親還有
當一國之君，比你我想
像的困難許多……

第十章　十五分鐘前，札爾的房間

札爾回到房間，發現房間的狀況和十五分鐘前差非常多。

札爾房間裡發生了不好的事。

這些不好的事情，發生在希望、刺錐、小妖精與被札爾一起鎖在房間裡的動物身上。還記得他們嗎？

這裡發生了非常、非常糟糕的事情。

為了說明這一切，我必須回溯到十五分鐘以前。

當然，在現實生活中，我們不可能倒轉時間。

我應該說過了吧？

不過在這裡，我可以倒轉時間，因為我是這個故事的主宰者，所以能使用很多魔法。這些魔法對我不見得是好事。

請想像十五分鐘前，札爾的房間。

法術大賽在樓下展開了，希望與刺錐從地板的縫隙偷看比賽。

就在這十五分鐘前的時間點，就在現在，有「什麼東西」在荒郊野外淋著滂沱大雨，踩著沒人看得見的隱形腳步偷偷接近巫師堡壘。

這東西很古老，很黑暗，而且非常非常邪惡。

那可能是一隻野山怪，說不定他想搶回他的血液。

那可能是一隻狼人，等著札爾加入他的狼群。

又或者，那可能是……

別的「東西」。

平時，巫師堡壘外圍有魔法做成的隱形圓拱，完全罩住他們的營地。

然而札爾將魔法劍帶入堡壘時，魔法結界被鐵割開了一個洞，一路從外牆

進到札爾的房間。鐵的力量再強大不過，任何人、任何東西只要沿著鐵經過的道路走進巫師堡壘，就不會被他們的魔法偵測到。

那真是太不幸了，因為札爾留在房間的外套上，兩根黑羽毛正非常微弱、非——常黯淡地從邊緣散發病態的綠光。

雪貓、吱吱啾、風暴提芬與熊整天在戶外呼吸新鮮空氣，還有在惡林裡設陷阱抓巫妖，他們都累壞了，現在睡得很沉。

但房間的空氣發生細微的變化，使跪在隱形地板看比賽的希望與刺錐猛然抬頭，緊張地發抖著四下張望。魔法湯匙立在希望頭上，焦慮地不停顫抖。

他們聽到樓下法術大賽的聲音。

可是屋外的森林裡，大雨、雷聲、閃電，以及吹得札爾房間像被瘋子亂搖的搖籃的狂風，瞬間停息了。

雷聲消失無蹤，只剩下詭異的寂靜。周遭的森林異

常安靜，彷彿整片森林都湊了過來，凝視它握在綠色手心的恐怖生物。

唯一的聲音，是水從上方隱形的法術邊緣滴落的聲響……滴……滴……滴……

希望透過法術直接望見上頭灑滿星辰的夜空，樹木的枝葉異常靜止，彷彿畫在夜空周圍的裝飾。

空氣中多了一股寒意，希望記得這種冰寒，他們今晚被不明生物在森林裡追著跑時，她就感受到那種滲入骨髓的寒冷。

希望驚駭地發現，掛在札爾外套內側的黑羽毛，正發出病態、噁心的黃綠色微光。光芒規律地閃爍，宛如誰在呼吸。

希望喉頭梗著一口氣，她感覺自己快窒息了。

這種感覺簡直像螞蟻在頭髮中亂爬，每一根頭髮都傳來恐懼的電流。

上方的法術就像一片玻璃，多了雨水的痕跡。

但在玻璃另一側，那個像油脂一樣緩緩遮住星空，動作夢幻得幾乎令人作

嘔的黑影……是「那個東西」嗎？

還是，那不過是希望自己幻想出來的噁心幻影，是她漫長累人又嚇人的一整天下來，布滿血絲的眼睛製造的幻像？

希望敢肯定，玻璃另一側有某個黑暗的影子，正黏答答地挪動……

至少，她覺得自己很肯定……

那些關於巫妖的傳說是怎麼說的？巫妖是不是和幽靈一樣，你平時看不到他們，但是他們攻擊你的時候一定會現身？否則他們只會像空氣一樣，穿過你的身體？

然後，驚駭到了極點的希望發現，那團黑影絕對不是幻像。

她用力過頭的耳朵，絕對聽見了上面的空氣傳來窸窣細語聲。

滴……滴……滴……滴。

窸窣……窸窣……窸窣……窸窣。

「裡這在它……裡這在它……裡這在它……」

巫妖和我們使用同樣的語言，但他們會倒著說話。上面這句的意思是：

「它在這裡它在這裡它在這裡……」

「快醒醒！」希望對雪貓、吱吱啾與風暴提芬沙啞低語。「**快點**醒來，我們得離開這裡……」

風又吹過來了，帶來悶熱噁心的「巫妖」臭味——中毒的老鼠與蝰蛇的舌頭，和藥劑師調配的藥水一樣充滿死亡的氣息。

躺在樹葉堆裡的雪貓嗅到這股惡臭，紛紛睜開睡意迷濛的眼睛，悠悠醒轉。他們像聞到狐狸氣味的鹿一樣，立刻意識到自己必須保持安靜。

風暴提芬張開一顆眼睛，兩顆眼睛，看見兩根閃爍綠光的羽毛，瞬間像玩偶一樣靜止不動。

刺錐試著開門。

但札爾在離開前把門鎖上了。

「我們被鎖在這裡了！」刺錐驚恐地說。「我們被困住了！」說完，他單手握著門把，直接昏過去了。

「刺錐！」希望尖叫。「**快醒醒！**」

刺錐愕然驚醒，困惑地咕噥：「哪裡？怎麼了？為什麼？」

「札爾的房間……」戰士公主氣喘吁吁地說。「巫師堡壘……我們被很恐怖的東西攻擊了……」

「那是什麼？」風暴提芬輕聲說。她抬頭盯著上面，小手緊緊握住細刺般的魔杖。

「那把劍！……真是的，湖泊的水神啊……我們需要那把魔法劍！……」希望高喊。

現在你知道了，世界上沒有任何事情是「意外」。

魔法劍之所以在那瞬間脫離札爾的掌握，令參加法術大賽的札爾陷入窘境，是有原因的。

我們不得不承認，比起札爾，希望更需要那把劍。

嘶嘶嘶嘶嘶嘶——！

震耳欲聾的撕裂聲害希望嚇得整個人跳起來，差點嚇死她，到現在還握著門把的刺錐也醒了過來……

魔法劍切開法術競技場上方的大廳天花板，又切開札爾房間地板的法術。微微顫動的魔法劍飄到札爾房間中央，向上直指空中的雨傘法術。它和希望之間剛好隔一條手臂的距離。

她只需伸出手，握住劍柄。

喔感謝我的槲寄生，感謝我的常春藤，感謝所有的湖泊……

「**世上曾存在巫妖……**」

希望悄聲唸出劍身上的刻字。

「……**但是我殺了他們。**」

她伸出手。

握住魔法劍。

上方傳來尖銳刺耳的尖叫聲，「那個東西」猛地俯衝。

那個不停變動的影子變得很黑，也變得非常非常紮實。

一陣令人困惑的風聲……

接著「那個東西」以驚人的力道撞上透明的

法術雨傘……

又是一聲咒罵似的尖叫，然後——

——希望看見一根長爪穿透上方的玻璃法術。

這是一根駭人的黃綠色利爪，它非常非常真實，還像鋒銳的彎刀一樣向內彎。

希望放聲尖叫。

要是沒有風暴提芬的法術，她想必早就死透了。剛才「那個東西」俯衝時，被那層透明法術擋住了。

鋸齒裂痕開始在法術表面擴散，像即將碎裂的冰層。

希望舉劍往上刺，魔法劍在她手中一跳，拖著她往上飛。又是一聲刺耳的尖鳴，鐵劍刺穿透明法術，刺進某個軟軟的東西……然後——

上面巨大的黑影又哀鳴一聲，而後靜止不動。

希望奮力抽回魔法劍，它帶著令人作嘔的嘎

吱聲離開「那個東西」的身體。

拜託……希望在心中哀求。**拜託讓「那個東西」死掉**……

片刻的死寂過去了。

說不定「那個東西」真的死了？

她剛才刺了「那個東西」一劍，刺得滿深的……

雪貓開始咆哮，刺錐驚恐地重複：「我的天……我的天……我的天……」

希望看見暗沉的黑影癱在上方的法術雨傘上，動也不動。

我殺了他。希望難過地想。**我真的殺了他**……

風暴提芬注視著希望手裡的魔法劍，因為恐懼而目瞪口呆。「別碰那把劍……」小妖精小聲說。

劍尖沾滿奇異的不透明綠色物質，那些奇怪的綠色液體似乎在冒煙。一滴液體在劍尖顫動，在眾人注目下，它彷彿慢動作滴落……

……滴向希望的手。

吱吱啾突然衝上前，尖叫：「希望，小心——小心！」

……結果堅持要保護公主的毛妖精，撲到了那滴綠色液體和希望的手之間，不斷冒煙的綠色酸液滴在他手上，可憐的毛妖精尖叫一聲用力甩手，想甩掉那滴嘶嘶作響的液體。

吱吱啾尖叫著飛跳到空中，驚恐地晃動他的手。希望試著抓住他，她想安慰他、安撫他。風暴提芬發狂了似的尖喊：「不要碰！不要碰！」

上方的法術已經布滿裂痕，宛如湖面冰層碎裂前一秒。

「**離床遠一點！**」希望大喊。雪貓與小妖精紛紛撲向房間的角落，他們逃得很及時，因為在一眨眼間，滿是裂痕的法術破裂了——法術製成的玻璃灑在房間各處，積在上面的冰冷雨水瀑洩到床上，那個黑

影也直直墜下來。札爾的床被黑影壓垮，一起往下掉，往下掉，地板被融出一個鮮綠色的洞，不停往下擴大。札爾的房間中央多了一個大洞。

這個洞足足七英尺深，底部還有一具巫妖屍體。

「他好像死了……」希望顫抖著悄聲說。她從邊緣望向大洞的底部。「至少他沒在動……吱吱啾，你還好嗎？」

「窩『不』好……」吱吱啾輕聲說。他還在甩手。「窩『不』好……這是壞魔法……很壞很壞的魔法……」

在他說話的同時，整條手臂都變成綠色，就連心臟和頭都變綠了。吱吱啾變得和樹枝一樣僵硬，邊發抖邊像石頭一樣僵硬地摔倒在地上。

我之前就說過了。

札爾房間裡發生了不好的事。

非常、非常不好的事。原來短短的十五分鐘，可以發生這麼多事情。

第十一章　札爾的願望成真了，但他沒有料到……

巫師之王的魔法破開上鎖的房門，飛在空中的鎖鏈將札爾扔進房間的當下，他並沒有發現房間裡的變化。卡利伯在最後一刻飛進來，房門在魔法的作用下重重摔上。

札爾也不認為房間會有什麼變化，畢竟他十五分鐘前還在這個房間裡，這地方怎麼可能在十五分鐘內發生什麼改變？

總之，他忙著對緊閉的門大聲罵他自己發明的髒話，還忙著踹門，都沒注意到亂七八糟的房間，以及房裡詭異、靜默、緊繃又震驚的氛圍。

「呃……札爾……」卡利伯說。「這裡好像出了一點問題……」

「我知道有問題！」札爾怒吼。「我父親和哥哥都不知道我這個人有多重要！都沒有人知道！」

「不是，呃，札爾，我是說，這裡出了大事。」

札爾轉過身。

他下巴差點沒掉到地上。

震驚不已的希望站在那裡，手中握著魔法劍。

「是『妳』搶了我的劍！」札爾凶暴地吼。「妳這個可惡的戰士，妳這個小偷，這全都是『妳』的錯！我剛剛就快打敗劫客了，結果『妳』壞了我的好事！希剋銳絲女王邪惡的女兒，妳說，妳是怎麼做到的？」

札爾伸手想搶過魔法劍，小妖精見狀齊聲尖喊：

「不要碰那把劍！」

這時候，札爾才發覺事態比他想的還要嚴重。

他的房間一直都很亂。

但現在，原本擺了一張床的地方，多了一個七英尺深的大洞。

希望和刺錐難過地站在大洞兩側。

「**你們對我的房間做了什麼？**」札爾驚呼。「我的老天……我才離開十五分鐘而已……你們到底對我房間做了什麼？」

刺錐指著地板中央的洞。「一隻巫妖攻擊我們，我們殺了他。」

「喔我的常春藤，我的槲寄生，所有長了毛茸茸觸鬚的綠色東西啊！」札爾不可置信地盯著他。「你確定是巫妖？不是來把血搶回去的野山怪？」

「你自己來看……」刺錐說。

札爾望向大洞底部，那裡躺著一隻又黑又大又死透了的生物，他沒有手臂，只有一對長了羽毛的翅膀，還有鳥喙般的長鼻子。那隻癱在洞裡的羽毛生物雖然沒有動靜，卻散發出一股濃烈的黑魔法，讓札爾頭暈目眩。他

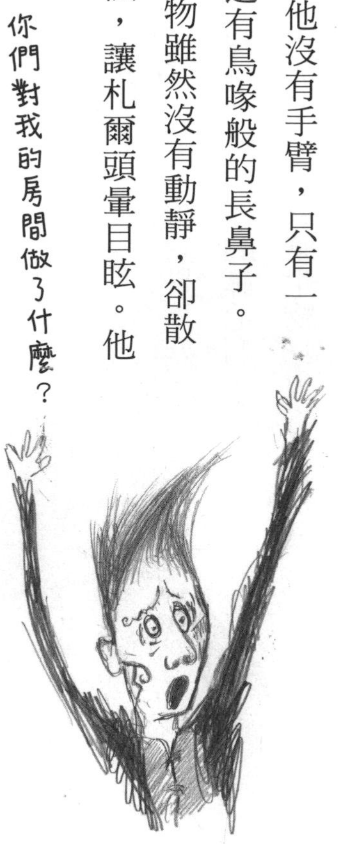

倒退一步。

沒錯，他從來沒見過巫妖，但那絕對是巫妖。

唉，真是的，殘忍血腥嘀咕野山怪的鼻毛啊……

他父親不是剛剛才說，如果他從黑暗生物身上得到魔法……

現實往往和幻想有出入。想到父親憤怒的模樣，札爾這才發現父親不會像自己想的那樣，對巫妖與黑魔法抱持開放的態度。

父親不是還說，他會逼札爾心愛的動物和小妖精離開他嗎？

「好好表現……」札爾嘴脣發白地說。「我父親叫我好好表現……這應該不算是『好好表現』，對不對？」

他盯著大洞，看了出神。

「怎麼辦……我房間正中間有個和支石墓（註1）一樣大的洞，裡面還有一

註1　分布於歐洲與東北亞的史前殯葬遺址，外觀是擺放在地上的數塊大石，撐起一塊大石板。

隻『巫妖』！」

札爾激動地亂揮手臂。

「我們要怎麼把他**處理掉**？這東西不能留在我房間！父親說，我再違反他的命令，他就要驅逐我！你不覺得這可以算是一次違反『五十個』命令嗎？」

「不可以碰他！」風暴提芬與亞列爾齊聲尖叫。「不要靠近他！」

「我連碰都不能碰，要怎麼把他處理掉？」札爾說。「我們只能把這個洞蓋住了……用什麼蓋住它才好？」札爾絕望地把樹葉踢到洞裡，但這就像用雪花蓋住火山口一樣徒勞。

「這還不是最糟糕的部分。」希望說。她用力嚥一口口水。

希望小心地放下魔法劍，攤開她握在另一隻手中的布塊。吱吱啾躺在布塊上，像患了瘟疫似的不停打顫。

很好，札爾還以為情況不能再糟了，沒想到這件事沒有最糟，只有更糟。

「吱吱啾怎麼了？」札爾驚訝地倒抽一口氣。

「他碰到巫妖血了。」希望哀傷地說。「札爾，我真的很抱歉。」

「那是什麼意思？那很糟糕嗎？他到底怎麼了？」

吱吱啾的皮膚呈玉石般的綠色，翅膀彷彿被隱形的手捏得摺在他身側。每隔一段時間他會停止顫抖，全身凍僵般靜止不動，接著又猛烈顫抖。

「窩有保護公主……」吱吱啾說。「窩沒事，窩完全沒事……」但你光看吱啾害怕的眼神，就知道他對發生在自己身上的一切感到十分恐懼。

卡利伯憂傷地說：「札爾，小妖精的體型比人類小很多……巫妖血對他們的影響非常大。是你害這隻可憐的小妖精陷入非常非常不好的處境。」

「我會帶他去找我父親。」札爾張開麻木、慘白的嘴脣說。「我父親什麼都辦得到。」

卡利伯柔聲說：「札爾，即使是你父親，應該也沒辦法治癒吱吱啾了。」

是時候面對殘酷的現實了。

「再過不久，這隻小妖精如果沒有死，就會陷入昏迷。」卡利伯說。「當他醒來時，會變成黑暗的生物，加入黑暗陣營，尋找新的巫妖主人。」

一片驚駭的死寂。

「而且這代表你手上的東西確實是巫妖血。」卡利伯說。「太遺憾了，札爾。我之前也警告過你了——你許下獲得魔法的願望，現在你有了魔法，但這是糟糕的壞魔法……」

札爾翻過手掌。

鮮明的綠色印記就在他手掌心，他無法掩蓋房間裡的大洞與洞裡的死巫妖，也沒法掩蓋手上的巫妖血。

他試著用斗篷抹掉印記，但手掌毫無變化。

「最慘的是，我手上的巫妖血還沒辦法用來施魔法……」札爾難過地說。

「如果你父親發現你手上有巫妖血的印記，」卡利伯說。「他會把你送去懲教所。也許黑魔法還沒侵蝕你的腦袋，也許你自己不會變成黑暗巫師，但你父親別無選擇，只能驅逐你了。你永遠不能再回到巫師領地了。」

「不！」札爾哭喊。「不！」

「不然你要父親怎麼做呢，札爾？」卡利伯說。「其他巫師光聽到你試圖取得黑魔法，就要求你父親驅逐你了。札爾，現在你成功了……你去到巫師禁止涉足的惡林，帶回禁止攜入巫師營地的鐵劍，使用被嚴格禁止的黑魔法，還吸引一隻巫妖來，這也是被禁止的行為。」

「**不！**」札爾大吼。

「札爾，就算是你父親，也沒辦法扭轉時間。」卡利伯說。「沒有人能倒轉光陰，那是不可能的任務。」

「這不就是魔法的用處嗎？」札爾說。「魔法不就是用來做平常不可能辦到的事情嗎？」

大家沉默許久。

「有些事情你一旦做了，就永遠回不去了。」卡利伯說。

唉，「己所不欲，勿施於人，否則你會完蛋」，真是條嚴酷的法則。

「你們兩個笨戰士！」札爾怒吼。「這都是你們的錯！這是你們的爛劍，還有你們的爛巫妖，你們連吱吱啾都保護不了，早知道我就不要讓他待在你們身邊了……」

希望和刺錐別開視線，因為從來不哭的札爾，現在哭了。

在內心深處，札爾知道他不能怪希望或刺錐。他感覺自己背上多了沉重、抑鬱的罪惡感——這都是他的錯，吱吱啾那麼信任他，如果他救不了吱吱啾，札爾永遠不會原諒自己……

「吱吱啾，我對不起你。」札爾悲痛地說。「我沒想過事情會變成這樣……一定有辦法讓一切變回原樣的，對不對？」

「主人，窩相信逆。」吱吱啾綠色的嘴唇不停顫抖地說。他仰慕地注視著札爾。「逆是窩的領袖，所以逆會拯救窩，因為這就是領袖該做的事……」

札爾小心地將吱吱啾放進背心前面的口袋，用手遮住臉龐。

「我真希望我從來沒許過得到魔法的願望……」札爾激動地說。「我希望我能放棄一切，讓吱吱啾恢復健康。我希望我一開始就沒有設那個蠢到家的巫妖陷阱。**我希望，我希望，我希望……**」

但再怎麼許願，札爾也沒辦法讓時間回流。

大家都想讓札爾學到教訓，但沒有人想過這次教訓會如此沉痛。大家只能難過地看著札爾坐在地上哭泣，他顯得太小、太安靜、太哀傷，根本不像平時的札爾，就連翹起來的頭髮也垂了下去。

札爾哀傷地哭泣，希望同情地拍拍他的背，動物與小妖精假裝沒注意到他在哭。

札爾不時會狠狠地說：「我沒有哭，誰說我在哭我就殺了他！」

小妖精為了讓他好受點，都假裝被他嚇得半死。

樓下宴會大廳的音樂聲戛然而止，取而代之的是一陣交談聲。

札爾移開遮住臉的手，精神忽然很集中。

「你們聽……」風暴提芬悄聲說。「一定是有人注意到堡壘的魔法結界破掉了……他們一定是跑去通知巫師之王了……」

三個孩子你看看我，我看看你，再看看命不久矣的綠色小妖精，以及房間中央的大洞與巫妖屍體。

「札爾，他們會猜到這件事跟你有關……他們會跑上來……跑進這個房間……」

慘了。

我們愛莫能助……

無庸置疑。

情況非常非常糟。

希望看著札爾的臉，看著他因為小妖精的處境，表情從平時的傲慢變成痛苦與自責。

她忘了札爾是敵人，忘了札爾之前偷走她

的劍，忘了札爾之前綁架他們。

她伸出一隻手，搭在札爾肩膀上。

「札爾，別灰心。」希望說。「現在還不算太遲……永遠都不算太遲。我有一個拯救吱吱啾的計畫……」

刺錐突然有種不好的預感。

「什麼計畫？」札爾抬起低垂的頭。

「還記得我之前說的話嗎？我母親的地牢裡，有一顆移除魔法的石頭。」希望說。「我們可以帶你回到巫師堡壘，一起溜進我母親的地牢，讓吱吱啾摸那顆石頭。這樣巫妖的壞魔法就會被石頭抽出來，吱吱啾也不會死掉了。」

「她的計畫可行嗎？」札爾熱切地轉向卡利伯。

「可行……不行……我怎麼知道！」卡利伯說。「我想，理論上，那塊石頭是可以移除魔法沒錯……但不知道為什麼，我總覺得這個計畫很糟糕……」

「平常摸到移除魔法的石頭，是很糟糕沒有錯。」札爾說。他越說越興奮。「可是我們現在有很多不要的魔法，不是嗎？我父親不喜歡巫妖血，那我也去摸那顆石頭，除掉我手上的巫妖血，反正這個巫妖血根本就沒有用……」

「我也很好奇粉碎者到底怎麼了。」希望若有所思地說。「他到現在都還沒回來，我怕他被我母親的戰士抓走了……」

「妳真的這樣覺得嗎？」札爾說。他突然開始擔心了——札爾不愧是札爾，在這之前，他完全忘了粉碎者的存在。「妳的意思是……連粉碎者也被我害慘了？哇……就算是我，也從來沒在一天內惹上這麼多麻煩……」

札爾又愁眉苦臉了。希望連忙指出，他們溜進希剋銳絲女王的地牢時如果看到粉碎者，也可以把他放出來。

「這個計畫太棒了，可以一次解決所有的問題！」札爾鬆一口氣。「妳雖然是敵人，而且是奇怪的敵人，不過妳的想法還滿不錯的嘛！那我們還等什麼？趕快走吧！」

「等一下！」刺錐目瞪口呆地說。「公主，這一點也不棒！我不准妳這樣做！妳不能帶這個瘋子回戰士鐵堡！」

「我必須說，刺錐說得對。」卡利伯說。「假如希剋銳絲女王抓到札爾，他會永遠被關在鐵堡的地牢裡……其他小妖精的魔法也會被奪走……」

「我母親才沒有那麼壞！」希望出聲抗議。「她是一個很好的人！」

「呃，我覺得她不能說是『很好的人』。」刺錐陰沉地說。「**可怕**。沒錯，她很**可怕**。她是個很可怕的母親。」

「她是女王，也是母親。母親本來就應該很可怕。」希望說。

「這樣說的話，她這個母親當得很成功。」刺錐發抖說。

「反正要把我母親的劍還回去，一定要進到地牢，而且我們又不能讓可憐的小吱吱啾死掉，對不對？」希望說。「事情會變成這樣，你也有錯。吱吱啾之前一直飛在我們身邊……你看看他！」

刺錐看著窩在札爾背心口袋裡的小小毛妖精，看著他僵硬的小身體痛苦又害怕地顫抖。札爾感覺到刺錐開始動搖。

「可憐的吱吱啾……」札爾嘆息說。「他如果昏迷了，一定會很難過。你知道嗎，他最愛跳舞了……他喜歡秋天飛在樹林裡，在風中跳舞……現在他的腿動不了……也不能對夜鶯唱歌，因為他的聲音都卡在僵硬的喉嚨裡了……」

「**別說了！**」刺錐說。他遮住雙耳。

「還有札爾……」希望說。「他很自大很傲慢，老實說有點煩人……」

「是不是？」札爾得意地說。

「可是我們不能眼睜睜看著他被部族驅逐！札爾的確犯了錯，但他難道不該有第二次機會嗎？我們所有人都應該有改過自新的機會啊……」希望哀求。

刺錐嘆一口氣。「好吧。」他說。「這個計畫真是瘋了……但是好吧，我們就幫幫他們。可是妳要答應我，在這一切結束之後，妳真的會當一個正常、普通的戰士公主……」

「我答應你。」希望說。

三個人同意希望的計畫，握手達成約定。

札爾驚奇地說：「一定沒有人想過，巫師和戰士竟然會有合作的一天……」

人聲和腳步聲越來越近。

「好。」札爾簡短地說。「狼、熊，你們留在這裡。卡利伯、雪貓、小妖精，你們跟我們走。我們要趕快離開就只能搭門了……風暴提芬！快施法！」

「為什麼每次都是『我』做這些雜事？」風暴提芬嘀咕。她從魔杖袋抽出一根六號魔杖，朝札爾的房門擊出一顆法術球。

「『搭門』是什麼意思？」刺錐不安地問。

房門回答了他的問題——它大聲嘎吱——嘎吱地作響，在門框中稍微一縮，接著直接掙脫門軸。房門搖搖擺擺地走到房間中間，**砰**！一聲平躺在地上，再輕輕飄起來大約一英尺，揚起地上的灰塵。

札爾邊爬上房門邊大喊：「大家快點！快上來！快！」

「喔喔喔不……」刺錐瘋狂搖頭說。「騎雪貓就夠糟糕了，你真的要我坐在門上？像故事裡的飛天魔毯那樣？」

「它非常安全。」札爾說。他扶著希望坐上來。「大概……而且雪貓不用載我們，才跑得比較快……**快點上來！**」

「刺錐，快過來！」希望興奮地說。

三隻雪貓已經跳出札爾的窗戶，沿著梯子和樹上的平臺爬下去了，現在就算想騎雪貓也來不及了。就連魔法湯匙也積極地跳到札爾與希望身邊，一臉期盼地看著刺錐，彷彿肯定刺錐會覺得乘坐魔法門是新奇的體驗，而不會把這件事看成自殺。

喔天啊我沒別的選擇了……我不能比一根「湯匙」還膽小……可是……

我到底在做什麼？刺錐邊爬上房門邊想。這扇門其實不太完整，上面布滿大裂縫與裂痕，因為札爾房間的門不好當。「它用魔法黏在一起了……用魔法黏在一起了……」刺錐不斷安慰自己。札爾把插在鑰匙孔裡的鑰匙往右一轉，刺錐在最後一刻緊緊抓住房門邊緣，門猛然傾斜，衝出不存在的屋頂，飛入夜空。

剛開始五分鐘，刺錐嚇得不敢睜眼，只能努力不掉下去、不昏倒還有不嘔吐，因為房門飛得很不穩定，不時會瘋狂俯衝。當他終於鼓起勇氣張開眼睛時，刺錐馬上後悔了。他們正在樹林裡曲折、迂迴地飛衝，他能從門板的縫隙瞥見雪貓在下方奔馳，還能看見飛在空中的小妖精星點。

刺錐害怕地呻吟一聲。希望非常享受這次體驗，她眼睛發亮，門每次急轉彎，她和札爾就齊聲歡呼。

我不得不說，札爾駕駛飛行門時雖然橫衝直撞，卻是個很棒的駕駛員。他恰到好處地轉動房門鑰匙，動作十分流暢、靈敏，房門如遊隼般順遂地穿行樹林。

「我們要撞樹了……我們要撞樹了……」刺錐呻吟道。

「我們**不會**撞樹。」他們飛過樹冠層時，希望樂不可支地說。「我們像『鳥』一樣飛在空中！我們會在天亮前回去，然後治癒吱吱啾、放粉碎者自由，還有除掉札爾的壞魔法……」

「我們會撞樹，而且要是妳可怕的母親發現我們闖進她可怕的地牢，我們的下場一定很慘，我連想都不敢去想……」刺錐嘴唇發白、牙齒打顫地說。

「那就別去想。」希望建議道。「刺錐，說不定她不會發現啊，對不對？而且我們目前還沒有撞到東西，對不對？放輕鬆享受飛行吧……搭門飛行可不是你隨時都可以體驗的事呢。好好享受吧……」希望告訴他。

他們乘著裂開的飛行門，莽撞又自在地飛在樹林中，晚風拂過他們的髮梢——刺錐驚訝地發現，只要他允許自己放輕鬆，跟著門擺動身體，他也能和希望與札爾一起歡呼。

刺錐的父親若是看到這一幕，想必會大吃一驚（以及勃然大怒）。這就是冒險麻煩的地方，它會讓你發現自己隱藏在心中的一面。

羽毛紛飛，
我們不得不跟著羽毛
前進。
我早就說了，
這片森林充滿各式各
樣的危險……

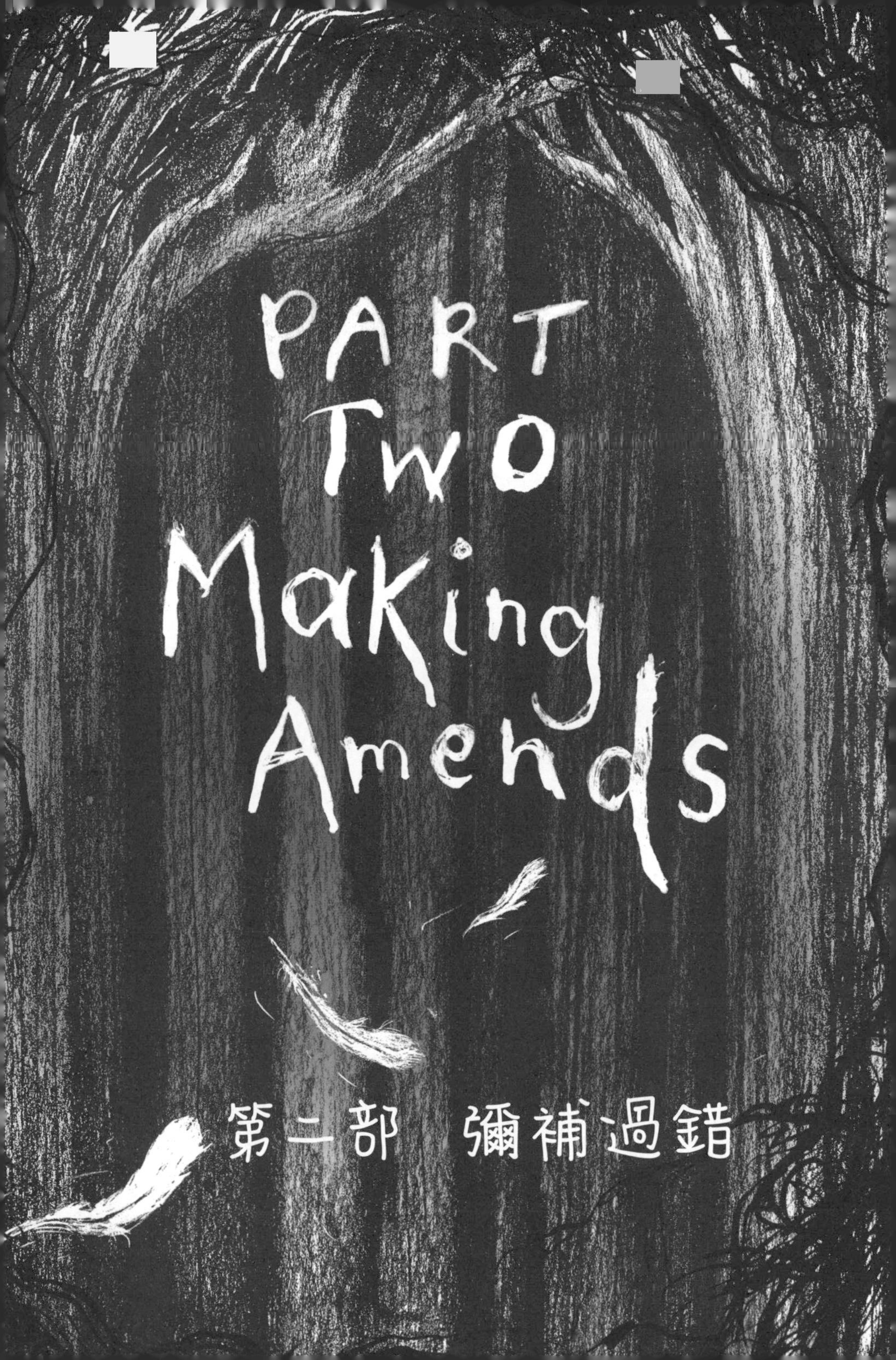
PART TWO
Making Amends
第二部 彌補過錯

第十二章　戰士鐵堡

札爾、小妖精、雪貓、希望與刺錐趴在戰士鐵堡前的樹叢裡，他們遇上了難題。

「逃出」一座到處有人巡邏、有七層壕溝和十三座瞭望塔的戰士鐵堡已經夠難了，但「溜進去」幾乎是不可能的任務。

如果你身邊帶著一個有巫妖印記的巫師、三隻雪貓和一群小妖精，那溜進鐵堡根本就難如登天。

他們遠遠看到城牆上的衛兵緊張地來回走動，時時刻刻瞇眼睛望向森林。

札爾等人先把門留在森林裡，因為你要別人不注意飛行門，實在是強人所難。希望帶著一夥人繞到馬廄的入口，這裡的門經常開開關關，狩獵隊伍不時會進出鐵堡。

札爾叫小妖精用天氣法術和隱形法術掩護他們，這樣他們才能在不被衛兵看見的情況下，溜到入口。

「這只有在鐵堡外面有效，風暴提芬的魔法在鐵堡裡沒有用。」風暴提芬警告所有人。「裡面太多鐵了……」

「大家別擔心。」札爾自信十足地說。「我成功溜進去過的堡壘，比你們吃過的熱食還多。」

雪貓、小妖精、札爾、刺錐與希望花了一點時間才來到吊橋下，一切準備就緒。

他們漂漂亮亮地執行計畫……至少，一開始執行得很順利。

在亞列爾與風暴提芬的法術掩護下，隱形的札爾、希望、刺錐與三隻雪貓偷溜進戰士鐵堡。

他們進入馬廄院子好一段距離之後，周遭大量的鐵開始侵蝕小妖精的法術。札爾驚駭地發現，他的兩隻腳正慢——慢——地——出現在身下。

希望和刺錐的身體更明顯，不過刺錐現形的順序和札爾相反，他看上去只有飄在空中的一塊軀幹，簡直像幽靈。

札爾焦急地想：**如果他們能跑到下一棟建築，那也許可以躲在那邊的陰影中……**

「跑！」他輕聲說。「快跑！」

太遲了。

一名守衛轉過頭，剛好看到逐漸現形的雪貓下半身奔過希剋銳絲女王的馬廄院子。

「**有魔法！**」衛兵大吼。

他們被發現了。

希望只能當場想出全新的計畫。

「**救命啊！**」希望高聲哭喊。她現在已經完全現形了。「**救命！救命！救命啊！這邊！巫師來襲！**」

那群衛兵轉身一看。

那不是希剋銳絲女王奇怪的小女兒嗎？她指著一個巫師、三隻凶神惡煞的雪貓，還有一群嗡嗡作響的小妖精。

「**巫師來襲！**」衛兵高呼。「呼叫護衛隊！」

巫師不常攻擊戰士，原因應該再明顯不過。

但無論如何，戰士總是做好萬全的戰鬥準備。

他們準備得太好了，你甚至可以說他們太誇張。

四面八方傳來盔甲與兵器的哐啷聲，以及鐵鞋的腳步聲。希剋銳絲女王的士兵紛紛湧過來。

「**第三區遭受攻擊！請求支援！**」拿著劍、長矛與長槍將札爾等人團團圍住的士兵大吼。「**呼叫小妖精捕手！叫雪貓獵人做好準備！通知魔法警察！**」

叫喊聲越來越響，戰士的王室守衛隊從四面八方湧進馬廄院子。

糟了，我的綠鬍鬚綠牙矮妖的凸眼睛啊。札爾心想。**有好多戰士……我都不曉得世界上有「這麼多」戰士……**

「貓王！夜眸！你們不准動！」札爾急急下令。他知道雪貓恨不得撲上去攻擊敵人，他也看見那些戰士的眼神，知道雪貓往他們的方向稍微動一下，一定會當場被殺死。

札爾的手伸向腰帶，想拔出魔法劍……

……但魔法劍不在他腰間。

他抬起頭。希望不知何時跑到了十碼遠的地方，被一個虎背熊腰的戰士高高抱起來。

「公主安全無恙！」那名戰士大吼。札爾看見希望慚愧的眼神，瞬間明白了。

他氣瘋了。

她背信！她背叛他！

希望剛才從札爾身上把劍偷走了。

他不慎落入了敵人的陷阱，就在他信任敵人，就在他放下防備，就在他認為希望站在他這一邊的時候，她背叛了他，而且還有膽趁札爾不注意，把他的劍偷走（札爾或許忘了，他自己在幾個鐘頭前做了一樣的事）。

巫師很擅長咒罵。

這是他們從德魯伊族學來的習慣——德魯伊族會用咒罵的方式攻擊敵人。

於是札爾開始咒罵，他罵得又長又響。

「妳這個沒義氣的軟腳蝦**小偷**戰士！」札爾大叫。「我父親說的果然沒錯！你們都是**叛徒**，都是**騙子**，特別是妳！希望，妳就跟妳那個痛恨魔法、亂殺人的惡魔母親一樣噁心，一樣**邪惡**！」

「他侮辱女王，還想拿武器！」守衛隊的隊長高喊。「弓箭手！殺死他！」

戰士隊伍後排的弓箭手整齊地舉起弓箭，動作毫無二致。他們訓練有素，一舉一動都配合得剛剛好，真是賞心悅目——當然，前提是他們不打算殺了你。

「**不！**」仍然被戰士抱在懷裡的希望大喊。「**他沒有武器！你們不准殺死他們，不然我會跟母親告狀！**」

戰士並不排斥殺害手無寸鐵的巫師，其實他們經常趁希剋銳絲女王沒注意時這麼做，但他們都很怕女王——於是弓箭手的手臂失望地微微一動，但他們並沒有射箭。他們心不甘情不願地放下弓箭。

「**逮捕目標人物！**」守衛隊長大喊。「**控制場面！出動小妖精捕手！完成以上幾件事之後……**」

守衛隊長嘆一口氣，用力吞了口口水。「……誰去通知一下女王陛下。」

守衛隊的副隊長踏上前。「呃……一定要嗎？」

「當然要了！」隊長大叫。「既然你有膽質疑我，我就派你這個幸運兒去通知她！」

咻咻———！

小妖精捕手戰士拿起弓，朝小妖精發射掛了鐵塊的網子。

若是在森林裡，小妖精飛行的速度可以和箭一樣快，他們能如流銀般閃躲、佯攻，在你我看來簡直是一團團明亮的能量球。然而在戰士鐵堡，四周的鐵像藥物一樣影響小妖精的飛行技術。那些可憐的小傢伙動作遲緩、意識不清地橫衝直撞，邊瘋狂亂叫邊手忙腳亂地奔逃，努力逃離恐怖的鐵——結果他們被網子罩住，像出水的魚似地躺在地上喘息。

小妖精都被抓住了，只有體型嬌小的嗡嗡咻偷偷躲進希望的口袋，逃過一劫。

守衛隊跳上前，用鎖鏈把札爾綁得牢牢的，他只剩一顆頭沒被綁住。雪貓也都被綁住了。

「**可惡你們這群裝在錫罐裡的蕪菁！**」札爾面紅耳赤地怒吼。過了一小段時間，當希剋銳絲風風火火地踏進馬廄院子時，映入眼簾的就是這一幕：一顆巫師男孩的頭從一團鎖鏈上面冒出來，對她的士兵大吼大叫。

希剋銳絲
女王

第十三章　女王的審訊

希剋銳絲女王到來時，所有戰士都深深鞠躬，額頭差點沒碰到地板。

女王陛下就是這麼可怕。

她是個非常偉大的女王，也許希望說得對，也許偉大的女王就是該讓人害怕。

有人說女人太嬌弱了，不可能統領一群侵略野林的鐵戰士——但他們說得非常、非常小聲，免得被希剋銳絲女王聽見。

她真的很美——我的意思是，她長得非常漂亮。

她有一頭瀑布般的金髮，身材和蠟燭一樣苗條，身高足足六英尺，而且幾乎全身都是肌肉。如果你是一個戰士女王，如果你喜歡華麗、氣派地登場，那這樣的長相想必很適合你。

至於她的心地美不美，這個嘛，又是另外一回事了，我們等下再來討論。

希剋銳絲女王身穿一襲白衣，一隻耳朵掛了黑珍珠耳環。

她說話的聲音非常、非常輕柔，甜得像金色梨形糖果，溫和得像毒蛇的一咬。美麗的希剋銳絲女王不必提高音量，因為所有人都靠上前傾聽，畏懼的死寂如斗篷般伴隨她登場，一根針掉在地上的聲音也能聽得一清二楚。

就連札爾也暫停咒罵。

「所以呢……」希剋銳絲女王輕柔地說，毫無雜質的聲音，彷彿捅進你身體的冰柱。「來襲的巫師軍隊在哪裡？是誰斗膽在天亮前吵醒我？」

怕得呆若木雞的隊長走上前，穿著鎧甲的手示意札爾、小妖精與雪貓。

「女王陛下，敵人被我們制伏了。」守衛隊長說。

「原來如此。」希剋銳絲女王邊打量札爾一行人邊說。「敵人的人數有很多嗎？就為了這幾個敵人，你們天還沒亮就要吵醒你們的女王？我還以為我擁有全戰士帝國最優秀的衛兵，結果你們沒發現一個小小的巫師男孩闖進我的鐵堡？」

「讓巫師偷襲鐵堡的衛兵，出列！」守衛隊長大喝。

幾名衛兵動作俐落地踏上前。

「把當時站崗的衛兵關進三〇八號地牢。隊長，你是這些人的長官，所以你要負責。待會你把自己也鎖進地牢，再把鑰匙從鐵柵的縫隙丟出來。」希剋銳絲女王下令。「這座鐵堡容不下過失。」

「遵命，陛下。」守衛隊長對女王鞠躬，帶著一眾衛兵往三〇八號地牢走去。

「最先逮到這個巫師和他的魔法生物的人，是誰？」

「是陛下的女兒。」一名守衛示意希望。

希剋銳絲女王揚起眉毛。

「真的嗎？」她詫異地說。「她難得這麼……像個戰士。」
「解開俘虜的鎖鏈。」她命令士兵。
「可是女王陛下，這樣真的安全嗎？」副隊長說。「他畢竟是巫師……」
希剋銳絲女王掃了他一眼。
副隊長解開困住札爾的鎖鏈。
周圍的戰士和前來圍觀的鐵堡居民紛紛倒退一步，所有人都知道巫師很危險。
希剋銳絲女王優雅地繞著札爾走一圈，她上下審視札爾，彷彿這是她從未看過的稀有昆蟲。
「你是誰？來我的鐵堡做什麼？」
「我是札爾，巫師之王恩卡佐的兒子。」札爾驕傲地說。「野林屬於**我們巫師**，你們這些沒有魔法又沒有良心的侵略者，別想搶走我們的森林！」
希剋銳絲女王嘆息一聲。「可憐、無知的巫師啊。」她說。「我們是文明與進步的象徵。你看看我們。」她說。「你看看我們的武器、衣服、布幔還有家具，和我們一比，你們巫師簡直和野生動物差不多……」

鐵堡確實裝飾得很漂亮。希剋銳絲女王特別講究整潔，所以每個人的盔甲和刀劍都擦得雪亮，甚至連掛在大廳的巨人頭顱也是，雖然這些巨人早就死透了，還是有人天天幫他們梳理鬍鬚。戰士鐵堡整體給人的印象很震撼，札爾暗地裡頗欣賞戰士精良的武器，以及他們華美的衣服與鐵堡。

有一瞬間，他無法反駁。

卡利伯警告他：「戰士的東西很危險……它們會誘惑你……」

「我們哪裡需要你們戰士的東西？」亞列爾嘶聲說。「我們能在月亮下跳舞，我們能用小提琴演奏音樂，要你們這些東西有什麼用？這些東西值得我們放棄自由、放棄闖蕩天下的雄心壯志嗎？」

「沒錯！」札爾大叫。「你們戰士來這邊偷我們的森林，等我長大以後，我會成為部族的領袖，我發誓要**殺了你們所有人！**」

希剋銳絲女王專注地凝視他。「是這樣嗎？」她說。「喔喔喔……這就有趣了。我可以確保你永遠沒機會長大，你說是不是？也許恩卡佐會為了贖回兒子，交贖金給我們……我們也可以把你留著當人質，逼恩卡佐乖乖聽話……」

札爾筆直注視女王的眼睛。

札爾這個人不容易害怕。

「妳——希剋銳絲女王——妳是我見過最沒良心、最『弱』的戰士女王了！」札爾說。

希剋銳絲女王表情一抽。

整個廣場的人都吸了一口氣。

希剋銳絲女王的眼神變得無比銳利。

「你說什麼？」

「你們這些邪惡的森林毀滅者！」札爾大喊。「祝你們被野山怪咬成小灰塵，變得比癢癢小妖精身上的跳蚤還要小！」

「札爾，太沒禮貌了！」卡利伯苦惱地說。

「長了腳的邪惡生物！尖耳朵！妳的頭髮像熊屁股一樣！妳的鼻子像一顆尖尖的馬鈴薯！」

札爾一旦開始罵人，就會全心全意罵個痛快。他今天過得很不順心，先是被劫客羞辱，又是被父親責罵，現在他把所有的恐懼與憤怒用來咒罵戰士女王希剋銳絲。

「唉，札爾。」卡利伯用翅膀摀著眼睛呻吟。「你這回真的是在找死，找死啊……」

「札爾，恩卡佐之子，你愛怎麼罵都無所謂。」希剋銳絲女王悄聲說。她的視線，是最堅硬、最銳利的箭矢。「但你再怎麼罵，都得不到你要的東西。對了，你的目的到底是什麼？」

札爾突然想到自己的目的。

他想拯救吱吱啾。

他罵到一半，突然氣喘吁吁地停下來。

「我要妳盡快帶我和我的小妖精去碰那顆『移除魔法的石頭』！」札爾說。

希剋銳絲震驚地看著他。

她聽過很多俘虜哀求、祈禱、乞求、拜託，反正說什麼也不願意碰到那顆可怕的石頭。他們都說：拜託，拜託，拜託，希剋銳絲女王——我們什麼都願意做，求求妳不要帶我們去摸移除魔法的石頭。

從來沒有人一邊罵她，一邊要求她立刻帶他們去摸石頭。

這個巫師也許想騙她。

但希剋銳絲早就習慣這種人了。

她自己也不是省油的燈。

「帶我去摸那顆石頭！」札爾又說。「妳又肥又蠢的戰士穿著鐵做的小丑裝一定跑不快，可是我要你們馬上帶我們去摸石頭……這是緊急事件！」

他將手伸進胸前的口袋，雙手顫抖地攤開包裹吱吱啾的布塊。

實在太令人難過了。札爾看見吱吱啾悽慘的模樣，心臟不由得一緊。吱吱啾全身變成寶石綠，得了重感冒似地不停發抖，他一下子身體僵硬，一下子因為發高燒劇烈抖動。他的意識很模糊，但有一瞬間，毛妖精迷濛的眼睛似乎看見了四周的景象，彷彿知道自己在什麼地方。吱吱啾舉起顫抖發燙的小手臂，伸向札爾和其他大人類。「救我……」他小聲說。「救我……」

札爾轉向希剋銳絲女王。

「我想救我的小妖精……」他絕望地說。

希剋銳絲女王吃驚地看著吱吱啾。

「你的小妖精，」她嚴肅地問。「他怎麼了？」

「他碰到巫妖血了。」札爾說。

戰士的士兵與民眾大聲驚呼，他們退得更遠了。

希剋銳絲女王是非常偉大的戰士女王，她從不表現出恐懼。但這時，她的臉變得比鑽石還僵硬。

「巫妖？」她問。

「可是巫妖絕種了……」守衛副隊長說。

「騙子！」人群中一名戰士大喊。「巫師都是騙子！」

「我之前親眼看到那個巫妖的屍體。」札爾說。「那絕對是巫妖，而且他還給了我這個……」

他舉起手，讓所有人看到手心的綠色印記。

「巫妖印記！」眾人大呼。他們又退得更遠了。

「一群懦夫！」希剋銳絲女王厲聲說。「根據傳說，巫妖血只有混了『你的血』後才變得危險！小子，把手伸出來給我看！」

札爾伸出手。

希剋銳絲女王盯著綠色印記，再仔細打量吱吱啾。她從札爾手中取過小布包，上上下下地觀察小吱吱啾。

然後，她轉向圍觀的群眾。

「這證實了我的猜測。」希剋銳絲女王說。她高高舉起中毒的可憐小妖精，讓所有人看見他的模樣。女王嗓音從輕柔變得嘹亮、剛毅。

「巫妖並沒有滅絕，他們又回到這片森林了！」

眾人驚恐地瑟縮一下。

「我們做了這麼多準備、這麼多訓練，都是正確的選擇！」希剋銳絲高喊。

「我增加巡邏人數，多蓋好幾座瞭望塔，都是正確的選擇……

「札爾，恩卡佐之子，我現在知道你為什麼急著碰那顆移除魔法的石頭了。」希剋銳絲又說。「你說得對，這的確是緊急事件。你的小妖精如果不能在接下來二十四小時內觸摸石頭、移除巫妖魔法，他應該會死。」

希剋銳絲觀察力絕佳，她當然沒忽略札爾聽到這句話時眼中的淚意，也清楚看到札爾微微搖頭。

「不行。」札爾悄聲說。「不行，我不能讓他死掉！他不會死！他不能死！我不會讓他死掉！吱吱啾別擔心，相信我，我不會讓你死的……」縮在女王手中不住顫抖的吱吱啾聽了女王那番話，又抬頭看見她堅毅無情的臉，發出了驚恐的嗚咽。

希剋銳絲同情地嘆一口氣。「戰士的女王不僅要堅強，還必須慈悲為懷。」她說。「我會帶你和你的小妖精去摸移除魔法的石頭，我希望你們還有救。」

希剋銳絲將包著吱吱啾的布塊遞給手下，手下把抖個不停的手舉得遠遠的，因為他不想捧著一隻中了巫妖毒的小妖精。

「但是，在我帶你過去之前，」希剋銳絲甜膩地說。「我有幾個問題想請教你……」

「慘了……」卡利伯小聲說。「札爾，你要小心，要非常小心女王的審訊……」

「你說你親眼看到巫妖的屍體。」希剋銳絲女王說。「我對這點很感興趣，因為根據傳說，殺死巫妖非常困難。那我問你——是誰殺了這隻巫妖？這個人是怎麼辦到的？」

一片沉默。

希望站在希剋銳絲女王身後一小段距離，她奮力揮動手臂吸引札爾的注意，一臉有苦說不出的模樣，緊盯著札爾。

札爾瞥見她斗篷的布料下，那是魔法劍的劍柄。

希望的嘴形好像在說：「我站在你這邊……」

她真的站在札爾這邊嗎？還是她說謊？札爾不曉得。

但在這一刻，札爾意識到，說不定希望偷走魔法劍，不是因為她很陰險，也不是因為她背叛了他。說不定她只是不希望札爾被抓住時，連魔法劍一起落入希剋銳絲手中。

「巫妖是我殺的。」札爾終於開口。「我用弓箭殺了他。」

「是嗎？」希剋銳絲女王揚起眉毛問。「說來真巧，昨天一把古老的滅巫妖劍從我的地牢失竊，它直接消失了！我的王室守衛隊在鐵堡裡找了很久，幾乎把整座鐵堡給拆了，都還沒找到那把劍。恩卡佐之子札爾，你有看過這把劍嗎？」

「沒有。」札爾說。

「那是一把古老的巨劍，上面刻著『世上曾存在巫妖……但是我殺了他們』幾個字，你沒看過？」

「我這輩子從來沒看過這樣的一把劍。」札爾說。

「那你知道它現在在什麼地方嗎？」希剋銳絲又問。她顯然不相信札爾。

「不知道。」札爾說。「我都說我沒看過它了，怎麼會知道它在哪裡？」

「你說謊！」希剋銳絲說得比蝰蛇的攻擊還快。

「我沒說謊！」札爾抗議。

「很抱歉，你就是在說謊。」希剋銳絲女王說。

我之前就說了，希剋銳絲女王的觀察力很敏銳。

她犀利的目光早就看見札爾插在口袋裡的東西——半瓶「愛情不說謊」魔藥。

「我知道你在說謊。」希剋銳絲女王說。「因為那是你們巫師的奇怪藥水，當你說謊時，那種藥水會變色……」

她指著札爾口袋裡的藥瓶，裡頭的液體是極深的靛藍色，表示它的持有者在說謊。

可惡！札爾心想。**她跟我父親一樣討厭……我今天已經被這個可惡的愛情魔藥害了兩次，以後真的不能帶這種讓我露出馬腳的藥水到處跑，害自己出糗……**

可是戰士女王怎麼會知道「愛情不說謊」的存在？她怎麼會瞭解這種魔藥的功效？

「知己知彼，百戰不殆。」希剋銳絲女王彷彿讀懂了札爾的心思。「瞭解你的敵人，是非常重要的一件事。我知道你們巫師的事，我瞭解你們的詛咒，你們對草藥的認知，還有你們煩人的毒藥。這些知識經常派上用場。」

希剋銳絲女王伸出一隻手，從札爾口袋取出那瓶「愛情不說謊」魔藥。她搖晃藥瓶，若有所思地看著藥水變回淡紅色。「既然你剛才在『說謊』，就表示你看過我的劍，你知道它現在在哪裡，而且只要你想，你隨時可以把它的所在處告訴我……搜他的身！」

戰士守衛非常不甘願地搜了札爾的身，因為他們實在不想接近一個有巫妖印記的巫師，但他們太怕希剋銳絲女王了，也不可能違抗命令。

他們在札爾的口袋裡找到很多有趣的東西，有各式各樣的詛咒、法術、魔藥與藥草。

就是沒有劍。

「嗯……」希剋銳絲女王說。「你把劍藏到哪兒去了？

「恩卡佐之子札爾，我的劍在哪裡？」

「我拒絕回答！」札爾交叉雙臂說。

「好啊。」希剋鋭絲女王鎮定地說。「我們來交易吧。我**本來**想把你抓起來，派人叫你父親自己來當我的俘虜，否則他就再也見不到你這個沒禮貌的小偷兒子了。如果我奪走魔法大師恩卡佐的魔力，巫師部族應該會元氣大傷。」

札爾驚駭地向後一縮。

「不過……」希剋鋭絲女王沉吟道。「假如巫妖真的回到了這座森林，那我一定會需要那把專門用來殺巫妖的劍。」

「所以，」她輕快地說。「我會跟你理性談判。只要你把我的劍還給我，我就帶你和你的小妖精去摸移除魔法的石頭，我也不會利用你威脅你父親，而是會放你、小妖精還有你的動物離開。怎麼樣，這筆交易不錯吧？」

「妳保證？」札爾說。

「那當然！」希剋鋭絲女王不耐煩地說。「你質疑本女王的信用？」

這筆交易很誘人。

札爾考慮答應她。

他現在被困住了，不可能打敗那麼多戰士並逃出鐵堡，他只要答應希剋銳絲，就能拯救吱吱啾，然後……

……然後，他又遠遠看到希望的臉。

希望正努力對著希剋銳絲女王手裡的「愛情不說謊」魔藥擠眉弄眼。藥水是接近墨黑的深藍。

「妳說謊！」札爾指著「愛情不說謊」說。「妳說謊！我拒絕跟妳交易！」

希剋銳絲女王吃了一驚，低頭看著手裡的藥瓶。「唉呀，唉呀。」她愉快地說。「我太不小心了！恩卡佐之子札爾，你還真有兩把刷子。我喜歡你這種聰明的敵人，這樣我才會時時保持警覺。

「你說得對，我是在說謊沒錯。」她承認。「無論你說什麼或做什麼，我帶你去移除魔法之後，還是會利用你威脅你父親。」

希望驚駭地忍不住開口說：「可是……第十三條鐵則！戰士永遠不該說謊！」

希剋銳絲女王用看蛞蝓的眼神看著希望。

「第十三條鐵則修正案：追求遠大的理想時，」她說。「女王可以違反鐵則。」

這樣的話，希望心想。**鐵則不就沒有意義了**？

但她沒有說出口。

希剋銳絲女王將「愛情不說謊」魔藥放回札爾的口袋。

「你這個小子不聽話，顯然是沒有人重重責罰過你。」希剋銳絲女王說。「你很快就會發現，我不會對你留情。恩卡佐之子札爾，你必須學到教訓，而監獄的作用就是讓人學到教訓……」

札爾嘆一口氣。

為什麼所有人都想教訓他？嚷特、他父親、卡利伯，現在連這個討厭的女王都要他學到教訓。

這讓他很疲憊。

「我會把你關在監牢裡……」希剋銳絲女王說。「在你告訴我那把劍在什麼地方之前，」她毫不容情地接著說。「我**不會**帶你或你的小妖精去摸移除魔法的石頭。

「把小妖精還給這小子！」

副隊長終於鬆一口氣，把吱吱啾放回札爾手裡。

「如果你不把劍的所在處告訴我，就只能眼睜睜看著你的小妖精死去。」希剋銳絲女王說。「你告訴我那把劍在哪裡，我就帶你和你的小妖精去摸移除魔法的石頭，然後要求你父親過來救你。如果你父親夠懦弱，如果你父親愛你這個沒禮貌又不聽話的兒子，他就會親自前來鐵堡，到時候我也會移除他的魔法。」

她對札爾露出笑容，笑得很美很美。希剋銳絲女王很少對希望微笑，但每當看到母親的笑容，她就覺得全世界沐浴在溫暖的陽光下。但札爾可不這麼想。

「無論如何，你和你父親還有你的小妖精，全都會失去魔法。」希剋銳絲女王說。她的嗓音和淬毒的箭矢一樣溫柔。「但如果你告訴我那把劍在什麼地方，你至少能救下這隻小妖精的命。

「你不是很愛你的小妖精嗎？」她說。「愛就是一種弱點，所以我知道你一定會做正確的選擇。」

札爾別無選擇了，他還能怎麼樣？一切都失控了。吱吱啾可能會死掉……而且這都是札爾的錯。他父親可能會失去魔法……這也是札爾的錯。

「**邪惡女王！冰塊做的心臟！穿著鐵甲的膽小女王！一群小兔兔的領袖！**」札爾又氣又怕，情緒完全失控。

希剋銳絲女王被煩得面紅耳赤。她不容易

失控，遇到威脅、騙局，甚至是暴力，她都能冷靜應對。

可是，從來沒有人像札爾這麼不尊敬她，從來沒有人膽敢這樣侮辱她。戰士們暗地裡很佩服這個小巫師的勇氣，他面對全森林最冷酷無情的統治者，卻能毫無顧忌地辱罵她。

「把這個野蠻小巫師、他的小妖精還有他的動物，全部關進四四五號牢房！」希剋銳絲女王怒斥。

札爾表面上很氣憤、很勇敢，心裡卻只剩絕望與無助。他又打又咬又掙扎，但實在寡不敵眾。士兵拖著札爾、雪貓與小妖精離開時，札爾仍在高聲咒罵希剋銳絲女王：「**妳比小兔兔還弱！妳比水還弱！妳比軟軟的小榛睡鼠還弱！我阿嬤就算一隻手綁在背後也能打敗妳！**」

第十四章　希剋銳絲女王又對女兒感到失望了

希剋銳絲女王看著札爾被士兵拖著進入黑暗的地牢。

「真是個沒教養的小子。」她不讚許地嗤之以鼻。「魔法大師恩卡佐難道不能好好教育自己的兒子嗎？」

她轉向自己的女兒。

「希望，倘若妳被敵人俘虜，」希剋銳絲女王說。「應該維持尊嚴，再怎麼樣也要有禮貌──尤其當對方說要殺了妳的時候。妳對敵人又叫又罵，他們也不會改變想法。」

希望實在太困惑了，她不曉得該作何感想。一方面，她非常擔心吱吱啾的狀況，另一方面，她聰明絕頂、完美傑出的母親不可能做錯……

對吧？

她母親不可能讓吱吱啾就這麼死掉，對吧？

「母親，您不會讓札爾的小妖精死掉，對不對？」希望說。「您會及時帶他們去摸石頭，讓小妖精痊癒，對不對？」

「這不關妳的事。」希剋銳絲女王厲聲說。

「可是那隻小妖精碰到巫妖血不是他的錯……您剛剛也看到，那個可憐的小東西都快嚇死了。」希望對母親提出異議。

「小妖精和巫師都有魔法，魔法是不好的東西，所以小妖精害不害怕並不重要，妳也不應該為他們擔心。」希剋銳絲女王尖刻地說。「妳怎麼可以同情敵人？妳怎麼有膽質疑我的決策？本女王做的每件事，都是我心目中的最佳選擇。」

希望緊張又慚愧地左右跳動，希剋銳絲女王見了她這副模樣，懷疑地瞇起眼睛。這個愚蠢的女兒為什麼一臉羞愧，為什麼這麼不開心？難道她藏了什麼祕密？難道這個沒出息的女兒背著母親做了什麼壞事？

「希望，剛才守衛說是妳抓到那個沒禮貌的小巫師。」希剋銳絲女王說。

「真的是妳？」

她總是盡量和善地對這個沒用的女兒說話，然而在希剋銳絲女王口中，「希望」兩個字總是顯得不夠好，彷彿女兒的名字又提醒她，她一直希望希望能成為和現在截然不同的人。

她確實希望希望能成為不同的人。

因為在希剋銳絲女王眼裡，希望太令人失望了。女王一直希望能有個像自己一樣高、一樣金光閃亮的女兒，而不是這個矮小、邋遢、頭髮蓬鬆、戴著眼罩又跛腳的怪女兒。

「所以呢，希望？妳是用妳的戰士技能打敗那個小巫師、他的動物和小妖精的嗎？」希剋銳絲女王狐疑地問。

因為在希剋銳絲女王眼裡，
希望太令人失望了。

希望仰慕地抬頭看著母親黃金般的面容，滿心想告訴母親：對，事情就是這樣發生的。如果能看到希剋銳絲的表情改變，如果母親能用讚許、尊重與關愛的眼神看她，那該有多好！

但希望的母親太精明了，她不可能相信這樣的說辭，如果希望說謊，反而會讓母親提起戒心。到時要是母親找到魔法劍，札爾就完蛋了……

「呃，母親，其實不是這樣的。」希望坦言。「我剛剛聽到奇怪的聲音，發現是那個巫師，我本來想和他戰鬥，結果不小心摔倒了，只好大聲叫人來幫忙。」

希剋銳絲女王眼裡的疑惑消失了，她的眼神只剩下不滿。希望的故事很可信。

「妳這樣也算『抓到』巫師？」希剋銳絲女王不悅地說。「妳跌了一跤，然後叫人來幫忙！希望，跌倒並不是戰士的傳統技能……」

她瞅著希望的眼罩與瘸腿，彷彿希望身體有問題是故意而為。

「妳為什麼不能多學學妳幾個姊姊？」

希望咬住嘴脣，以免自己哭出來。在希剋銳絲女王看來，哭泣也是戰士不該有的弱點。

「妳可以學學妳姊姊戲劇。」希剋銳絲接著說。「她喜歡遠遠用弓箭射中矮人，用他們的鬍子縫毯子……當然，我為這樣的暴力行為感到遺憾，但年輕氣盛也是我們戰士的行事風格……我在妳這個年紀，早就獨力獵捕第一隻巨人，也成功殺了他……

「可是不知道為什麼，妳偏要跟我走相反的路！我不曉得妳怎麼會喜歡把自己外貌弄得這麼『怪』……妳這麼歪斜……這麼……」

希剋銳絲對女兒很失望。這實在太沉重了，希望難過得彷彿手指裡裝滿鉛塊，頭垂得越來越低。

我要仁慈……希剋銳絲看著希望越來越消沉的模樣，在心中告訴自己。**這孩子長得像一根被人踩到的奇怪樹枝，應該也「不是」她能控制的。這孩子像隻左右不平衡的小兔子一樣跑來跑去，應該也「不是」她能控制的。女王應該表現得「仁慈又親切」，同時保持公正公平……女王在嚴格與剛正不阿的同時，也應該「寬恕」臣民……**

希剋銳絲努力克制自己的情緒。

「我想……」她咬牙切齒地說。「雖然妳的全力沒什麼用，妳還是盡了全力。對了，說到妳肢體和心理的缺陷，妳的頭還會痛嗎？」

「頭痛？」希望呆呆地說。她現在才想到自己之前為了溜出去找湯匙，對母親說她頭很痛，想提早回房間睡覺。「喔，呃，我的頭好很多了。謝謝母親關心。」希望說。

「妳最近在學習怎麼當優秀的戰士，有什麼感想嗎？」母親問。

「母親，我覺得很困難……」

希剋銳絲女王惱怒地嘆息一聲。「雷鬼頭夫人說妳特別不擅長拼字……希望，妳知道嗎？讀書寫字是我們戰士高人一等、文明進步的象徵。」

「是，可是我想讀書寫字的時候，字母都不待在原位。」希望解釋道。「它們一直在我腦袋裡晃來晃去，害我忘記字母本來是什麼順序。

「有些人覺得，」希望鼓起勇氣說。「跟拼字的能力比起來，我們說話和寫字的內容比較重要……」

「那些人**腦袋有問題**。」希剋銳絲女王說。「妳只能更努力了，是不是？先從妳的外表做起……」

希望看上去比平時還邋遢，不僅斗篷內外、前後穿反了，衣服還破破爛爛，頭髮和衣服都是樹枝，頭髮之前被吱吱啾打結弄成小窩，現在還沒恢復原狀。

「希望，就算是妳這種次等戰士，也該打扮得體面一點。」希剋銳絲女王邊說邊大步離去。「每一根頭髮都整整齊齊，每一件武器都磨得又尖又銳，每根手指的指甲都洗得亮晶晶。別忘了這點。」

希剋銳絲女王在優雅白長裙的窸窣聲伴隨下離去，然而，她腰帶上一條細如小蛇般的繩子鬆開，一把小小的鐵鑰匙掉到地上。

那是一把很小的鑰匙，掉落到石板地面只發出微小的聲響，女王沒有聽見。她不知道自己掉了東西，拐個彎就走遠了。

叮！

希望失落地看著母親的背影，剛好聽見鑰匙落地的聲響。

她撿起鑰匙。

她張開嘴，準備說：「母親，您的鑰匙掉了！」

但她又閉上嘴巴。

這是一把又小、又黑、又冰的鑰匙。希望後頸汗毛直豎。她赫然發現，這不僅是能開啟城堡每一扇門的萬用鑰匙，更是地牢的鑰匙。

希剋銳絲女王竟然在這麼巧妙的時間點遺失鑰匙，真是太神奇了。

它究竟是不小心掉到地上呢，還是自己跳下來的？假如你喜歡想像奇奇怪怪的事，你可能會說這把鑰匙在尋找希望，它要希望使用它。

但我們不會想像那種奇奇怪怪的事，畢竟這種說法太可笑了。

這是她母親的地牢鑰匙。

第十五章　闖進希剋銳絲女王的地牢

希望、刺錐與嗡嗡咻試著在白天溜進希剋銳絲的地牢，但這根本是不可能的任務。附近的人太多了。

「我們只能等大家睡著。」希望說。「可是母親的衛兵守在地牢門口，我們要怎麼進去？」

「窩有一個很棒的睡眠法術，窩可以讓他睡著！」嗡嗡咻尖聲說。

「謝謝妳，嗡嗡咻，可是妳的法術在這裡沒有效。」希望說。

刺錐一臉罪惡感。

「我還是覺得這個計畫很糟糕，」刺錐說。「不過，如果妳真的想執行計畫，我可以告訴妳，我今天晚上幫衛兵送晚餐的時候，在他的燉野豬肉裡頭加了一點安眠藥。懂得用藥草的人不只有巫師和魔法生物……」

「刺錐，**謝謝你！**」希望大喜過望地說。

「別謝我。」刺錐憂鬱地說。「我父親要是知道這件事，一定會對我失望透頂。我只是很同情可憐的小吱吱啾而已，可是理論上我應該要克服自己的弱點，做正確的選擇……我實在不知道自己出了什麼問題。」

於是當天深夜，希望與刺錐躡手躡腳地來到一扇大門前。這，是希剋銳絲女王的地牢入口。

負責看守地牢大門的衛兵還真睡著了。他們偷偷摸摸從衛兵身旁走過，用希剋銳絲的鑰匙開鎖，然後影子般無聲無息

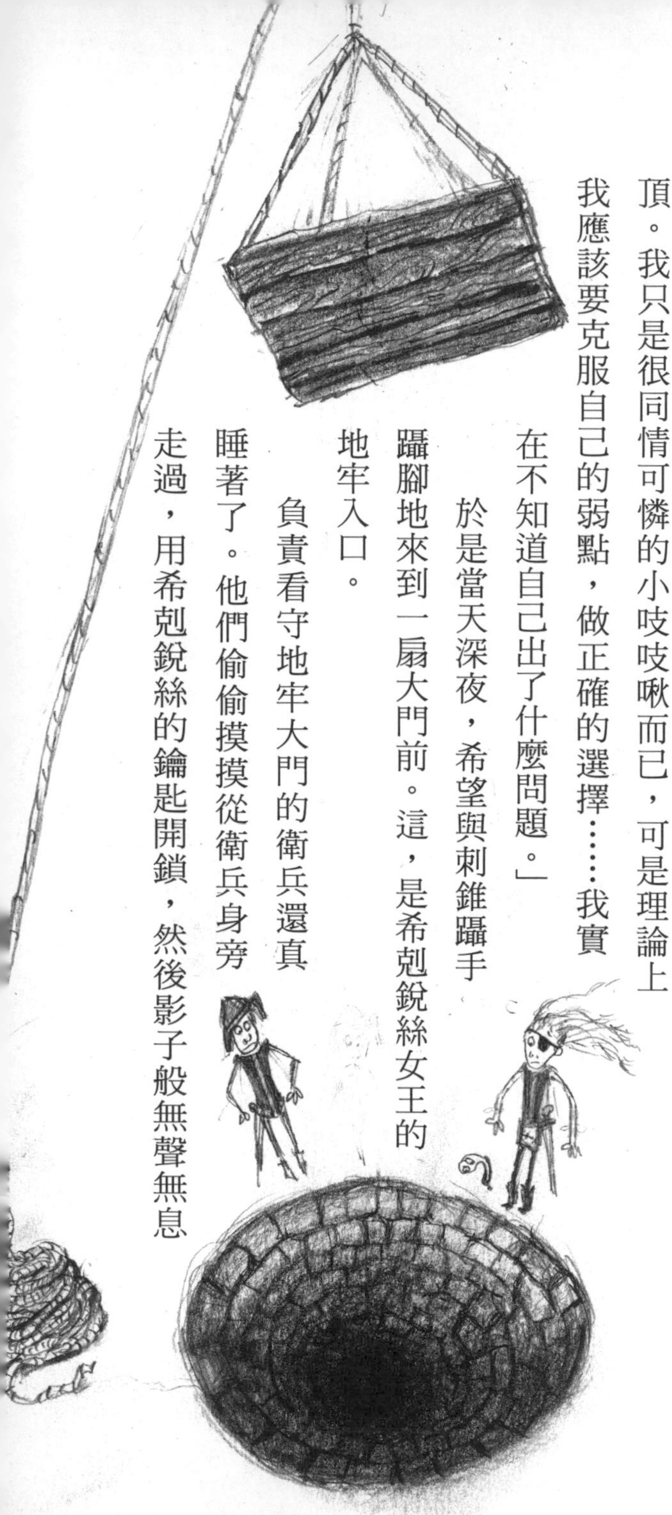

地溜進地牢，再關上大門。

大門關上時，刺錐感覺自己要被恐慌給淹沒了。

每個人進到希剋銳絲的地牢，都有相同的感受。

「嗡嗡咻，妳待在這裡。」希望說。「假如妳看到我母親或其他人跟著我們下來，就趕快來警告我們。」

「沒問題！」嗡嗡咻尖聲說。幼小的毛妖精每次分配到工作都樂不可支，她也很慶幸自己不必再深入地牢。

因為，他們所在的房間正中央，就是真正通往地牢的入口——那是一個巨大的凹洞，上方掛著可動式平臺。

刺錐望向凹洞深處。

「我們該不會真的要下去吧？」刺錐說。雖然這樣的想法很可笑，但他暗自希望希望會說「不用」。

「沒錯。」希望說。她爬上升降平臺。

「再見……」嗡嗡咻小聲說。「祝逆們好運……能認識逆們窩很高興……逆們雖然是大人類，可是逆們沒有其他人那麼臭……」

「謝謝妳。」刺錐說。他顫抖著爬上平臺，希望解開繩索，繩子慢慢鬆開。

他們開始——

下沉……

下沉……

下沉……

越往下，氣溫就越低，刺錐的心也越來越沉重。平臺一直下降，進入地下牢獄深處。

希望的心也在下沉，因為她現在不僅背叛了母親，還侵犯了母親的隱私。

希剋銳絲想必在這裡藏了很多祕密。

因為，

女王必須隱藏一些祕密……

希剋銳絲的確藏了許多祕密……

她所有祕密都藏在地底下。

希望知道這點，也知道自己真的、真的不想看到母親的祕密。

但她別無選擇。

下沉，

下沉……

下沉……

他們越降越低，也越降越深。

感覺過了很久、很久，平臺最終輕輕碰到地面。他們來到了希剋銳絲女王神祕的黑暗世界——一座埋藏在戰士鐵堡地底深處，隱藏在岩石與土地下方一英里處的監牢。

希望與刺錐走下平臺，來到陰森的小房間。天花板持續滴答、滴答地滴水，搖曳不定的火炬稍微照亮了這塊空間。

有七條離開小房間的通道。

希剋銳絲的地牢在古時候是礦坑，所以在裡頭徘徊不去的除了囚徒的鬼魂外，還有過去巨人、矮人與人類礦工的幽魂。礦坑變成了監牢，但迷宮般的坑道還是像巨大蜘蛛網，一條條通道互相交錯、分岔，令人摸不著頭緒，就像希剋銳絲女王謎一般的心思。

通道通往數不盡的小房間，有的是牢房，有的裝了……別的東西……可是刺錐和希望到底該往哪裡走呢？

「那是什麼聲音？」刺錐低聲問。

我先前提過，希剋銳絲的地牢充滿各種聲響。

這是絕望與甜美的鐵之樂聲，因為渴望也有它的甜美之處，痛苦也能造就美麗事物。

囚禁在地下監牢的魔法生物無法再施展魔法，巫師不能施法術，小妖精不能飛翔，巨人甚至會緩——緩——縮水。這是因為地牢最深處有間神祕的小房間，裡頭擺著希剋銳絲那顆移除魔法的石頭，這裡所有的魔法生物都被帶去摸過那顆石頭，失去他們之所以是魔法生物的魔力了。

希剋銳絲女王的手下會把他們帶回牢房，直到他們適應沒有魔法的生活。

目前為止，還沒有人習慣沒有魔法的生活，所以曾經擁有魔法的生物只能一直待在地牢裡，讓哀愁、憤怒、懊悔的聲音充斥整個地底。山怪的步伐沉重而憂傷，不停兜圈，狼人一再號叫，小妖精用高亢的聲音歌頌曾經多采多姿的生命，令人毛骨悚然。

他們現在也只能歌唱了。他們失去了飛行的能力，失去了魔法，失去了希望；他們失去了視力與光明，因為小妖精失去魔法的同時也會失去色彩，體內明亮的光芒會黯然熄滅。

但他們仍會發出各種聲音。

希剋銳絲的手下讓他們用鐵湯匙與鐵餐盤，於是，不再擁有魔法的生物們用拳頭或腳爪握住鐵器，敲出一段惆悵的節拍。鼓聲如消失已久的愛情，沉痛地響徹地底監牢。

希望與刺錐踏進地牢時，聽見一隻名叫「曾精」的小妖精唱歌。這隻小妖精站在巨人粉碎者肩頭，被鎖在其中一間牢房裡——希望猜對了，札爾離開林中空地後，粉碎者的確被希剋銳絲女王的戰士抓走了。

現在粉碎者被關在希剋銳絲女王的地牢裡，他閉著眼睛思索深奧的問題，抱著札爾會來救他的最後一線希望。

曾精在他肩膀上唱歌，他唱道：在一個明豔、蔚藍的夏日，他不停往上飛、往上飛，像雨燕那樣邊飛邊睡。天空中的氣流成了他的床鋪，他睡在高高的空中，闔眼前看到的最後一幕，是鋪展在下方的阿爾比昂列島，以及遍布島嶼的森林。

曾精的歌聲太動聽了，地下監牢裡所有囚徒都看見他歌聲中的景象，跟著為自己失去的魔法歌唱，隨著巨人沉沉的心跳聲踩踏、敲擊，敲出鐵的節拍，彷彿他們沒有被囚禁在地底深處，彷彿他們沒有被世人遺忘，彷彿他們有一天還能飛上天，俯瞰美麗的風景。可憐的吱吱啾，難道他也將面臨這樣的未來？

一旦聽過地牢裡的魔法逝去之歌，你就永遠忘不了它。

曾擁有魔法的生物，用充滿絕望、希望與悔恨的歌聲，重現他們在失去魔法那一刻失去的魔法世界與魔力，歌聲迴蕩在地底的石牆與通道之間，聲音、情緒、道德與選擇形成無形的迷宮，和四通八達的通道一樣令人頭暈目眩。

「我們做對了嗎？我們做錯了嗎？」地牢中的生物們唱道。「我們失去了什麼？我們沒有選擇嗎？」這些歌曲和其他歌聲融合在一起，歌頌深夜美麗的野林，只有魔法生物能看見的黑夜美景，冬季森林結霜時接骨木樹枝上的毛冰，以及沒有葉子的深紫色仙客來從土地與落葉堆冒出來時，人眼無法察覺但魔法生物看得一清二楚的緩慢成長。

你分不出哪些是活著的生物的歌，哪些是陷入岩石、凍結在地底下的幽靈之歌。很久以前就逝去的矮妖、小妖與女矮人礦工彷彿再一次拿起魔法斧頭，從岩石中挖出久遠的歌聲，讓這些歌聲在刺錐與希望耳裡活了起來。

沒錯，這是一個幽靈徘徊不去的地底牢獄，魔法與鐵、過去與現在、善與惡在相互矛盾的複雜監牢裡共處。你光看地表那自信滿滿的鐵堡，絕對料想不到地底下會是這幅景象。

「我們沒有地圖。」刺錐摀著耳朵說，因為地底的聲音讓他無法好好思考，更無法好好做選擇。他剛才沿著一條通道走著走著，結果又來到一條岔路。「我們要怎麼找到札爾？迷宮這麼大，我們怎麼可能找得到他……」

當你想把東西藏起來的時候，迷宮就和鎖一樣有效。

希望和刺錐回到原點，絕望地來回繞圈。這時，魔法湯匙注意到其中一條漆黑通道的另一頭有東西——那是像星星一樣閃爍的小光點。

湯匙輕輕敲了敲希望的頭，吸引她的注意力，接著叮叮咚咚地沿著通道走去。希望順著湯匙走的方向望過去，看見那個小光點。

希望摸黑跟在湯匙後面。刺錐說：「你們要去哪裡？」然後很不情願地跟了上去。

她找到小光點時，又能看見遠處的一團小光點，它們像魔法燈似的吸引她上前。「小妖精粉！一定是札爾沿路撒小妖精粉，這樣我們就可以找到他了！好聰明！」希望欣賞地說。

於是他們繼續摸黑走向遠處的小光點，兩人越走越深，迷失在希剋銳絲迷宮般的地牢裡。

「一定在這附近吧。」刺錐說。他們來到一條很長的通道，兩側至少有二十五間房間。「我們每一間都檢查看看。」

「一定要嗎？」希望說。「這不是你母親的隱私……你當然無所謂……可是我**真的很不想**發現我母親的祕密，這樣感覺太奇怪了……」

希望心不甘情不願地拿出鑰匙，開啟最近的一扇門。門在陰森的吱呀聲中打開了。

「刺錐，你去看……」希望說。她用手摀住沒被眼罩遮住的眼睛。

刺錐從門的邊緣往內看……

……然後昏倒了。

……希望急忙關門。

「裡面是什麼？」刺錐醒轉時，希望問他。

「妳**真的真的**不會想知道。」刺錐回答。

聽他這麼一說，希望反而認為不知道房裡有什麼東西感覺更糟糕，因為她會不由自主地想像裡面是什麼。她決定這回要自己探頭去看。

刺錐打開第二扇門，大叫一聲「好噁心！」後立即關門。

「裡面是什麼？」希望急著問他。

「很多顆頭。」刺錐說。

「真是的，我受夠了。」希望邊說邊推開他。「怎麼可能是頭？是你先入為主地認為我母親是壞人……」

她一把推開刺錐，走進房間。

都是人頭。

「**好噁喔！**」希望說。

她非常、非常迅速地關上門。

「我相信這背後有很合理的解釋。」希望說。「我母親對人體構造很感興趣。」

「是嗎？」刺錐狐疑地說。

其他房間裡的東西就沒那麼噁心了。

例如，有一間房間像圖書館一樣，整整齊齊地擺滿《法術全書》，還貼了標籤。希剋銳絲這個人很講究整潔。

一間是魔藥房。

還有很多很多被禁的魔法物品。

然而他們找了非常久，就是沒找到札爾。

與此同時，四四五號牢房裡，札爾看著時間一分一秒過去，希望、刺錐與魔法劍都還沒來救他們，他的心情沉到了谷底。札爾會絕望也是理所當然，因為希剋銳絲把地牢設計得令人洩氣——畢竟這就是把人關在地牢的「目的」。

沒有人會設計一間採光良好、景觀優美、讓人心情愉悅的地牢，還用布簾把房間布置得漂亮舒適。

白天時，希剋銳絲每隔一段時間就會來看札爾，問札爾現在想不想把劍的所在處告訴她。每次見到希剋銳絲，札爾和小妖精就會對她又叫又罵，嘶聲罵她的鼻子不好看，罵著罵著心情就稍微好一點。但希剋

小心這些是非常
危險的妖精故事
小心閱讀
（這些書可能會爆炸）
GRK
這是鑰匙，以防萬一

銳絲離開之後，地牢溼冷抑鬱的空氣又會滲入他們的骨髓，四面八方傳來的魔法逝去之歌只讓他們心情更憂鬱。

「她不會來了，那個希望……」風暴提芬小聲說。她的光輝正迅速消失。

「真是個愚蠢的戰士女孩……你怎麼會信任她？」

「因為她把劍拿走了……而且她提醒我要注意『愛情不說謊』魔藥……」

札爾鬱悶地說。他也在擔心同一件事情。

「他們太笨了，不知道要跟著小妖精粉走……反正他們那麼膽小，也不可能跟過來……他們討厭你……他們沒有鑰匙，沒辦法開門……」

心情差到了極點的小妖精們，持續說些令人沮喪的話，因為他們自己也很沮喪。

「你之前綁架他們，偷了他們的劍，還欺騙他們。」亞列爾說。「他們何必為你這個敵人——為你這個裝在錫罐裡的蕪菁——冒生命危險？」

「亞列爾說得很有道理。」卡利伯鬱悶地說。

難道札爾真的笨到極點，把自己的性命交在兩個敵方戰士手裡？

「他們很喜歡吱吱啾。」札爾說。「我知道他們一定喜歡他。」

他低頭看著吱吱啾，這隻小妖精的身體快要完全變成黑色，小小的心臟幾乎毫無動靜了。

吱吱啾先前一次又一次猛烈顫抖，每次都神智不清，連自己是誰也不曉得。現在，他的意識稍微清醒了點。

「窩怎麼了？」吱吱啾悄聲說。誰都能看見他眼中的恐懼。「窩會變成黑暗生物嗎？」

「當然不會。」札爾說。吱吱啾又一次失去意識，用札爾幾乎聽不見的微小聲音說：「札爾會救我……」他將一隻爪子般細小的手放在札爾胸口，到現在還對小主人深信不疑。

札爾只能稱了希剋銳絲的心……

這樣至少吱吱啾能活下去……

但他的父親可能會失去魔法……

札爾這個人不太容易沮喪，但現在就連他也快失去希望了。就在這時，他聽見外面通道傳來腳步聲與細語聲。

「刺錐你看這間，我快受不了了……」那是希望的聲音。

「他們在這裡！」刺錐的臉出現在鐵窗外，他高喊一聲。

喀嚓、喀嚓、喀嚓幾聲過後，四四五號牢房沉重的門「吱嘎——」一聲打開。

札爾從來沒想過，他看到兩個戰士——一個又高又瘦，一個瘸腿——會如此驚喜交加，感激之情滿到快溢出來了。就連小妖精也很開心，他們雖然快沒力氣飛行了，還是興奮地扇動翅膀。他們飛得越來越低，彷彿鞋子裡裝了鉛塊。

「你們來了！」札爾對刺錐與希望說。他興奮到跑過去擁抱他們——札爾竟然抱了兩個戰士，是不是很不可思議？

「我們當然來了。」希望堅決地說。「我不是說我會來嗎？我怎麼可能讓朋友困在這裡……」

札爾也覺得她是個很好的朋友，以戰士來說表現得非常積極，實在出人意料。

「你們是怎麼進來的？還有，你們是怎麼開門的？」札爾問。

「刺錐給衛兵吃了安眠藥。」希望說。「我母親不小心把地牢的鑰匙弄掉了。吱吱啾的狀況怎麼樣？」

她看見小小妖精在札爾的背心口袋裡顫抖。

「他的狀況不太好……」札爾說。希望用希剋銳絲女王的鑰匙，打開關著雪貓的籠子，雪貓興奮地跳出來。「我們要盡快帶他去摸石頭……」但就在他們準備離開時，嗡嗡咻像迷你閃電般迅速飛來，異常驚恐地從鐵窗鑽進牢房。她剛才一路從地牢入口飛過來，現在喘得上氣不接下氣。「希剋銳絲女王！」她尖叫。「她要來了！」

第十六章　希剋銳絲女王出現得很不是時候

「希剋銳絲女王要過來？」刺錐說。他很努力不昏倒。

「不能讓她發現我在這裡！」希望嚇得動彈不得。

偷偷決定當巫師的朋友是一回事。

現在她不僅同情敵人，還主動幫他們打開牢門，準備幫助他們逃獄……這，又是另外一回事了。

「別擔心。」札爾說。「你們躲起來，我來應付她……我保證這次會有禮貌……把劍給我，出去之後把門再鎖起來……」

「札爾，你要對她禮貌一點！」希望邊警告他邊把魔法劍丟過去。

「相信我。」札爾笑著說。

刺錐和希望急急忙忙跑出牢房，躲在通道轉角，因為希剋銳絲女王的腳步聲聽起來很急。

她現在來找札爾，是給他最後一次乖乖配合的機會，這樣才能及時帶他的小妖精去摸移除魔法的石頭，保住那小傢伙一條命。就算是一個沒良心的巫師男孩，也不會認命地讓小妖精死去吧？話雖這麼說，札爾還是異常頑固。

希剋銳絲女王駭然發現自己把鑰匙弄丟了（幸好有備用鑰匙），又看到衛兵睡在地牢門口，她當然氣得要命。踏進地牢的瞬間，她察覺到事情不對勁。

希剋銳絲女王瞭解自己地牢裡的每一絲聲音，無論是水滴聲、俘虜的呻吟聲、衛兵走動的聲音、蠟燭晃動聲，以及幽魂與小妖精歌曲的每一句歌詞，她全都瞭若指掌。她知道有哪裡不對勁，從平時優雅的步行加快到少見的奔跑速度，腳步聲在通道中吵雜地迴響。若不是嗡嗡咻警告他們，希剋銳絲想必能逮到正在幫助敵人的女兒。

還好刺錐和希望及時躲到通道轉角，並在躲起來之前重新鎖上牢房。

所以，當希剋銳絲女王開啟四四五號牢房的門，穿著華貴的鮮豔紅斗篷走進房間時，札爾若無其事地站在房間中央，魔法劍被他藏在背後。

「發生什麼事了？」希剋銳絲女王喘著氣問。

「沒事啊。」札爾一臉無辜。

「哼。」希剋銳絲女王不相信，銳利的視線懷疑地掃過札爾全身。她完全不信任這個小巫師。

「札爾，恩卡佐之子，這是你的最後一次機會。」她厲聲說。「我今晚不會再回來，到了早上，你的小妖精就沒救了。我的劍在哪裡？」

「妳說的，該不會是這把劍吧？」札爾假裝沉思，從背後拿出了魔法劍。

希剋銳絲女王呆若木雞。

她背後傳來動物的低鳴，三隻牙齒如菜刀般銳利的雪貓緩緩走出陰影，每一步都充滿威脅性。

「他們是怎麼從籠子跑出來的？」希剋銳絲用氣音說。她的臉和雪白長裙一樣白。「是誰把我的鑰匙拿給你的？你怎麼會拿到我的劍？」

「這妳不必知道。希剋銳絲女王，妳別動。」札爾說。「不然我就用這把劍殺了妳……」

這個可惡的小鬼！

她應該帶衛兵過來的……可是之前士兵已經徹底搜過札爾的身，希剋銳絲覺得這個手無寸鐵的小男孩和幾隻小妖精被關在最牢固的牢房裡，她自己一個人去問話也沒關係。

希剋銳絲的手偷偷移向腰帶，她自己的劍就掛在那裡。

「我叫妳不要動。」札爾說。他眼睛閃爍異樣的光芒，使希剋銳絲女王動作一頓。巫師通常很和平，但札爾和女王遇過的其他巫師不一樣。

「所以呢，札爾，恩卡佐之子。」希剋銳絲女王發現自己處於劣勢，氣憤地對札爾說。「你偷了我的劍，現在打算怎麼樣？」

「我要帶我的小妖精去找移除魔法的石頭。」札爾說。「然後我會放了妳關在這裡的巨人和其他魔法生物，大家一起逃出這個無聊的鐵堡和你們蕪菁頭鐵戰士，回到我們的巫師營地。」

「你們一走出地牢就會被抓起來。」希剋銳絲女王說。「巨人體型太大了，這座鐵堡到處都是守衛，你們不可能溜出去。」

「可是妳這個女王藏了很多詭計。」札爾說。「我猜妳一定有離開地牢的祕密通道，還有通關密語。」

「就算有，」希剋銳絲女王諷刺地說。「在這種情況下，我也不可能告訴你。」

「不然這樣吧，我們和之前一樣，來一場交易好了。」札爾狡猾地說。「如果妳告訴我移除魔法的房間怎麼走，再跟我說祕密通道在哪裡，還有通關密語，我就把這把劍留給妳。」

希剋銳絲女王雖然沒表現出來，但她心裡很高興。她非常非常想拿回那把劍，現在巫妖重回野林，她更想得到魔法劍了。這小子以為自己很聰明，可是他這麼隨便就要把劍還給她，顯然沒意識到魔法劍有多重要……

「我接受你的提議。」希剋銳絲女王圓滑地說。「移除魔法的房間就在——」

「喔不……」札爾打斷她。「不不不，希剋銳絲女王，請妳先暫停。」

他從背心口袋掏出一個小瓶子。「女王好像也會說謊（當然，這是為了遠大的理想），所以我恐怕得請妳拿著這瓶『愛情不說謊』魔藥回答我的問題，這樣我才知道妳說的是實話。」

希剋銳絲女王給他一個嫌惡的眼神。

札爾把「愛情不說謊」魔藥遞給她。

「你出去之後右轉，沿著通道一直走到最大的洞穴，第七扇門背後就是移除魔法的房間。你從那個房間走出去，每到第二個岔路就往**左轉**，就會到祕密出口了。我的通關密語是**控制**。」希剋銳絲女王說。

札爾逼她又重複一次這段話，確認「愛情不說謊」沒有變色。

藥水從頭到尾都是紅色，表示她說的是實話。
札爾從她手裡取走「愛情不說謊」。
「我現在就把劍還給妳。」札爾邊說邊舉起藥水瓶，讓希剋銳絲女王看清楚。
他說話的同時，藥水變得比墨汁還黑。
「唉呀。」札爾樂呵呵地說。「唉呀我的天，怎麼會這樣！
「看來我在說謊耶！」札爾笑得合不攏嘴。「誰在說實話，誰在說謊，真的好難分清楚啊，妳說是不是？」
被耍了！
希剋銳絲被這個可惡的巫師小子耍了！她都把通關密語告訴札爾了，札爾還是打算帶走她的劍！
像希剋銳絲女王這麼狡詐的人，終於遇到比自己更狡詐的人時，總是非常惱怒。

所以，希剋銳絲女王發飆了。她平常沒那麼容易發脾氣，但今天她過得太不痛快了。

「你這個沒禮貌、沒教養、愛說謊的小騙子！」希剋銳絲女王怒喊。

「真是的，真是的。」札爾用舌頭嘖嘖兩聲。「希剋銳絲女王，妳要有禮貌，妳這樣罵我也沒有用啊。麻煩妳把鑰匙和斗篷借給我，可以嗎？我覺得只要假扮成妳的樣子，那些衛兵就會讓我們離開了……非常感謝妳……」

希剋銳絲女王咬牙切齒地交出所有牢房的鑰匙，還有她鑲了黑白毛皮的醒目紅色斗篷。

「我必須說，」札爾披上希剋銳絲女王華麗的斗篷，一邊接著說。「我這樣的命運之子真的很需要一把酷酷的武器，如果是有魔法的鐵劍就更好了……妳這麼想要這把劍，我也不意外，這東西真的很特別。」

希剋銳絲的笑容簡直像冰柱做的。

「壞消息是，我必須把妳鎖在自己的地牢裡。」札爾抱歉地說。「這個房間不太適合王室成員，可是妳這個女王很奸詐，妳搶走我們魔法種族的魔力，把我們關在這裡，還說要殺了我的小妖精。妳得學到教訓——監牢的功能就是讓人學到教訓……」

「札爾，我可以幫她做頭髮嗎？」嗡嗡咻央求。「拜託拜託可以讓我幫她做頭髮嗎？她對可憐的吱吱啾那麼壞……」

「好吧。」札爾說。「可是不要太暴力。」

嗡嗡咻飛進女王的頭髮，在瓢蟲拍兩下翅膀的短短時間內，把女王的頭髮弄成很有創意卻又很糾結的一團，像極了老鼠巢穴。希剋銳絲站得直挺挺的，氣得臉色發白。

嗡嗡咻倒退飛行，滿足地看著自己的傑作。

希剋銳絲氣得神情僵硬，那張尊貴不凡、整齊又憤怒的臉上方，一頭瀑布般整齊美麗的金髮，現在彷彿被電到，亂糟糟地垂直豎起來，看上去像亂發脾氣的毛球。

「喔喔喔……很好，非常好。」風暴提芬幸災樂禍地輕聲說。幾隻小妖精笑得很誇張，差點從空中摔下來。「那個妖精頭要梳好幾個星期才能恢復原樣……」

「妳在梳頭髮的時候，最好記住一件事。」札爾告誡她。「以後別惹我們巫師和魔法生物。」

「我也警告你，」希剋銳絲女王憤恨地說，每個字都像冷冰冰的白色箭矢。「你別想再踏進我的領域半步，否則我對樹木與流水的神靈發誓，我會讓你後悔的……」

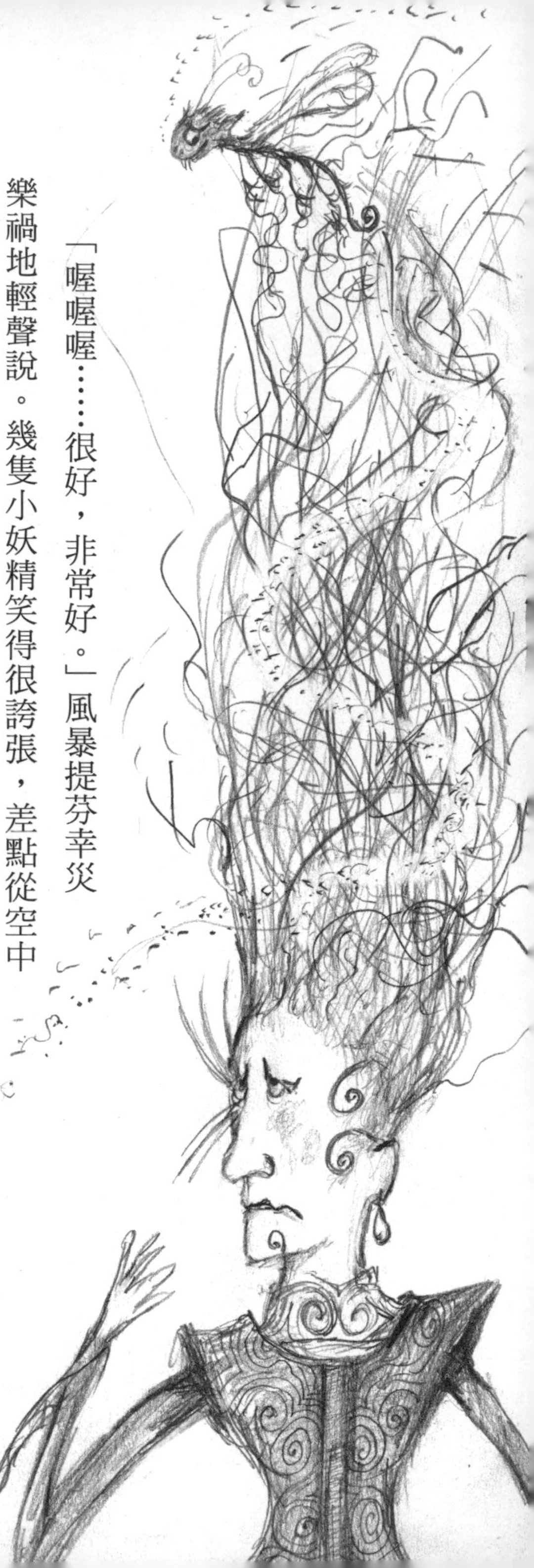

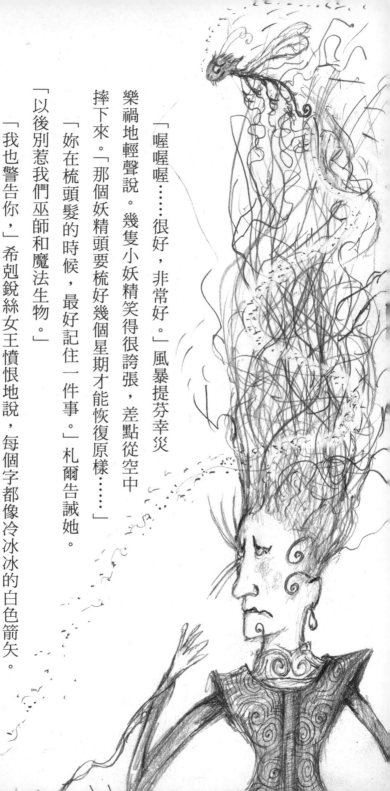

「那妳得先抓到我。」札爾笑著說。

「再見囉，希剋銳絲女王。」札爾對她深深一鞠躬，帶著雪貓與小妖精朝牢門走去，還像女王一樣甩了甩華貴的斗篷。離開牢房的前一刻，札爾想到一件事，他轉過身。

「呃……對了……我之前說妳很弱，那不是真心的。」札爾說。「妳是一個很強的戰士女王。」

他跑出門，躲在門外的刺錐在札爾出來後，鎖上牢門。

希剋銳絲獨自站在四四五號牢房中，若有所思地調整盔甲。

她要思考的事情可多了。

「你對我母親太壞了！」脫離希剋銳絲的聽力範圍後，希望斥責道。

「我很有禮貌啊！」札爾抗議。「我有誇她是很強的戰

士女王！」

「你說她是個非常邪惡的女王！而且嗡嗡咻還把她的頭髮弄得亂七八糟！」希望驚嘆又詫異地說。「她一定會氣瘋，你說對不對，刺錐？」

「絕對會氣瘋。」刺錐憂鬱地說。

「我已經很仁慈了……」札爾說。「她要不是妳母親，我早就殺了她。你們還記得她剛剛說什麼嗎？移除魔法的房間要怎麼走？」

「沿著這條通道一直走到最大的洞穴，石頭在第七個房間裡。」刺錐很快地說。

他們騎在雪貓背上，沿著走道深入地底。他們進入地牢深處，這裡的空氣冷得令人發抖，希望只能壓低身體，趴在森心厚厚的毛皮上。

札爾感覺自己胸前的口袋裡，吱吱啾的身體變得很僵硬。他們要是沒法及時找到移除魔法的石頭，就會失去吱吱啾。

通道最終抵達一個巨大的洞穴，閃爍不定的火炬照亮這塊空間。

風暴提芬驚恐地發出嘶嘶聲，躲到札爾背後。

「它在那裡……」她嘶聲說。

這個洞穴裡有七道門，第七道門上方有一個褪色的「移除魔法的房間」的牌示。

這個房間的門道歪歪斜斜的，門矮到連希望都得彎腰才進得去。如果巨人要移除魔法，就只能躺在大洞穴裡，把手臂從房門伸進去摸石頭。

札爾感覺自己被一股奇怪的磁力吸引，彷彿有冰冷的風將他往那扇歪歪斜斜的小門拉過去。他發現是掛在腰帶上的劍，這把魔法劍像鐵手指一樣直指房門。

札爾的直覺叫他：「趕快跑……不要再往前了……快停下來……」夜眸、森心與貓王焦慮地繞圈踱步，不停低嗚、嘶吼和號叫。

「不要進去不要進去不要進去不要進去。」小妖精一起嘶聲說。

「可是我們不得不進去。」希望說。她爬下森心的背。

「我們要救吱吱啾。」札爾說。他從貓王背上跳下來。

希望將鑰匙插進鑰匙孔，打開希剋銳絲移除魔法的房間。

第十七章　希剋銳絲移除魔法的房間

移除魔法的房間是一個完美的圓，天花板很高很高。

房間裡只有一件物品，那是一顆石頭。

一顆深灰色的石頭。

一顆很普通的大石頭。

它的邊角很粗糙，像凝固的岩漿。

「這就是移除魔法的石頭？」札爾不可置信地問。這顆石頭看起來一點都不可怕。

但小妖精和動物對房間裡詭譎的氣氛比較敏感，他們焦慮得像大黃蜂似地嗡嗡、嘶嘶叫，雪貓不安地在圓形房間裡走動，身上的毛全都豎起來了。

札爾從胸前的口袋取出吱吱啾，可憐的小妖精僵硬得像一塊深綠色寶石，呼吸時彷彿有細小的冰柱在他動彈不得的體內震顫。他的光芒越來越暗，越來越暗，和他的呼吸一起逐漸減弱，幾乎完全消失了。

「你要現在把他放到石頭上。」希望說。

「札爾，你不可以。」亞列爾嘶聲說。他舉起細瘦的手臂，警告札爾：「你要記住小妖精的故事，那些是我們很久以前的歷史……小妖精的故事都充滿智慧……」

芥末念幫亞列爾把話說完：

「所有的故事都說：**不要碰那顆石頭**。」

「我父親的父親的父親對我說過一個故事，那就是《絕對不要碰那顆石頭》……」風暴提芬說。其他小妖精紛紛說：「**我也是，我也是，我也是……**」

小妖精說的話在房間裡迴響，也可能是曾經在這裡面對相同的選擇的小妖精，以幽魂的聲音重複：「**我也是，我也是，我也是……**」

「小妖精說得對。」卡利伯緊張地說。

「每一則故事都有它的寓意，我們不能忽視這些故事。我最擔心的事情是：這些故事的寓意到底是**什麼**？」

現在他們站在移除魔法的石頭前，面對觸碰這顆石頭的現實，札爾才發現自己不知如何是好。

他們上方的黑暗中，傳來曾精那夜鶯般明亮而純粹的歌聲，詠唱他失去魔法後的悔恨。他說他的翅膀曾在寒風蕭瑟的冬夜觸碰星辰，但現在翅膀再也動不了了。聽到曾精歌聲中的渴望與痛苦，所有人再次意識到這個決定有多重大。

札爾每次都知道自己想怎麼做。

但這次……他猶豫了。

「我該怎麼辦？」札爾糾結地說。「說不定吱吱啾不想完全放棄魔法，說不定他寧可加入黑暗勢力。說不定他覺得再也不能飛的話，他寧可死掉！」

「這是我們拯救吱吱啾性命的唯一一次機會。」希望說。「那如果你把他放在石頭上一、兩秒，移除巫妖魔法以後，再趕快把他拿下來呢？這樣他還有一些魔法，說不定還可以飛。」希望提議。

「這樣有用嗎？」札爾問卡利伯。

「我沒辦法保證會有用。」卡利伯說。「我從來沒遇過巫妖血……」

「可是我們不能失去希望。」希望說。「我們不能讓他死掉。我們要祈禱這次會成功，我們要祈禱就算在這個黑暗的地方，也能發生好事情。」

「幫幫我。」札爾對希望說。「我自己做不到。」

五隻小妖精和另外兩隻毛妖精在札爾與希望頭上飛來飛去，形成光環。他們又驚恐又懷疑，亞列爾不時會說出「喀喀爾布愓路愓」和「德記爾顆嘘偷扣樂西」之類保護的咒語。這些發光的尖銳字串飄在空中，因恐懼和焦慮微微抖動，最後才消失不見。

札爾和希望深呼吸幾次後跪在石頭旁。他們輕輕抱起吱吱啾，調整他的姿勢，只讓他胸口的巫妖印記碰到石頭表面。札爾轉過頭。

然後……

什麼事都沒有發生。

可憐的小小毛妖精微微動了一下，又靜止不動了。

「妳覺得會不會太遲了？」札爾輕聲說。吱吱啾的光完全熄滅了，現在他像一截僵硬的常春藤，靜靜趴在石頭上。

然後，正當札爾以為他永遠失去了吱吱啾時，吱吱啾胸口閃過很暗很暗的光輝。那個光點變得越來越亮……越來越亮……

小妖精綠色的雙腿開始恢復原樣……接著是手臂……最後，他胸口的綠意消失了。他突然「咻！」一下吸氣，睜開了眼睛，虛弱地拍拍翅膀……

「他還活著……」希望看著吱吱啾輕輕拍打翅膀、恢復生命力，她激動又欣慰地輕聲說。

「快，把他從石頭上拿下來！」札爾說。

希望和札爾動作輕柔卻又堅定地把吱吱啾拉下來，小小毛妖精茫然地坐在札爾手心，他眨眨眼睛，彷彿昏睡很久後剛醒來。

「他還活著！」札爾開心地揮拳高喊。

小妖精非常非常小聲地呼吸，又非常非常小聲說：「窩活著！窩活著！窩活著！」

「他**活著**！」札爾如釋重負地微笑。「你覺得他還能飛嗎？」

「札爾，現在還不好說。」卡利伯說。「他需要一點時間復元。」

小妖精和人類不一樣，他們從很久以前就生活在危險的野林裡，如果無法在生病後

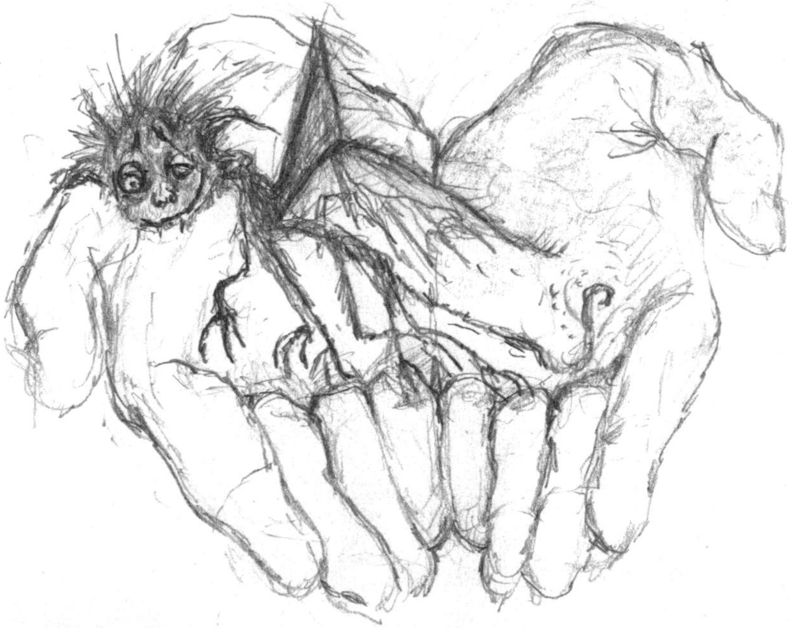

迅速恢復，他們早就絕種了。吱吱啾勇敢地抬起頭，他張開翅膀飛上天，飛得有點不穩。

「他還能飛！」札爾大喊。「**我改正錯誤了！現在都沒事了！**」

「卡利伯，你看，你之前一直說什麼做過的事就不能收回去，在那邊嚇我。你看，我就說這世界上沒有不可能的事！

「剛才我時間抓得太完美了！我**超級聰明**，我竟然想到要留一些魔法讓他飛行，我真是天才……」

「札爾，快點！」刺錐說。「快把你的手放在石頭上，消除巫妖印記……然後我們就能離開這個可怕的地方了。」

札爾嘆一口氣。

「快點，札爾。」卡利伯催促他。「你也知道這是任務的第二個部分。你今天應該學到教訓了吧？我們之所以遇到這麼多壞事，是因為你想從巫妖身上搶走壞魔法……」

「我知道，我知道。」札爾難過地說。「可是你知道一個沒有魔法的人在魔法世界長大，有多難受嗎？」

「的確不好受，但你也看到巫妖血對吱吱啾造成了什麼傷害。你手上的印記是壞魔法，壞魔法一定會帶來不好的事。」

「好啦，好啦。」札爾嘆氣說。「我做就是了。」

這簡直是奇蹟——過去兩天，札爾還真的學到教訓了。

札爾跪下來，將有巫妖印記的手放在石頭上。

奇特的感覺很快就來了。他手心開始有觸電般的震動感，整隻手彷彿被磁鐵吸在石頭上。接下來一分鐘，他感覺體內有什麼東西被抽出來，然後那股力量消失了。當他翻過手掌時，札爾看到手心的綠色印記消失了。

札爾看著自己的手，忍不住又嘆息一聲。

曾有那麼一瞬間，他成了世界上特別的存在——雖然那是不好的特別，但終歸是特別。

現在，他又變回普通的札爾，一個年紀不小，卻還沒有魔法的巫師男孩。

卡利伯停在他的肩頭，同情地說：「札爾，你做了最正確、最明智、最成熟的選擇，我為你感到驕傲。我知道這不簡單，但你必須耐心等自己的魔法降臨，別急著馬上解決問題……」

「我知道，可是這真的好難。」札爾哀傷地說。

「至少吱吱啾痊癒了。」他給自己打氣。

「**窩痊癒了！**」吱吱啾用氣音說。他仍昏沉沉地從札爾的口袋往外看。「可是窩們怎麼還在這個可怕的地牢裡？」

「好問題。」札爾說。「我們出去吧！」

希望跪在石頭旁邊，她擋到札爾的路了，但她現在只能努力不讓自己崩潰。

「希望？快走啊！」

希望沒有馬上回應。她吞一口口水。「我的手黏住了。」

第十八章　慘了……故事朝意料之外的方向發展

一片死寂。

「妳的手黏住了？那是什麼意思？」

「就是黏住的意思……我的手黏在石頭上拔不下來……」

「怎麼可能？」刺錐驚恐地大喊。

事情是這樣發生的：

剛才希望跪在地上，幫札爾把吱吱啾放在石頭上。就在她站起來的時候，本來就手腳不協調的她絆了一跤，她用雙手撐著石頭穩住身體。

然後，她的手就黏住了。

希望困惑地試圖拔開雙手，但她拔得越用力，手就黏得越緊。

現在她又跪在地上，雙手貼在石頭表面，連額頭也幾乎靠著冰冷的灰色石頭。她雙手像被膠水緊緊黏在石頭上，小指頭都動彈不得。現在她感覺雙手有種奇異的溫暖，她覺得噁心，感覺很奇怪——好像石頭裡有某種強大的力量，想把她體內的東西拖出來，就像把酒瓶裡的液體全部倒出來……

「這是怎麼回事？」刺錐急忙問。「她的手怎麼會黏在石頭上？是不是出了什麼錯？這是什麼意思？」

「好奇怪……太奇怪了……」卡利伯百思不得其解。

札爾和刺錐試著幫希望把手扯開，但她的手黏得死死的。

他們很用力拉扯她的手，希望的手指被刮出血來，不禁痛得叫札爾和刺錐住手。小妖精也愛莫能助，因為在希剋銳絲的鐵堡地底下，他們的魔法沒有半點用處。他們只能嗡嗡嗡飛來飛去，尖聲哭喊：「你們要記住小妖精的故事……記住小妖精的故事……別碰那顆石頭……」

老實說，他們現在說這些幫助不大，因為希望已經碰到石頭了，現在再警告她也沒有用。

「天啊天啊天啊……為什麼會這樣？」刺錐不安地問。「情況不太對勁，一定是出了什麼問題……我們不該來這裡的。希望，妳還好嗎？會不會痛？」

「不會。」希望說。「我感覺有點不舒服，可是不會痛。」

希望噁心又想吐，還很困惑，還很害怕。

她困在地下一英里的地牢，困在小小的房間裡，而且雙手黏在一顆巨大灰色石頭上，這種被困在小空間的感覺真的很不舒服。希望開始胡思亂想。

要是她永遠困在這裡怎麼辦？這就是為什麼你不能隨便亂摸魔法物品，因為有時候，這存在著一些不為人知的魔法規則。

說不定這就是妖精故事的寓意——如果你不是魔法生物而是戰士，你一旦碰了石頭，就再也離不開了。

七分鐘過去了。

八分鐘過去了。

「這是怎麼回事？」希望一直問。

「九分鐘……十分鐘……這到底是怎麼回事？」卡利伯也驚疑不定地說。

房間越來越熱，汗水像眼淚般從札爾臉上滴下來，他的上衣也溼透了。更古怪的是，這股熱氣似乎對魔法湯匙有不好的影響。他在公主肩膀上努力安慰她，卻痛苦地彎腰，彷彿他太同情希望，難過到連自己的生命都要被抽走了。

雪貓與小妖精感覺到危險，圍在札爾身旁保護他。小妖精高舉手臂盡力施展法術與詛咒，他們高度集中精神，周遭空氣都因為失敗的法術劈啪作響。

希望現在全身癱軟，她很努力不讓自己崩潰，努力到快瘋了。「卡利伯，我會不會永遠黏在這裡？」

「不會，不會。」卡利伯盡力安慰希望。「不會的，妳不會永遠黏住……『永遠』這兩個字可是很久很久的……我相信這只是一點小差錯……一定是小誤會，妳的手一定馬上就可以動了……」

希望的額頭也快碰到石頭了。

是她的錯覺嗎？她眼前的石頭是不是顏色變淡了？石頭的顏色越來越淡、越來越淡，漸漸變透明，彷彿石頭表面是一層膜。她能看見石頭中心了嗎？

喔我的槲寄生啊，我的橡樹啊，所有甜食、所有毒物啊……

希望著迷地看著石頭中心，她似乎看到一隻眼睛緩緩睜開……一個又尖又細的恐怖聲音悄聲說：「妳好啊啊啊……我等妳等了好久……」

札爾看得瞠目結舌。「石頭好像在說話。」

「不是石頭！」希望驚呼。「裡面有什麼東西……」

一瞬間刺眼、閃亮的彩光閃過，希望的眼睛花了一點時間適應，然後……

她發現自己直盯著　隻巨大巫妖的眼睛。那隻巫妖像巨型蝗蟲似地縮著雙腿，就蜷縮在石頭裡。

第十九章　魔法不可能消失，只能隱藏起來

魔法大師恩卡佐常說一句話，希剋銳絲若是知道這句話，事情也不會演變到這個地步了。「魔法不可能消失，只能隱藏起來。」

真是句至理格言。

這正是移除魔法的石頭的祕密。

它會移除魔法，是有原因的。

「那……是……什……麼？」希望極度恐懼地小聲說。

「我，」那個尖銳、恐怖、令人毛骨悚然的聲音說。「是巫妖王……」

「喔天啊蠑螈的眼睛！天啊討厭的青蛙腳趾！」卡利伯驚恐地咒罵。「命運

帶我們走了錯誤的路！這是不好的星辰交會！這是宇宙的惡作劇！命運今天一定**心情很差！**」

沒錯，這就是巫妖王。

看來命運開了一個大大的玩笑。

其實巫師傳統上不會把事情寫下來。問題是，真相經過好幾個世紀口耳相傳，就會像傳話遊戲一樣，變得扭曲，變得片片斷斷的。

妖精說得對，他們**不該碰那顆石頭**。

小妖精故事顯然很有道理。

卡利伯之前就說了，故事的問題在於，你得知道故事的寓意是什麼。

現在，他們終於發現石頭真正的祕密了。

這就是真相：

好幾百年前，巫妖王在最後一場巫妖戰爭中被擊敗，然後被封印在這顆石頭裡。巫妖王花了好幾百年吸收外界的魔法，靜靜等待，等待。

希剋銳絲女王以為她是憑自己的意志，將魔法生物帶去碰石頭的，怎麼曉得是石頭裡的巫妖影響了她的意志？她怎麼知道，鐵堡中心這顆沉默的灰色巨石裡，還有不為人知的另一顆心臟、另一個意識？她又怎能得知，這裡有一隻迫切渴望什麼東西、用盡全力許願的生物，像大蜘蛛網中間的蜘蛛一樣靜靜等待？

「是巫妖是巫妖是巫妖是巫妖！」小妖精與毛妖精一起尖叫。他們嚇得直往上飛，不停放出恐懼的黑煙。

「把妳的魔法給我……」

巫妖王輕聲說。

「把妳的魔法給我……**把妳的魔法給我……**」

「你一定是誤會了。」希望哀求道。她強迫自己直視石頭裡的恐怖生物。

「我沒有魔法可以給你……我不是巫師……我只是個很普通的戰士公主。請放我走……」

「不會錯的，妳真的有魔法。」巫妖王回答。「相信我，我能感覺到魔法，而且妳的魔法非常特別。妳擁有一種獨特的魔法，我等了很久很久，終於等到妳這種魔法了。」

「妳擁有操控鐵的魔法……」

我。

的。

天。

「快把我拉走！」希望放聲尖叫。

移除魔法的房間亂成一團。

刺錐和札爾奮力拉扯希望的手指，但她的手動也不動。

「這不會是真的吧？」希望哭著說。「我是戰士！戰士怎麼會有魔法！不可能啊！」

但世界上沒有「不可能」這種事，只有「不太可能」。

巫妖王說出那句話時，房間裡所有人都意識到，那就是事實。

原來如此。

原來這就是希望最近感覺不太一樣、感覺有點奇怪的理由。過去幾個月來，她身邊發生了不少怪事——握在手裡的繡花針活了起來，腳下的地毯不知為什麼動了起來，或者在她踩上去的時候，邊緣稍微捲了起來。

她觸碰的物品像水　樣從手中溜走，或者在碰到她指尖的時候傳來一股電流……她以為自己放在某個地方的東西，突然出現在別的地方……她遇到某些特定的人或走進特定的房間時，頭髮會自己飄起來或自己糾結成鳥巢狀……衣服破裂了……鞋子鬆脫了……鑰匙消失了……

希望一直以為是自己太健忘、笨手笨腳、心不在焉，她一直以為自己只是比平常更沒用，沒想到……

希望十三歲了，這是魔法初次降臨的年齡。

「那根湯匙……」刺錐喃喃自語。

擁有魔法的戰士！

太不可思議了。

但是，那支鐵湯匙之所以活起來，會不會是受了希望獨特的魔法影響？

這麼一想，刺錐開始覺得希望肩膀上那根湯匙的個性，和希望本人有九成像。

善良又忠誠。

有點魯莽。

有點古怪。

希望怎麼可能在自己也不知情的情況下，對湯匙施魔法？

這是因為魔法很難控制——如果你連自己有魔法也不曉得，那當然更難控制。

其實這也不令人意外，如果希望真有魔法，那這個古怪的女孩當然會擁有最與眾不同的魔法。

「我的天我的天我的天……」卡利伯到處飛來飛去。「我就知道我們之前問的問題都錯了！我們應該問的是：為什麼巫妖**現在**突然復甦了？為什麼是在這裡復甦？我們為什麼會遇到巫妖？答案是，他們會復甦，是因為希望的魔法降臨了……」

卡利伯說得對，世界上沒有真正的巧合……數百年來巫妖一直沉睡不醒，他們選擇在這一刻重回野林，是因為他們需要希望的魔法，而希望的魔法在這時候降臨了。

「把魔法給我……」石頭裡的巫妖王，用讓人心底發寒的乾枯嗓音說。「把操控鐵的魔法給我……」

「他**為什麼**偏要我的魔法不可？」希望哭著說。她知道自己不想聽到這個問題的答案。

卡利伯想到答案了。

「他想吸收足夠的魔法，逃出這顆石頭！」卡利伯尖叫。「快點把她拉走！」

「拜託你們現在把我拉走！」希望跟著大叫。

「風暴提芬，妳試著用法術讓她離開石頭！」札爾命令小妖精。「我看看有沒有辦法把她拉走……」

風暴提芬又氣又急，她憤怒地嘶聲說：「**嘶嘶嘶嘶**嘶嘶嘶！可惡麻煩臭呼呼的人類女孩！主子，你瘋了！我們應該現在離開這裡！情況不妙……」

「不准違抗我的命令。」札爾堅決地說。

小妖精們瘋了似地翻找法術袋。他們有隱形法術、愛情魔藥、詛咒法術、飛行法術，全都是日常生活中實用的小法術，但碰上巫妖邪惡的黑魔法，用處就不大了。他們用了魔杖袋裡頭每一根魔杖，發球魔杖、四號魔杖、五號魔杖……可是在這個到處都是鐵的地下監牢裡，他們的魔力一點效果也沒有。

巫妖王刺耳的尖細聲音越來越響，直到整個房間都充斥著他恐怖的話聲。

「**把妳的魔法給我把妳的魔法給我把妳的魔法給我！**」巫妖不停地唸，他唸得越大聲，希望就越焦急。

「我要怎麼用魔法逃走？」希望大喊。

「**把妳的魔法給我把妳的魔法給我把妳的魔法給我……**」

「妳要非常非常認真『想要』一件事情發生……妳要『許願』！**把那個字拼出來！……**」札爾告訴她。「然後用手『比』出來！」

「我做不到！」希望氣喘吁吁地說。她感覺自己生了一場重病，現在只想放棄抵抗，直接死在這裡。「我的手被石頭黏住了！我的手為什麼一直拔不起來？剛才把吱吱啾抱起來不是很輕鬆嗎！」

「剛才是巫妖讓你們把吱吱啾抱走啊！」卡利伯驚恐地飛在石頭上方說。「可是他現在不想放妳走……」

希望兩隻手都黏在石頭表面，就算她懂得施魔法，也無法在不受巫妖影響的情況下施法。巫妖透過她的手吸走每一絲念頭，她感覺巫妖的意志和自己腦中的想法相互交織，自己像被大型掠食者吃掉一樣越來越麻木，在被消化的過程中漸漸理解掠食者的想法。

戰士不是發誓要毀滅所有的魔法嗎？那巫妖對戰士反擊也是天經地義啊……她心想。她已經不知道這是自己的想法，還是巫妖的想法了。

「**把妳的魔法給我把妳的魔法給我把妳的魔法給我……**」

希望能直接看見巫妖王體內的兩顆黑色心臟，心臟跳動的同時，每一條血管都發出綠色亮光，宛如巫妖體內的道路地圖，或樹葉的葉脈。除了血管以外，巫妖王體內還有其他的「道路」，這些魔法道路交錯在鮮綠色血管之間，宛如白色森林中蜿蜒的小徑。

巫妖王的兩隻手貼在石頭內側，就在希望雙手的對側。她感覺魔法隨著自己的心跳從指尖流出去，流進巫妖王的手心。

我希望可以逃走……我希望……我希望……我希望……希望默默許願。

巫妖催眠的唸誦聲變得震耳欲聾，小妖精瘋狂發射法術，雪貓不斷號叫、咆哮，移除魔法的房間混亂不堪。

「**抵抗啊！**」卡利伯高呼。「**用盡全力掙脫！不要當乖孩子！**想想札爾，想想他違逆父親的模樣！希望，妳要生氣，妳要反抗！詛咒這隻巫妖！不要覺得戰士應該放棄魔法，就乖乖把魔法交出去！」

希望回想之前在巫師堡壘時札爾對他父親叫喊的畫面。她看見從自己體內流向巫妖的魔法，流速變慢了。

「來不及了……」刺錐說。「石頭開始動了……」

石頭還真的晃動了，一開始晃動的幅度不大，但接著它越晃越猛，越晃越快，越晃越猛，越晃越快。

喔天啊巫妖鬍鬚喃喃自語的槲寄生全沼澤最笨的沼澤山怪的黃色腳趾甲啊。刺錐心想。

巫妖終於吸收足夠的魔法，準備逃出巨石了！

「快逃！快逃！快逃！」小妖精與毛妖精發出流星般的亮光，驚聲尖叫。

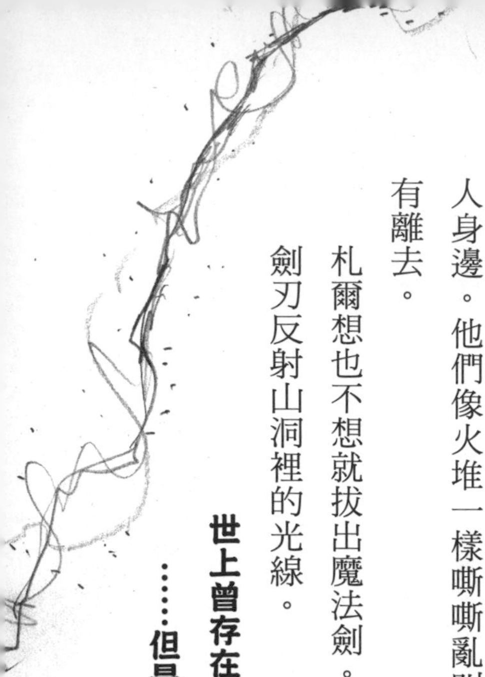

但他們沒法狠下心，把希望一個人丟在這裡。刺錐做不到，札爾做不到，卡利伯做不到，雪貓做不到，就連小妖精也做不到。

人們對小妖精的印象很差，大家都說他們很狡詐、很輕狂，不懂得愛與忠誠的意義。

我只能說，這幾隻小妖精害怕不斷搖動的石頭，害怕準備破石而出的巫妖，害怕死亡，卻一直留在主人身邊。他們像火堆一樣嘶嘶亂叫，還不停咒罵，卻沒有離去。

札爾想也不想就拔出魔法劍。

劍刃反射山洞裡的光線。

世上曾存在巫妖……

……但是我殺了他們。

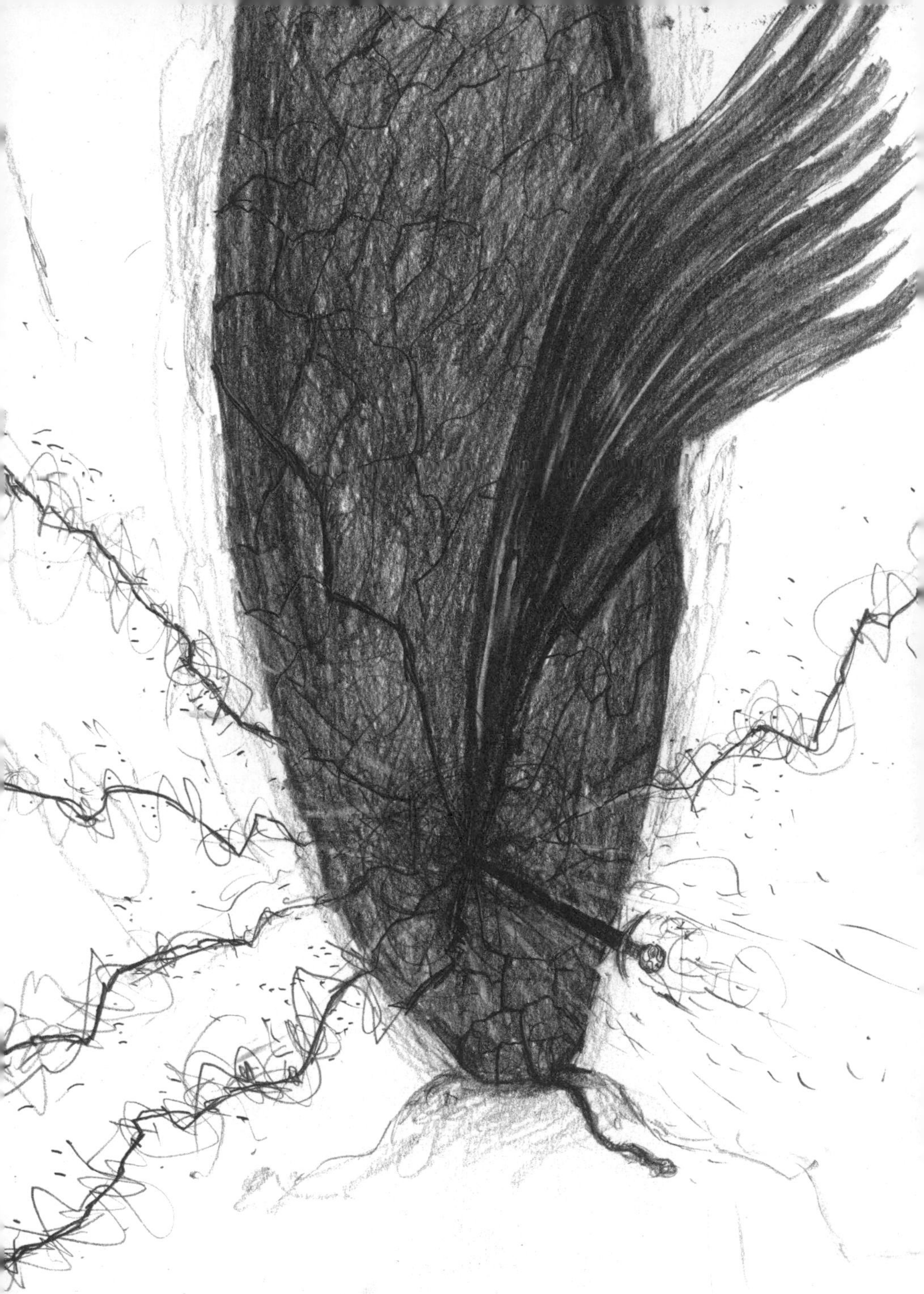

他將魔法劍高舉過頭，大喝一聲，用盡全力把劍刺入石頭。

當然，這種事應該不可能發生才對。一把鐵劍怎麼可能刺穿一顆巨石？

然而魔法劍直直插進石頭，彷彿被札爾插在泥土裡，劍刃完全深入巨石。

砰————！

希望頭上的每一根頭髮都豎了起來，著火似地發著光，房間裡除了煙味還多了毛髮的燒焦味。房門從門框炸飛，重重撞上對面的石牆。移除魔法的石頭表面射出閃電，希望被石頭彈開，整個人飛了出去，「砰」一聲沉沉摔在房間角落。

細小的裂痕爬滿石頭表面，就像小雞孵化前一刻，蛋殼表面的裂痕一樣。

「石頭裂開了！」風暴提芬尖叫。「石頭裂開了！」石頭從左裂到右。

足足一英寸寬的裂縫以魔法劍為中心，橫跨整顆巨石。

「某個東西」從裂縫窸窸窣窣地爬出來。

第二十章　故事變得更曲折離奇了

乍看之下，「那個東西」看似從石頭裂縫溢出來的一小灘黑油，就像蛋殼破掉時流出來的蛋黃。

那不可能是巫妖王吧？他們剛剛才看見巫妖王蜷縮在石頭裡，他怎麼可能從只有一英寸寬的縫隙溜出來？

這麼大一把殺巫妖的劍刺進石頭深處，那隻巫妖應該死透了吧？

從石縫溢出來的東西應該是巫妖血。

但那灘黑水在他們眼前越變越大。

接著，他們眼睜睜看著黑色液體凝固，變成一具有血有肉、活生生的身軀。

這個東西像長滿羽毛的稻草人，羽毛還不停滴水。有時候，人們喜歡安慰自己，說巫妖不可能像妖精故事形容的那麼壞。你只要看巫妖王一眼，就知道妖精故事說得一點也不誇張，巫妖確實很壞，也許比故事裡說的還要壞。

據說有人光是看到巫妖，就被他們嚇死了。當然，巫妖可以化身成各種不同的形態，有些其實滿好看的，但他們一般認為恐怖的外表最實用。

「那個東西」的鼻子和刀一樣，鼻頭尖銳到可以用來切洋蔥。鼻子兩邊沒有眼珠，只有兩個深井似的黑洞，底部有什麼如水銀般冰冷、黏滑的東西，映出令人反胃的微光。噁心的黑色唾液從利牙滴下來，這張血盆大口張到最大時，可以一口吞下一頭鹿。這隻生物的身體結合了人類與黑豹，還有一對覆滿黑羽的翅膀。

總的來說，巫妖王的長相令人不寒而慄。

窸窣滑行的「那個東西」散發恐怖的力量，緩緩、緩緩地撐開溼答答的漆黑羽翼，冒煙的黑色液體從翅膀滴到地牢地上。巫妖王抬起尖銳的喙，直直看向札爾和刺錐。

然後，他消失了。

「他在哪裡……他在哪裡？」札爾邊說邊焦急地轉來轉去。

動物們驚惶地號叫，小妖精們張大滿是利牙的小嘴，害怕得放聲尖叫。你很少會遇到比看不見的敵人更可怕的東西。

房間另一頭，希望顫抖著爬起來。

「大家別慌……」卡利伯慌張到極點。「他在哪裡？有人看到他嗎？」

札爾、刺錐與希望轉了一圈又一圈，試圖看見隱形的巫妖。

但房間裡什麼也沒有。

「他要攻擊希望！」札爾說。不知道為什麼，他確信這點。

果不其然，希望頭上的空氣似乎越來越黑、越來越稠。

站在希望頭頂的魔法湯匙勇敢地轉身，面對黑暗。

問題是，如果你想做點心，那有一支魔法湯匙在身邊挺不錯的。當你面對有史以來最恐怖的生物時，魔法湯匙就沒那麼有用了。

札爾試著把劍從石頭裡拔出來，但魔法劍像生了根似地卡住了，他再怎麼用力還是拔不出來。

於是手無寸鐵的札爾、自私自利的札爾大叫一聲，直接撲向正在俯衝的巫妖。

巫妖尖叫著衝向希望，俯衝時逐漸現形。現形可不像點燃蠟燭那麼簡單，這是很痛苦的過程——空氣像布簾一樣被扯開，一顆頭憑空出現，模糊的輪廓冒著黑煙與黑色火花。接著，獵鷹般淒厲尖叫的巫妖也出現了，一股羽毛燃燒的惡臭撲面襲來。

希望想也不想地低頭閃躲。

巫妖剛才瞄準她的頭，準備把頭扯下來。（你看，巫妖是不是很可愛啊？）

但札爾和三隻雪貓用盡吃奶的力氣猛力一跳，及時抓住巫妖的尾巴。

結果巫妖又往上飛，利爪擦過希望的臉，扯下她的眼罩。希望驚叫一聲，抱著頭摔倒在地。巫妖憤怒地尖嗚，甩掉札爾與雪貓之後，他猛地在空中迴旋，準備攻擊那個把劍插進石頭、妨礙他追擊希望的討厭小鬼。

巫妖露出微笑——喔天啊，喔槲寄生啊，所有甜蜜、多汁和有毒的東西啊，巫妖的微笑是非常恐怖的東西。巫妖王撐開血盆大口，準備一口吞了札爾。

巫妖溼熱的氣息臭得要命，那股死亡與雞蛋腐敗的惡臭，差點把札爾給熏昏。**至少我會死得很光榮**。札爾害怕地想。**至少我不會沒沒無聞地死掉，我會是好幾百年來第一個被巫妖殺死的人……**不愧是札爾，即使面對死亡也能想到名聲和光榮。巫妖開始俯衝。這回，他不會打偏。

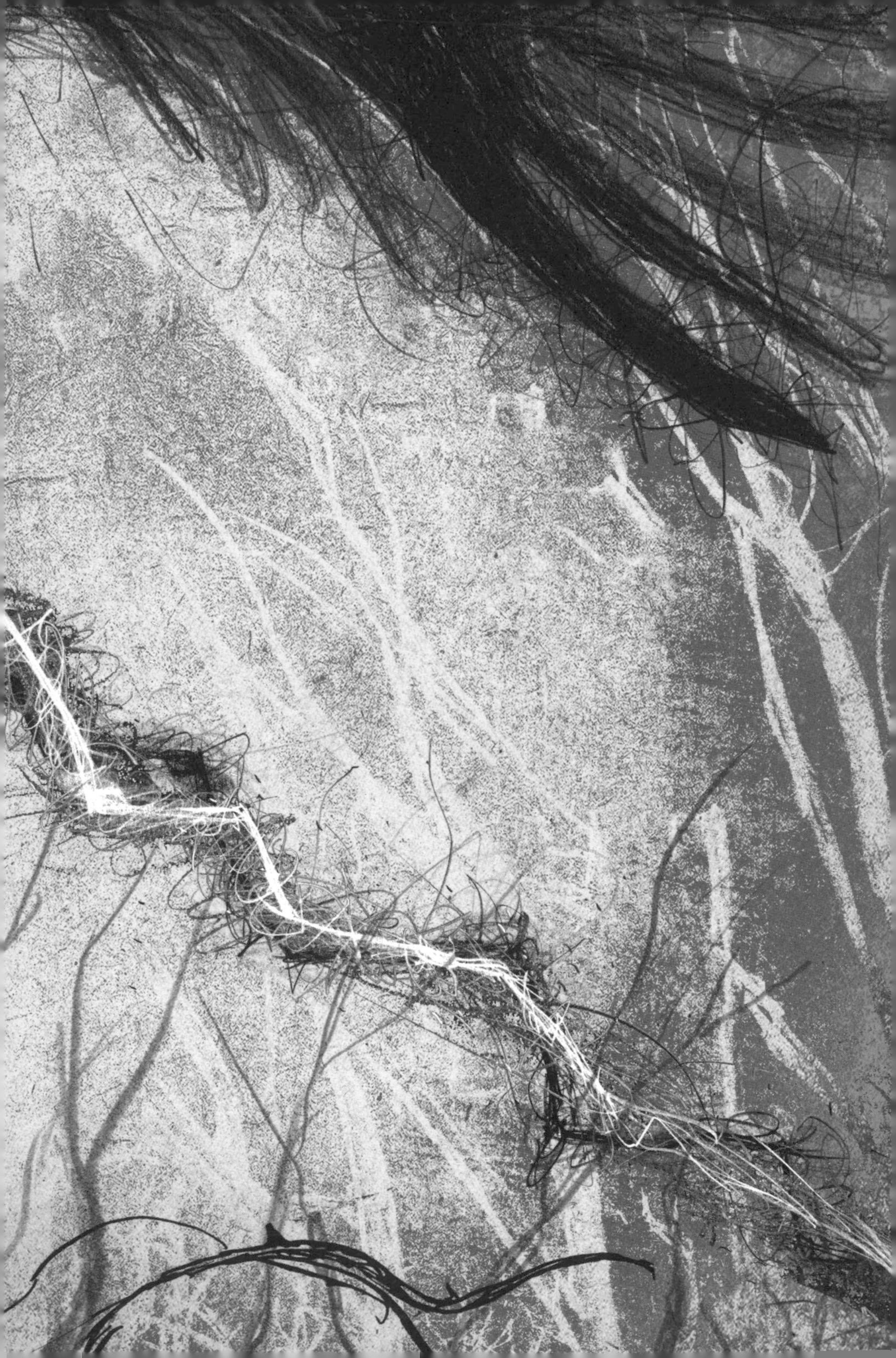

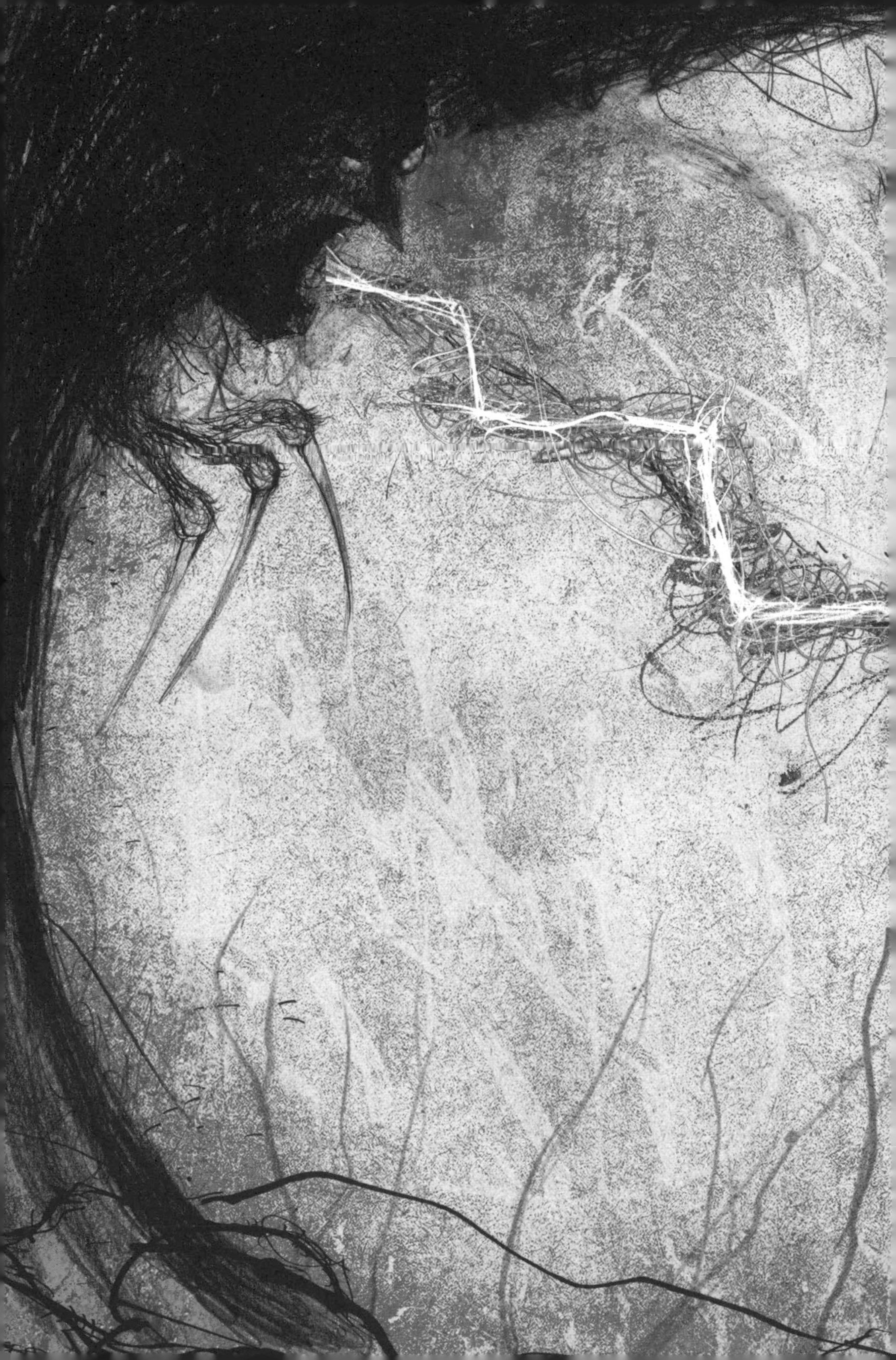

第二十一章　希望

刺錐大叫：「不！」

刺錐看到房間另一頭的希望移開摀住臉的雙手，她也抬頭大喊：「**不！**」

被巫妖扯掉的眼罩落在地上。平時藏在眼罩下的眼睛閉得緊緊的，眼皮有一道深深的爪痕。這隻眼睛比另外一隻眼睛稍微大了一點，周圍有一圈深紫色瘀青，彷彿脆弱的人類肌膚無法承受那隻眼睛猛烈的力量。

希望吶喊的同時，眼皮睜開一條很小、很小的縫，露出顏色非常奇特的眼眸。從來沒有人看過這個顏色，它超乎所有人的想像，我除了拿其他東西做比喻之外，沒辦法確切形容這種色彩。這個顏色又冷又熱，讓人想到火山、雷雨、電流與「力量」。

希望感受到自己體內的力量，激烈、混亂的力量宛如頭顱內的暴雨，她嚇得半死，頭也痛得彷彿有一群矮妖在裡頭敲敲打打。她頭上每一根頭髮都開始抽動，往空中倒豎起來。

狂亂的風在房間裡彈來彈去，小妖精、羽毛與塵埃被吹得到處亂飛，連地板也像暴亂的海洋，扭曲、震動著。希望奇異的眼睛裡，出現神奇的雲朵，宛如緩緩在腦中成形的思想。一聲微小的斷裂聲過後……

……魔法尖叫著飛出希望的眼睛，力道大到所有人都看見那不可思議的色彩。魔法形成歪曲的星形，在巫妖用尖爪指著希望、射出一股刺眼的熱燙白光時，剛好命中巫妖。

然後……**砰！**

巫妖炸開了，變成一堆木炭色與漆黑的羽毛……刺錐、札爾與三隻雪貓都被炸飛。塵埃與巫妖羽毛如同黑雨，緩緩從天而降。

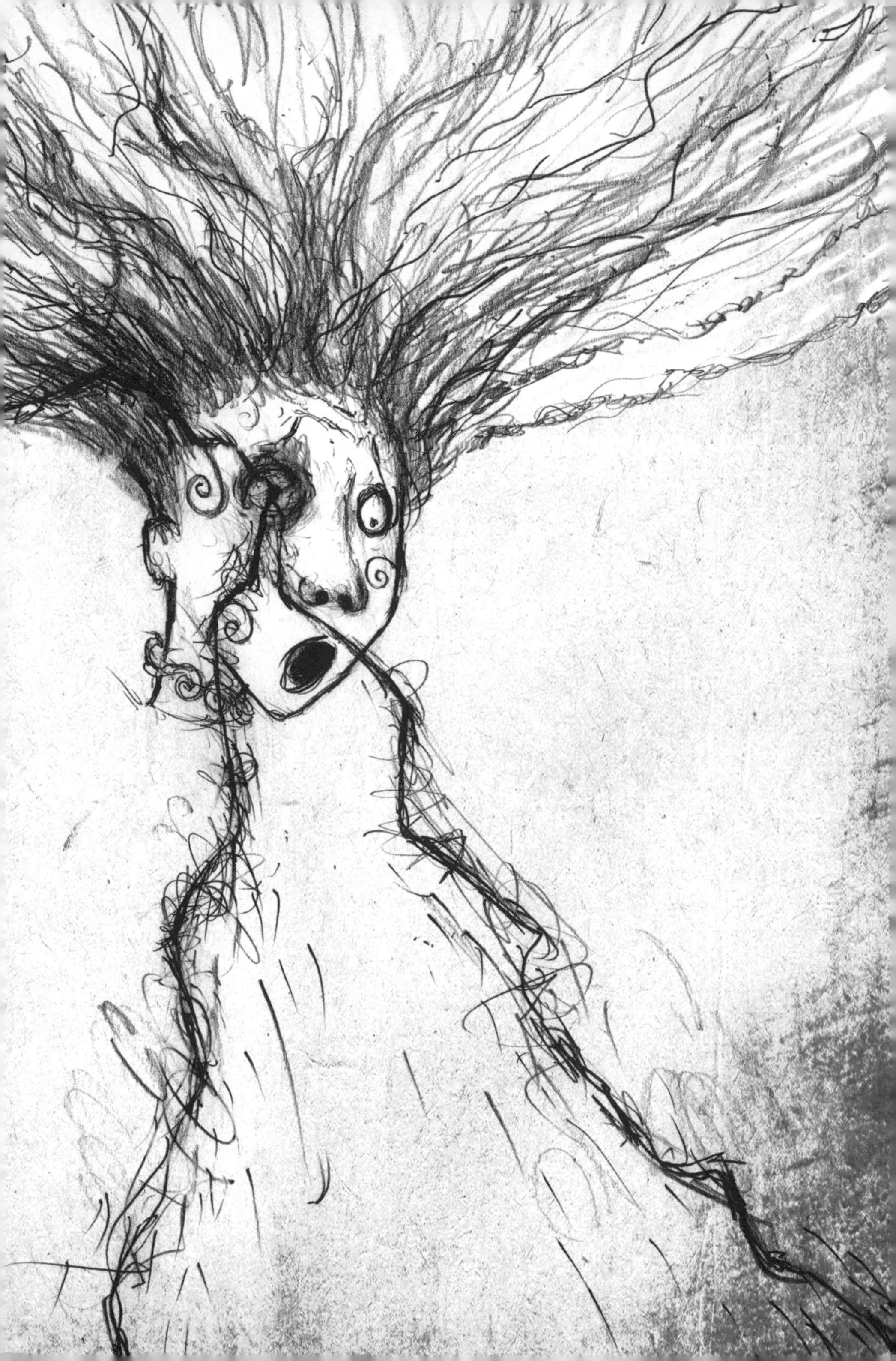

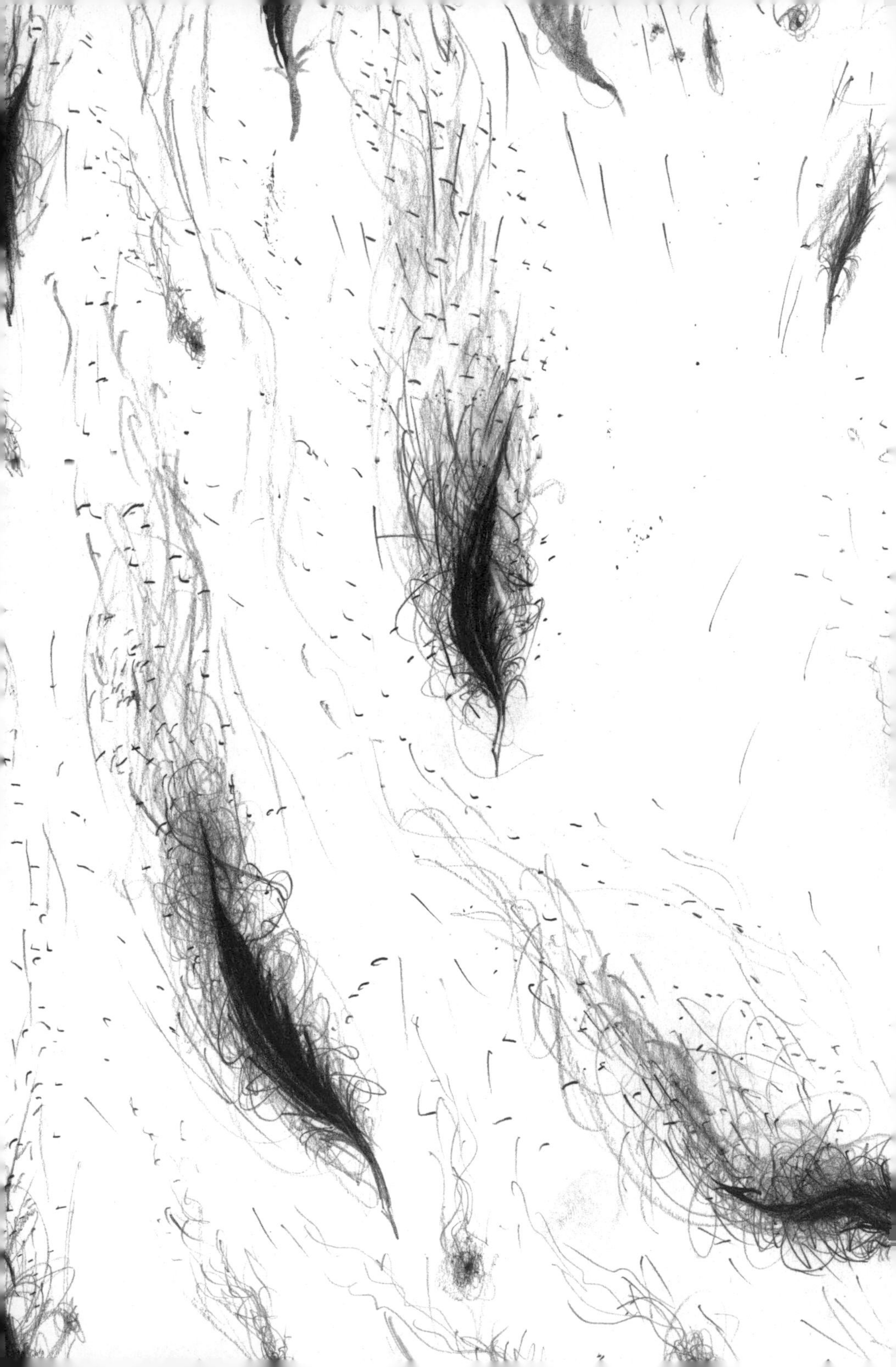

第二十二章　彌補過錯與付出代價

牆壁和地板不再瘋狂搖晃，它們停得太突然，以致幾顆大石頭從門框掉了出來。

「我的天啊……我不敢相信……」

「我做到了！」札爾震驚地高呼。他邊咳嗽邊用手肘撐起身體，在漫天飛舞的塵埃中跌跌撞撞地站起來，開心地試著接住飄落的黑羽毛。

「我殺了巫妖！」

「助理保鑣，醒醒啊！快起來！」他輕輕用腳戳了戳躺在地上的刺錐，因為剛才刺錐又嚇暈了。「**我殺了巫妖！我做到了！**」

「巫妖死——了！巫妖死——了！」小妖精齊聲高唱。他們開心地在空中翻筋斗。

刺錐昏昏沉沉地醒轉，揉著頭說：「剛才怎麼了？」

「他**炸了**！」札爾興奮地說，因為他是那種喜歡看東西爆炸的男孩。「他真的**爆炸了**！超棒的！那是我聽過最響的爆炸聲！你竟然沒聽到！」

札爾高興地大呼小叫，伸手拉刺錐起來。

「他爆炸了？」刺錐茫然說。巫妖羽毛不斷落在一片狼藉的房間裡，他伸出手，接住一根羽毛。

「你看！」札爾指著滿地都是的羽毛說。「巫妖死了，只剩下一堆羽毛……希望的魔法讓他爆炸了……不過是我本人超強的一刺讓他受傷，他才會因為希望的魔法整個爆炸。」

他高舉拳頭說：「**我是命運之子，你們感覺到我的力量沒！**」

「我的天啊我們成功了！」刺錐意識到他們達成了幾乎不可能的任務，忍不住大喊。「我們殺了巫妖王！巫師和戰士聯手殺了巫妖王！」

札爾和刺錐抱在一起，三隻雪貓欣喜地在坑坑疤疤的地上跑跳，不時發出愉快的號叫聲。

「希望，我不得不承認，妳的眼睛剛剛那一招有點厲害。那是什麼啊？」

札爾轉身要恭喜希望幫忙殺死巫妖王……

……但不見希望的蹤影。

這時，他們才發現房間太安靜了。

牆壁不再震動，剛才波濤洶湧的地板也毫無動靜。

靜靜從天而降，落在地板上的，不只有巫妖羽毛。

還有許多雪花般的碎片，每一片都帶著非常奇特的顏色。

除了黑羽、奇異色彩的雪花與塵埃落地的細微聲響之外，房裡一片死寂。

「希望在哪裡？」刺錐不得其解地說。他四下張望，看看敞開的房門，再看看被炸飛的門板。「你剛才有看到她離開嗎？」

「你看！門被炸飛了！」札爾說。「說不定她跑去找人幫忙了……」

這時，他注意到靜靜躺在地上的湯匙。

札爾跪下來，撿起湯匙。

失去了魔法的湯匙變得又冷又硬。

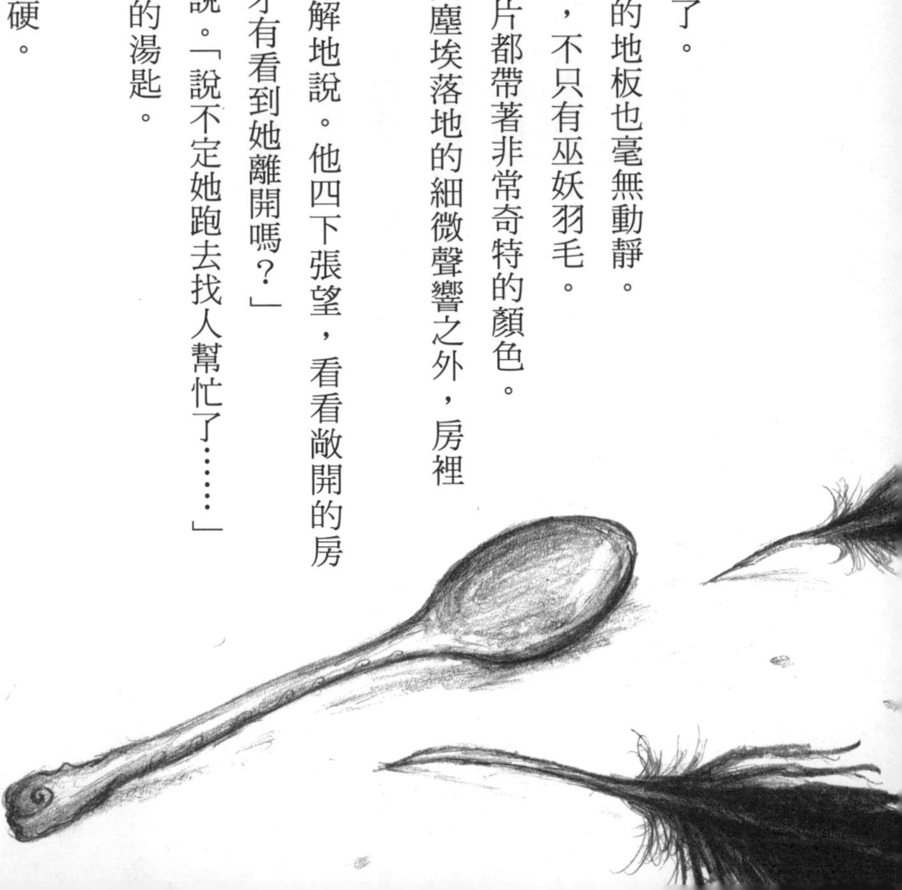

它不過是一支普通的鐵湯匙。

札爾小心地將它放回地上。

移除魔法的房間裡，鴉雀無聲。

卡利伯緩緩拍動翅膀，沉痛地落在札爾肩頭。

「札爾，我很遺憾……」卡利伯說。「剛才實在太混亂了，你可能沒注意到幾乎同時發生的第二個爆炸……那時候希望的頭盔掉了……她嚇了一跳，所以沒做好防備……巫妖王臨死前放出最後的魔法，直接擊中了希望……」

「她和巫妖王一起爆炸了？」札爾不可置信地說。他不相信，因為他沒有親眼看見。

不可能。

胡說八道。

希望，快回來！

札爾用盡全力默唸……

快回來啊啊！

「我希望！我希望！我希望妳可以回來！」

但無論他有多麼渴望，都不可能讓生命重回到那一片片雪花之中。

「呼吸啊！活起來啊！快動起來啊！」

曾經是希望的奇異碎片靜靜躺在地上，毫無生氣。

札爾再怎麼許願也無法讓碎片動起來，即使是全世界最強大的魔法師也做不到。

每件事都有相應的後果，你必須付出彌補過錯的代價。有些事情一旦發生，就再也回不去了。

札爾哭了。

他和刺錐跪在移除魔法的房間裡，一起垂頭哭泣，黑羽毛與奇異的碎片動也不動，靜靜躺在地上。就連小妖精也哭了——小妖精可是從來不哭的。

這是小妖精的其中一個特色：他們從來不哭。

但現在，他們的淚水落在羽毛與雪花上。

然後……

然後……

然後札

爾被淚水模糊了視線的眼睛，好像看到湯匙微微一動。

他眨眼。

也許是他眼花了。

不對，又來了，湯匙的輪廓剛才扭動了一下。

「怎麼了？」刺錐瞪大眼睛，小聲問。

「怎麼了怎麼了……」小妖精們悄聲說。他們緊握著尖針般的魔杖，頭髮豎了起來。房間再次充斥魔法的氣息。

顏色奇特的希望碎片從地上飄起來，形成一團雪花雲。碎片唱出鳥鳴般的歌聲，在空中旋轉飛舞，開始重新排列、組合，彷彿每一片雪花都記得自己屬於複雜人體的哪一個部位。

數以百萬計的微小塵埃一次也沒有相撞，它們像是

被一陣風捲了起來，直到它們一一落在地上，拼湊出希望的鼻子、眼睛、耳朵、嘴巴、腿腳。

碎片憑空創造出人形雕像，在札爾與刺錐眼前創造「生命」。有一瞬間，這尊完美的雕像靜靜躺在地上，它毫無瑕疵，卻動也不動。它不過是希望生前的影子。

就在這時，最後的碎片在札爾和刺錐上方拼湊成人類的心臟，飄浮在半空中。

「你們看！」風暴掃芬指著上方驚嘆。札爾一時間停止呼吸。

不可能……札爾心想。**這一定是幻覺……怎麼會有一顆心臟飛在空中……**

小小的棕色心臟急匆匆地飛下來，輕輕墜入希望的胸口……

接著，希望像木偶一樣突然坐起來。她深深吸進一大口空氣，彷彿吞下生命的寶貴液體，在顫抖、咳嗽與吐痰過後，回到生命的懷抱。希望喘著氣坐直。

「剛剛……剛剛發生什麼事了？」

「她還活著！」

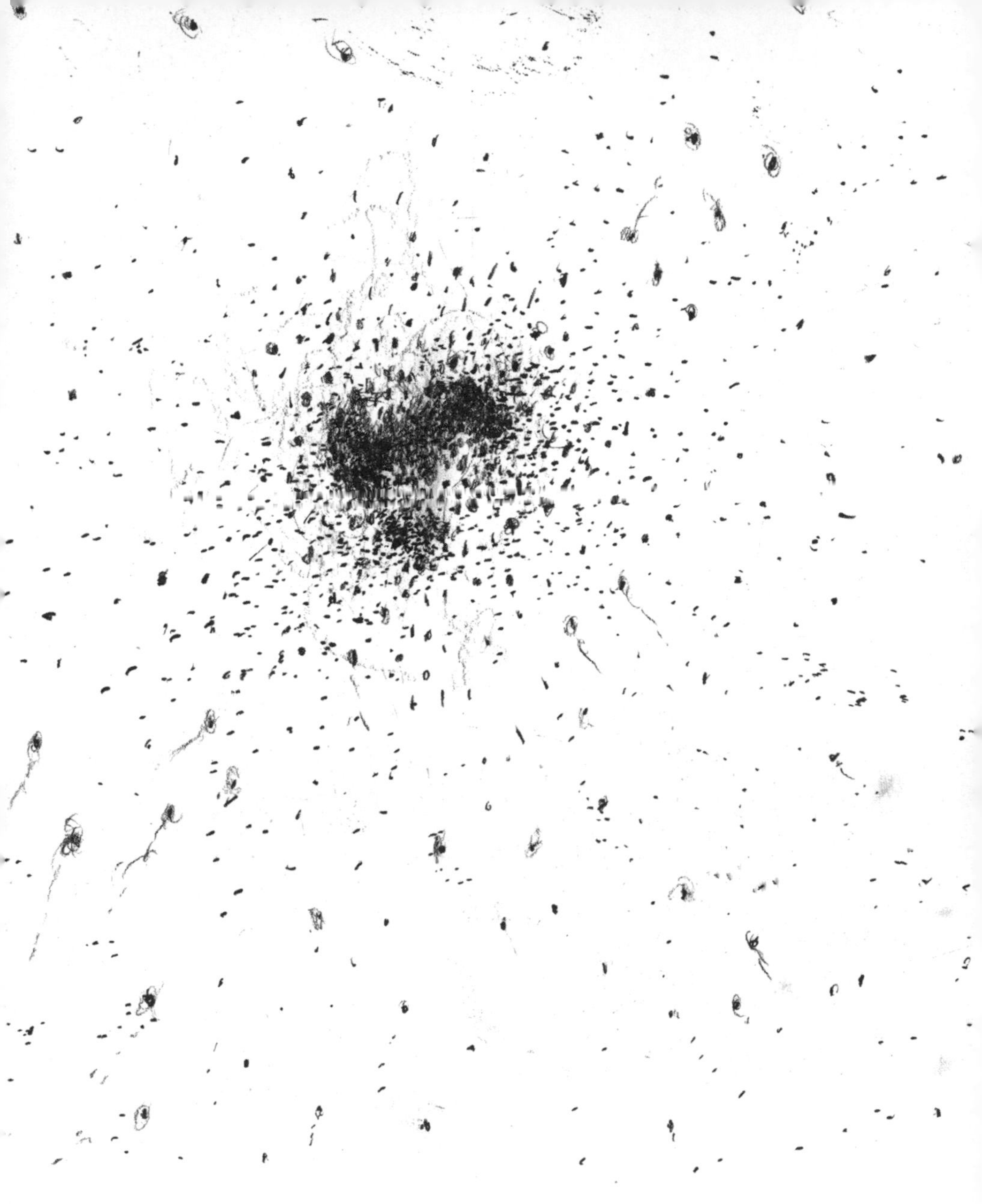

第二十三章　冒險的結尾，是問題的開端

「**她還活著！她還活著！她還活著！**」他們欣喜若狂地在房間裡手舞足蹈，魔法湯匙也瘋狂繞圈亂跳。

「喔我的羽毛，我的喙，我的尾巴啊……」卡利伯輕聲說。「謝天謝地。有那麼一瞬間，我以為事情出了大錯，我以為命運和宇宙給了我們最悲慘的一天……可是她還活著！」

希望在雲朵般的灰塵中，蹣跚地站起來。

「我沒事。」她餘悸猶存地說。「我沒事……」

希望的頭髮像是觸電了一樣，翹得亂七八糟，她看上去簡直像一隻決心當

海盜的海膽。

「快！把妳的眼罩戴上去！」刺錐說。他彎腰從滿是灰塵的地上撿起眼罩，急忙還給希望，因為魔眼又讓牆壁震動起來了。

希望戴上眼罩那一刻，地板不再波動，牆壁也乖乖站直。

「這裡……發生了……什麼事？」希望發問。她有點站不穩腳步。

「剛剛太帥了！」札爾大叫。

不可能。

難以置信。

不可思議。

「我們剛才見證的那一幕，」卡利伯讚嘆地

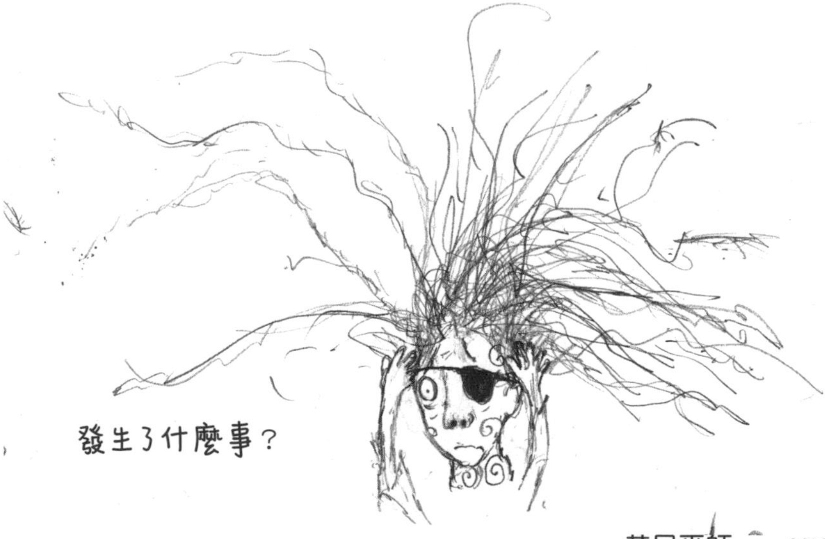

說。「是全宇宙最神奇的景象之一：魔法大師的再生……」

「你在說什麼啊？」希望不解地眨眼睛。

「妳還活著！」刺錐大喊。「妳本來死了，可是妳是魔法大師，所以妳有很多條命……」

「這是我聽過最笨的一句話。」希望說。「我才沒有死掉……我只是跌倒而已。」

「妳炸成『碎片』了！」札爾開心地說。「妳炸成一堆小碎片，整個房間都是妳的碎片……然後妳又全部拼起來了！我從沒看過這麼厲害的事！」

「你亂講。」希望說。她現在沒那麼確信了，因為她不知為什麼感覺身體不太完整——假如你全身被拆成幾百萬個碎片，再快速拼湊回去，你也會有這種感覺。

「怎麼可能……你們到底是什麼意思？我死掉以後還可以復活？」希望說。

「對，可是事情沒那麼簡單。」卡利伯說。「即使是魔法大師也是血肉組成的，妳的身體總會有極限。希望，妳要小心運用自己的生命，因為沒有人知道妳有幾條命。」

「好喔喔喔……」希望說。她不太能消化卡利伯的這番話。「那我的眼睛是怎麼回事？」

「那一定是『魔眼』。」卡利伯說。「魔眼非常罕見，也非常強大。我活了好幾輩子也只看過兩個有魔眼的人，而且他們眼睛的顏色都和妳不一樣。這應該是操控鐵的魔法的顏色。」

「等一下。」札爾凶巴巴地說。「只有命運之子才有操控鐵的魔法，可是希望怎麼會是命運之子！她是女生耶！」

「札爾，沒有人說命運之子一定是男生……」卡利伯說。「我們又不是活在中世紀黑暗時代……」（其實他們的確生活在中世紀，但沒有人會認為自己活在黑暗時代。）

「我不懂。」希望說。「我又不是沒把眼罩拿下來過，以前從沒發生這種事

《法術全書》

魔眼

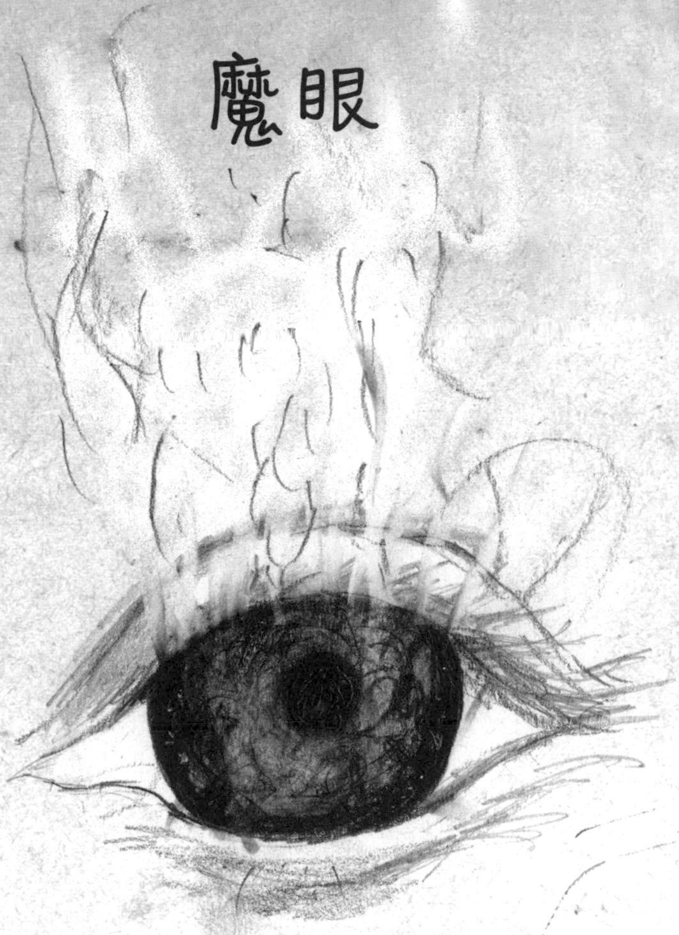

生來就有魔眼的巫師非常、非常少見。這是一種強大的魔法，有時候很難控制。擁有魔眼的魔法大師通常擁有不只一條命。

第 5,321,942 頁

啊。」

「是沒錯，不過妳最近才滿十三歲，所以妳的魔法才剛降臨，不是嗎？」卡利伯說。

「所以我不但有魔法，」希望非常、非常難過地說。「還是一種很奇怪的魔法，而且巫妖甦醒都是我害的？」

「其實也不算是妳的錯。」卡利伯說。「可是，假如巫妖得到操控鐵的魔法，他們可能會東山再起。他們在數百年血腥的戰爭中發現，要是沒有這種力量，他們不可能打敗戰士。這麼多年來，巫妖等的就是這個機會。」

可惡——

這很糟糕，非常糟糕。

全世界最恐怖的生物把「你」當成目標，還有比這更糟糕的嗎？

希望心裡很矛盾。

一方面來說，她身為戰士突然發現自己有魔法，這當然是大災難。

可是另一方面……

以往，她一直是普通的「希望」，別人說出她的名字時，往往會失望地嘆一口氣。她是希剋銳絲再平凡不過的第七個女兒，有點笨拙，有點失明，雖然很努力學姊姊當個合格的戰士，卻沒有一次成功。可是現在，她發現自己是「希望」，她的名字有了新的意義，她的名字是魔法的同義詞。你不能說這個「希望」不特別，她的外表也許很普通，不過內在藏了一個美好（又十分危險）的祕密。

「我們可以等等再考慮這些事情，反正現在都沒事了！」札爾高興地說。「我們救了吱吱啾！希望復活了！我們殺了巫妖王！我打破那顆可惡的石頭、彌補過錯了！全都完滿結束了！我就知道船到橋頭自然直。」

他得意洋洋地轉向卡利伯。「你看，這也沒那麼糟糕嘛。」

「唉，札爾……」卡利伯搖頭說。「我總有一天會被你害死，我的心臟實在受不住你這些冒險。」

刺錐驚嘆地看著他們。這五分鐘裡，他從極度的恐懼快速變成狂喜，猛烈轉變的情緒讓他覺得自己被大灰山怪裝在水桶裡搖來搖去。

「你的意思是，」他不可置信地小聲說。「你常常經歷這種事情？」

「不知道幾百次了。」卡利伯嘆息說。「但我必須承認，這次特別慘……」

刺錐環顧被他們徹底破壞的房間。

希剋銳絲重要的「移除魔法的房間」完全毀了，地板變成亂七八糟的碎石，移除魔法的石頭炸裂了，門被炸飛，門框還有巫妖尖爪的抓痕。

消失數百年的古老邪惡生物——巫妖——已經復甦，重返這個世界……

「札爾你胡說什麼？」刺錐說。「這哪裡像『船到橋頭自然直』了！太糟糕了！真的沒有比這更糟糕的事了！巫妖又回來了，」刺錐又說。「而且這都是我們害的！早知道就不該讓公主離開鐵堡……我應該告訴大人的……」

希望輕輕拍了拍他的肩膀。「好了，刺錐，別對自己這麼嚴格。這不完全是我們害的，畢竟巫妖一直都在……他們本來就沒有完全消失，只是我們看不到而已。」

「我們要樂觀一點。而且你看，我們從這次冒險學到好多東西，對不對！」

「戰士和巫師並肩對抗巫妖王，我們還贏了！這一定是好兆頭。」希望說。

他們讓魔法劍繼續插在石頭上，因為它怎麼也拔不出來，即使希望用力拉也沒辦法拔出魔法劍。

命運似乎認為，希望和札爾都還沒有使用那把劍的能力。「我不明白。」札爾困惑地說。「現在巫妖又回到野林，我們比以前更需要那把劍了啊！」

「可是那把劍有點……難以捉摸，你說是吧？」卡利伯說。「我們還不瞭解它的奧祕，所以，也許現在，這裡是最適合它的地方。」

卡利伯說得有道理。一把有自己的想法的魔法劍，一把想殺巫妖、割穿地板和天花板的魔法劍，到底該放哪裡比較好？希剋銳絲女王是監牢的專家，可是連她也沒想到該怎麼保管好這把劍，所以魔法劍現在還是待在石頭裡好了。

他們在石中劍的旁邊留了一張紙條給希剋銳絲。紙條是希望寫的，所以有

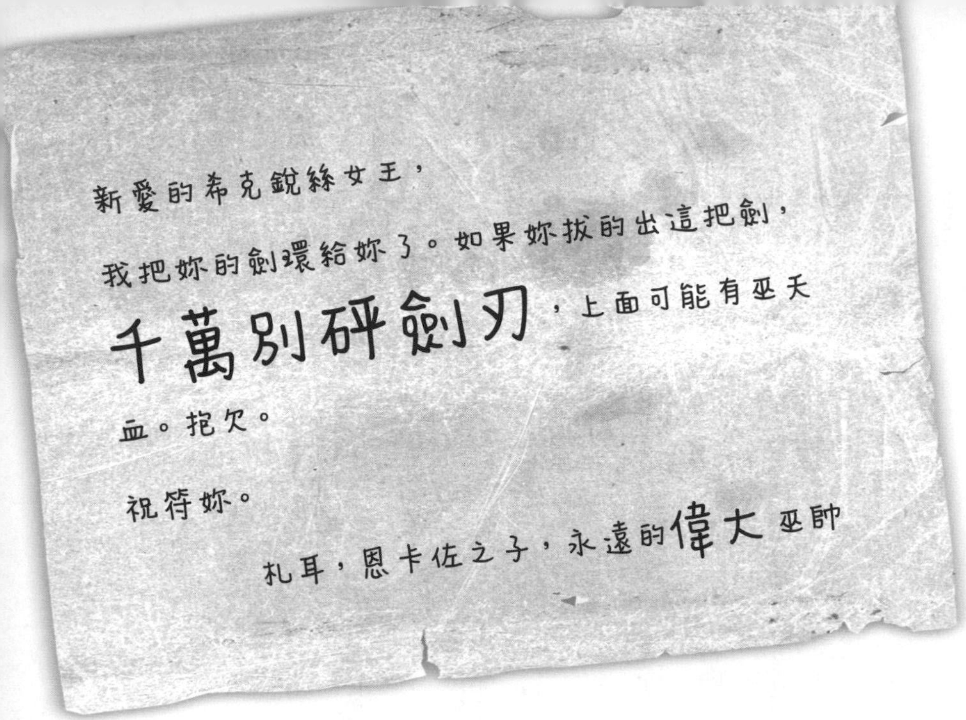
新愛的希克銳絲女王，

我把妳的劍環給妳了。如果妳拔的出這把劍，

千萬別砰劍刃，上面可能有巫天

血。抱欠。

祝符妳。

札耳，恩卡佐之子，永遠的偉大巫帥

幾個錯字。

找到被希剋銳絲監禁的魔法生物並不難，跟著吵雜的聲音走就行。踏進牢房的瞬間，歌聲停止了，曾經擁有魔法的生物不可置信地盯著他們。

巨人粉碎者抬起頭髮蓬亂的頭。

「札爾！」他大吼。「你來救我了！我就知道你會來救我！」

「我當然來了！」札爾說。他「剛好」忘記之前若不是希望提起粉碎者，他根本不會注意到粉碎者不見了。「因為我是領袖，這就是領袖該做的事！」

札爾擁抱粉碎者的腳踝。看到巨人

和善、純真的臉露出笑容，希望覺得一切都值得了。

她知道魔法生物不應該被關起來，她知道這是錯誤的選擇。

她母親錯了。

她母親當然沒有像札爾說的那麼壞，但希剋銳絲還是錯了。

「我們離開這地方吧！」札爾高舉拳頭大喊。

然而，札爾詫異地發現，曾擁有魔法的生物沒有他想像中那麼急著逃離地牢。他們站在原地，就連最吵鬧的小妖也沒有出聲，彷彿洩了氣的氣球。失去飛行能力的可憐小妖精羞愧得轉身逃走，像老鼠似的在地牢地面奔竄。

「札爾，他們覺得很難為情。」卡利伯解釋。「一個不再巨大的巨人，還能算是巨人嗎？一隻不能飛翔的小妖精，還能算是小妖精嗎？」

這些可憐的生物就像出征後返鄉的戰士，受了重傷的他們，已經不曉得該如何融入魔法世界了。

於是，札爾說服他們出去。

他跳上牢房中間一顆石頭。

「大家別害羞！」札爾高喊。「我是命運之子札爾，我不知道宇宙出了什麼問題，不過目前我和你們一樣沒有魔法！我是來救你們的，我會帶你們回去找我父親恩卡佐，他是有史以來最強大的魔法大師，我相信他一定有辦法讓你們拿回魔力。」

「札爾，我覺得你不要隨便許諾比較好。」卡利伯說。「我不確定有沒有方法讓他們拿回魔法……」

但札爾的承諾為這些生物帶來希望，一想到自己有一天能拿回魔法，就連最哀傷的狐兔獸、最黯淡的妖精火，眼睛都亮了起來。

粉碎者捧起失去飛行能力的小妖精們，和善地問他們要不要坐在他口袋裡搭便車，或像小頭蝨一樣躲在他的頭髮裡。聲勢越來越浩大的一群生物在地下通道中跳躍、奔跑、飛馳，回到移除魔法的房間，因為他們要從這裡尋找通往祕密出口的路。

到了移除魔法的房間門口，大家停下腳步。

「是時候說再見了。」刺錐說。

「希望，跟我們走吧。」札爾說。「跟我們一起回巫師堡壘，在那裡妳可以自在地使用魔法……」

短短二十四小時前，札爾和希望在森林中相遇，那時候星辰與道路都交會了。現在，在地底深處的監牢裡，他們再次來到了岔路口，希望必須選擇自己接下來的路。

一條是撒了小妖精粉的通道，這條路會帶她穿過迷宮般的地牢，回到希剋銳絲的鐵堡。

另一條是高聳、黑暗的廊道，這條路會帶她走到地牢的祕密出口，她可以和札爾與魔法生物一起回森林裡。

第二條道路很誘人，因為這是冒險、野林、魔法與雪貓的道路。

但是……

「我不能離家出走。」希望說。「我才十三歲，這裡是我的家……而且我母親沒有你想的那麼壞。」

「妳母親是危險人物！」札爾說。

刺錐雖然很想要希望和他一起回鐵堡，不過老實說，他覺得札爾說得對。

「還記得那個堆滿了頭的房間，還有擺著一大堆《法術全書》的房間嗎？……希望，希剋銳絲想成為魔法師。」

「天啊我的槲寄生，這是真的嗎？」希望驚呼。「可是她整天說魔法很壞很壞，說我們應該討伐魔法，怎麼會想成為魔法師？」

沒錯，希剋銳絲藏了許多祕密，希望這兩天也被迫發現了許多關於母親的事實。

「可是我知道她很努力要做正確的事，而且我們應該給她第二次機會。」希望固執地說。「我們所有人都應該有重新來過的機會，不是嗎？」

「希望說得對，她應該留下來。」卡利伯說。他考慮的重點不是該不該給希剋銳絲第二次機會，而是那些對操控鐵的魔法很有興趣的邪惡巫師與其他人。「希望的魔法太強大了，她還是暫時待在安全的戰士鐵堡比較好。說到這個，札爾，我覺得你應該把你的《法術全書》留給這兩個戰士，以防萬一。」

「謝謝你，卡利伯，你真好心。」希望說。「不過我不需要《法術全書》。」她微微顫抖。「在我說服所有戰士接納魔法、讓他們明白魔法沒有他們想的那麼壞以前，我暫時不會再施魔法了。」

「不可以。」刺錐急著小聲說。他嘴裡雖然說不，心裡卻恨不得再看一眼《法術全書》中的插圖、故事、食譜、法術，還有整個奇妙的魔法世界。

「不可以……希望不該再接觸魔法物品了……光是那支可惡的湯匙和魔法劍，就害我們惹上這麼多麻煩！希望是戰士公主，她必須放棄所有和魔法有關

的東西……」

卡利伯慈愛地注視著刺錐，對希望說：「唔……妳可以對他人隱瞞自己的魔法……妳可以把魔法藏起來，但放棄魔法……那就很困難了。這座鐵堡剛才發生了什麼事，你們應該還記得吧？

「不過，希望擁有的魔法太危險、太特別，」卡利伯承認。「你們還是把它藏起來比較好。你們不能讓別人發現希望的魔法，否則她會有生命危險。一個戰士公主如果能過平靜、平凡的日子，那就再好不過了……刺錐，希望能有你這個守護天使，真的非常幸運。」

刺錐臉紅了。「你在說什麼？什麼是守護天使？那是類似小妖精的東西嗎？」

「有點像。」卡利伯說。「別忘了，你們不能讓任何人發現希望的祕密——我一而再、再而三強調這件事，是希望你們銘記在心。所以，你們必須收下這本《法術全書》，裡面有很多實用的章節，教人隱藏自己的魔法。若不幸有危險的人——擁有邪惡的心、高明法術與強大魔力的人——想對你們不利，那這本書也許能救你們一命。」

希望收下渡鴉給她的書。這本《法術全書》的書況很糟，除了焦痕與汙漬，還有好多書頁像碎紙一樣掉出來。

「妳也可以在書裡寫字。」卡利伯告訴希望。「把自己的故事寫下來，這會幫助妳保密。我背上有一根快掉的羽毛，妳把它拔下來，時時刻刻帶在身邊。」

希望從卡利伯背上拔下一根羽毛，小心夾在《法術全書》裡，將書收進斗篷口袋。

「再見，吱吱啾。」希望說。她跪下來，輕撫札爾背心口袋裡的小妖精。「祝你早日康復……希望你以後還可以像以前一樣自在飛翔……」

「……窩不懂，逆為什麼不想跟窩們一起回巫師堡壘？……窩不管……」吱吱啾氣呼呼地說。他不悅地拉扯希望的頭髮，捏她的鼻子，還咬了她好幾下，希望感覺像被蕁麻刺到皮膚。「逆的臉跟疣豬一樣醜……而且逆比牛大便還臭……」

「太棒了，吱吱啾，你開始罵我了！你一定是恢復精神了！」希望開心地說。

吱吱啾難過地看著她的眼睛。「可是逆為什麼要留下來？跟窩們走嘛……不要害窩『傷心』……」

「吱吱啾，對不起……」

「別管她了……」亞列爾瞪著一雙敵意滿滿的眼睛說。「我們會想念妳，可是我們很快就會恢復正常了，對不對啊，芥末念？這些戰士就永遠待在他們無聊又難看的鐵堡裡算了。」

亞列爾揮揮尖刺般的細瘦手臂，罵了幾句聽起來像「切噗垃惡布提布」和「顆克武木布溪嚏嚏」的話。聽起來不是很友善。

「再見，札爾。」希望說。

「再見。」札爾若無其事地吹口哨，雙手插在口袋裡，因為他不想讓別人看到他有多難過。

而後，他們分道揚鑣。

札爾和他的魔法生物沿著通道跑遠、飛去，小妖精在身後留下美麗小蛇般的光線，拼出「再見」、「不要回來」、「小心」和「終於擺脫你們了」等等訊息。希望和刺錐目送他們進入黑暗通道，聽著他們的歌聲漸漸遠去。

當札爾一行人的歌聲消失後，希望和刺錐哀傷地往反方向走。他們經過地牢門口仍然昏睡的衛兵，再躡手躡腳溜回鐵堡，一路上小心避開夜間巡邏兵。

與此同時，札爾和魔法生物不斷前進，每遇到第二個岔路就往左走，直到抵達希剋銳絲女王的祕密出口。這是一扇巨大的門，它不僅又高又寬，還順著外面的山坡向內傾斜，想必是小妖精靈巧的手藝。

這個祕密出口到現在還不為人知，實在很不可思議，因為這扇門大到連巨人都能自由進出，他們只要稍微低頭就能通過門道。

他們來到這裡，要溜出鐵堡比當初溜進來容易多了。

札爾學希剋銳絲女王的聲音大喊：「**來人啊，快開門！**通關密碼是『控制』！」

吱嘎嘎嘎嘎嘎嘎！

站在門外的衛兵打開大門，門的內側是木板，外側卻和山坡上的草皮沒兩樣。所有人魚貫走了出來。札爾披著希剋銳絲女王華貴醒目的紅斗篷，衛兵以為他外表像女王，裹在斗篷裡的人也一定是女王。

衛兵看到女王領著巨人與一大群魔法生物離開鐵堡，似乎一點也不驚訝。

他朝城牆上的衛兵打個手勢，叫他們不要放箭。

「大家慢慢走……」札爾感覺身邊的雪貓蠢蠢欲動，小聲告訴他們。「我們不能表現出害怕的樣子……如果他們覺得我們害怕，看到我們逃跑，就會懷疑情況不對勁。」

衛兵們只看到一個人穿著希剋銳絲的紅斗篷走在中間，看到雪貓輕柔的腳步在雪中留下腳印。札爾與魔法生物靜靜離開鐵堡，進入野林；小妖精們飛上天的同時不再發光，如同熄滅的蠟燭。

當札爾和雪貓走進樹木的陰影時，他終於鬆一口氣。他回頭遙望鐵堡，看到祕密出口的門關上了，如果你不知道那裡有門，肯定看不出那是地牢的祕密出口。

城牆上，遠看和螞蟻差不多小的衛兵，看上去一點也不緊張，一點也不驚慌。

彷彿希剋銳絲女王經常在鐵堡居民不知情的情況下，帶著各種奇怪的魔法生物與物品進出祕密出口。

她可是嚴令禁止所有魔法、魔法物品與魔法生物的女王。嗯，希剋銳絲女王，真是個有趣的人物。但她很狡猾，非——常狡猾。

第二十四章　他們沒有看到……

深夜逃入黑暗森林的，不只有札爾和那群魔法生物。

札爾、希望與刺錐離開移除魔法的房間那一刻，房間陷入沉寂。

接著，雖然房間裡不可能颳風，房裡還是颳起一陣陰風。

四散的黑羽毛與巫妖王碎片開始躁動。

因為只要有光明，就會有黑暗。

有了夜晚，才能有白晝。

希望不是死而復生了嗎？這是因為她是魔法大師，魔法大師都有好幾條命。

但是，房間裡不只有一位魔法大師。

如果希望能復活……

那巫妖王自然也能重返現世。

好幾百萬片碎片很慢、很慢、很慢地飄起來，發出甜美又詭異的嗡嗡聲。

每一片碎片都以驚人的速度飛來飛去，它們像蜂群一樣不斷重組，彷彿記得自己在身體上的位置，和希望復活時一模一樣……

房間迴蕩著奇妙的歌聲，甜美動聽卻又陰險妖邪。

這隻巫妖有幾條命……？

要殺幾次他才會死……？

這隻巫妖還剩幾條命……？

賭上一切……

賭上一切……

賭上一切……

就算是魔法大師也不曉得自己總共有幾條命，所以賭上性命的風險很高，畢竟你不知道這是不是最後一條命。

但顯然，巫妖王還有至少一條命。

羽毛與碎片向上、向上、向上飄，在空中逐漸組成巫妖王黑暗、危險的軀體。

其中一隻翅膀斷了，無力地垂在身邊，但他確確實實活著。

「役戰場一掉輸須必你，爭戰場整下贏了為候時有……」巫妖王用嘶啞的聲音說。意思是：

「有時候為了贏下整場戰爭，你必須輸掉一場戰役……」

巫妖發出難以解讀的尖叫聲，再次隱身，和煙霧一樣融入周遭的空氣。

他飛過壞掉的門道。

他很虛弱，太虛弱了。經過剛才那一戰，經過之前被困在石頭裡好幾百年，還被專殺巫妖的劍刺傷，他必須逃得遠遠的，好好休養身體之後再度進攻。於是，巫妖王像隱形的蝙蝠般飛在所有人頭上，跟著札爾與魔法生物穿過地下通道，當札爾他們從希剋銳絲的祕密出口逃出去時，隱形的巫妖也跟著溜了出去。

巫妖王飛向遼闊的世界，進入樹林時，他的身影逐漸消失。

第二十五章　母女

刺錐和希望在希望的屋子門口道別（希望獨自住在鐵堡中間的屋子裡，因為公主尊貴到可以自己住獨立的房子。這有點孤單，卻也凸顯她們不凡的地位）。

刺錐意外地有點憂鬱，現在冒險結束了，他不再是英雄，只是個很普通的助理保鑣。過去這不可思議的一天，這奇妙的二十四小時，他和公主一起冒險、並肩作戰，彷彿他和公主沒有階級之分，彷彿他是個獨當一面的戰士。

「公主，」刺錐對希望說。他努力用輕鬆歡快的語調說話。「我們可以恢復正常生活了。妳把湯匙給我，我會帶他回廚房，讓他過一根湯匙該有的生活……妳之前不是答應要交出魔法物品，當個正常的戰士公主嗎……」

「是這樣沒錯。」希望若有所思。

「可是《法術全書》還在我這邊，不是嗎？說不定明天再把湯匙放回去也不遲……」

「好吧。」刺錐同意道。「妳保證明天會把湯匙放回去？」

「我保證。」希望說。

「希望，晚安。」刺錐說。「湯匙，晚安。」

「晚安。」希望說。她害羞地和刺錐握手。

「呃，公主。」刺錐說。他有一個困擾。「那個——我昨天和今天昏倒的事……妳覺得這會影響我身為保鑣的未來嗎？」

「你有其他想做的工作嗎？」希望圓融地問。

「嗯，其實我一直想當宮廷小丑，我很會說故事，而且——這不是重點！」刺錐說。「重點是，我全家都是保鑣，所以我非得當保鑣不可。妳現在知道我有時候會昏倒，妳覺得我有辦法當一個好保鑣嗎？」

「我相信你過一段時間就不會昏倒了。」希望說。「可能明天就好了……不過你想想看，你這兩天不是做得很棒嗎！你是大英雄，也是我很好很好的朋友。」

「我不是英雄，我只是妳的助理保鑣。」刺錐說。他鬆了一大口氣。「助理保鑣的工作就是幫助妳。」

但他沒有否認自己是公主的朋友。

說完，他們各自回家睡覺。

公主回到她舒服的鵝絨床鋪。

助理保鑣回到廚房餐桌下的稻草堆。

他們睡得很沉，今晚發生了太多事，兩人都疲憊不堪。

然而，情況當然不可能和以往一樣。

助理保鑣一旦踏上那樣精采的冒險旅程，就永遠無法變回原本的自己了。

他和魔法湯匙一樣被巫妖的魔法火焰微微灼傷，被小妖精的吐息燙傷。他曾在巫師堡壘內睜眼，聆聽渡鴉的言語，從巫師的視角看世界。

我之前也說過……

這就是冒險麻煩的地方，也是刺錐的父親如此反對兒子去冒險的原因。與此同時，希剋銳絲在黑暗中獨自度過漫長的夜晚，花了很多時間思索。誰知道呢？她或許還學到了一、兩個教訓。

畢竟，這就是地牢的功用。

當門口的衛兵終於醒轉、打開囚禁希剋銳絲女王的牢房時，她跑出牢房，直奔移除魔法的房間。她昨晚聽見那邊的騷亂，想像了各種可能發生的恐怖事件。

她看見裂開的石頭與插在石頭裡的劍，讀過擺在旁邊的字條。冷冰冰的女王變得更冰冷了。

希剋銳絲女王不是笨蛋。字條上寫著札爾的名字，但她看到那個字跡、那些錯字，馬上就想到希望。

她狂奔（這次連優雅行走的力氣都省下了）到升降臺，回到地面。她在山堡的街道上奔跑，不顧臣民訝異的眼光——美麗的金髮觸電似地亂成一團，她至少得花一個星期才梳得開頭上的鳥巢（至少她還有機會梳開糾結的頭髮——有時候小妖精會用極為複雜的魔法弄亂你的頭髮，你只剩下把頭髮全部剪掉一個選項）。

她直接跑去希望的屋子。

希剋銳絲女王不常造訪希望的屋子，因為女王的生活很忙碌，她不像普通人有時間探望孩子。

希剋銳絲衝進希望的房間，發現女兒在床上沉睡，發出鼾聲。女王寬心地嘆息一聲。

但我們也知道，寬慰很快就會變成憤怒。

她輕輕搖晃女兒的身體，叫醒希望。

希望睜開一隻睡意迷濛的眼睛，看見憤怒的冰山般的母親站在床邊，立刻像觸電一樣驚醒。

慘了。

「母親，早安。」希望小心翼翼地說。她吞了口口水。

「那個巫師小子不見了。」希剋銳絲女王憤怒又冰冷地說。她注意到希望臉上的刮傷，還有和自己一樣被小妖精弄得亂七八糟的頭髮。「他和其他魔法生物都逃走了。這是混亂！毫無秩序！無政府狀態！移除魔法的石頭壞掉了！

「而且我的劍也沒了！」希剋銳絲氣急敗壞地接著說。「偏偏在巫妖回到森林，我們最需要那把劍的時候，它卡在石頭裡！這全都糟透了。

「一定是有人偷了我的鑰匙……一定是有人幫助那個可惡的巫師小鬼逃走……一定是有人把劍送到他手裡……做了這些事的人是『叛徒』，這個人背叛了母親，背叛了家族，背叛了整個戰士部族……」

希望避開母親怒氣洶洶的視線，若有所思地望向遠方。

「我剛剛作了一場很奇怪的夢。」希望說。「我夢到移除魔法的石頭裡住著一隻巫妖，他說自己是巫妖王。」

希剋銳絲驚駭地盯著女兒。

她的怒火消失了，只留下不安與擔憂。

「石頭裡住著巫妖Ｔ？」女王驚呼。「妳在胡說什麼？不可能……根本不可能……」

但是……

假如巫妖沒有滅絕，那關於巫妖王的傳說也可能藏了幾分真實。在每一則古老的童話故事中，巫妖王都是所有巫妖的領袖，是操控巫妖的幕後黑手。

「在我的夢裡，巫妖王在石頭裡待了很久、很久，說不定在很久以前有人為了保護這個世界，把他關在石頭裡面。」希望說。

「跟石頭有關的小妖精故事，都說我們不該碰那顆石頭，可是，沒有人知道不能碰那顆石頭的『原因』。好幾百年來，巫妖王一定是用意志力控制人們，讓人接近石頭，他才能搶走他們的魔法、逃出那顆石頭。他一定也用他的意志影響了母親您，還有我，還有札爾，還有其他人。

「在我的夢裡，巫妖王從石頭裡逃出來了。」

「不……」希剋銳絲悄聲說。她炯炯有神的眼眸透出剛烈的光彩。

她在努力思考。

希望知道母親的態度沒那麼強硬了，於是她繼續若有所思、天真無辜地說話，還不忘作夢般望向遠方。

「我在夢裡還看到很奇怪的東西。」希望接著說。「在鐵堡地下的地牢裡，有一個擺滿人頭的房間。重點是，我認得那些人，他們是來我們宮廷為您說話的人，還有您不在的時候，幫您說好話的人……

「母親，我覺得戰士鐵堡的人民不會想知道地牢裡藏了這麼多人頭。」希望說。

「夢境這種東西非常奇妙。」希剋銳絲說。她非常、非常仔細盯著自己的女兒。

母女彷彿都戴上面具，面面相覷。

面具後的她們心想：妳知道的事情有多少？

她們第一次看起來這麼像：兩人的頭髮都捲成誇張的鳥巢，兩個人都小心不讓臉上出現任何表情，兩個人都謹慎地盯著對方。

「事情很複雜。」希剋銳絲女王終於打破沉寂。

「您說得對。」希望說。

她伸出一隻手，握住希剋銳絲女王冰冷的手。「當女王一定不容易。」希望說。

希剋銳絲女王也握住女兒的手。

「沒錯。」她說。

「石頭裡的巫妖後來怎麼了？他現在在哪裡？」她問希望。

「我們用劍殺了他。」希望說。「當然，這是在夢裡發生的事。」

她們第一次看起
來這麼像。

「嗯……」希剋銳絲女王說。「妳能活下來，真的很幸運。」

她輕觸女兒被刮傷的臉頰。

她低頭看著希望，有一瞬間面具消失無蹤，女王眼中沒有失望，只有警覺的敬重、懷疑與恐懼。

希剋銳絲女王再也不會小看女兒了。

她冷冰冰的臉融化了，露出燦爛的微笑，彷彿太陽從雲中探出頭，照在冰山上。

「希望，妳做得很好。」希剋銳絲女王說。「那想必是非常恐怖的一場夢——非常恐怖的噩夢——聽妳的說法，妳在夢裡用非常……符合戰士精神的方式，解決了問題。」

希望放下心裡的重擔，對母親粲然一笑。

母親對我笑了！

希剋銳絲女王的笑容又消失了，她恢復平時正經、鎮定的模樣。

她幫希望調整歪掉的眼罩。

「使用那顆石頭，也許是錯誤的選擇。」希剋銳絲女王承認。「就連女王有時候也會犯錯，所以在這個特殊情況下，我可以寬恕昨晚發生的一切。」

希剋銳絲的語氣變得比鑽石還剛硬。

「但在未來，妳必須聽從我的命令，不准接觸任何和魔法有關的東西——巫師、魔法生物，就算是最小最小的癢癢小妖精也不行。妳明白了嗎，希望？」

「是的，母親。」希望說。

「如果妳再見到那個可惡、狡詐的恩卡佐之子札爾，」女王接著說。「妳一定要立刻告訴我，知道嗎？」

「是的，母親。」希望說。

但是我知道，希望偷偷交叉了藏在被單下的手指。她不打算遵守母親的命令。

「希望，從現在開始，妳要努力成為一個正常的戰士公主。第一步，就是時時刻刻戴著眼罩，不能歪掉。別忘了，」希剋銳絲女王站起身時，嚴厲地說。「我們是戰士。」

她舉起一根手指。「無論是什麼時候，戰士都應該打扮得很體面。」她說。「每一根頭髮都整整齊齊，每一件武器都磨得又尖又銳，每根手指的指甲都洗得亮晶晶。別忘了這點。」

說完，她大步走出希望的前門。一群人聚在門口，噤若寒蟬地看著白色長裙又髒又破、頭髮亂七八糟的希剋銳絲穿過廣場，彷彿準備去自己的加冕典禮般莊重、嚴肅。侍衛紛紛捧著她的斗篷跑上前，希剋銳絲用華麗的手勢揮開他們，從頭到腳都散發女王的霸氣。

不知為何，有人開始緊張地鼓掌，其他戰士也莫名其妙地跟著拍手。女王怎麼了？是誰斗膽攻擊她？**我的綠色神靈啊，她的頭髮是怎麼變成那樣的？**

希剋銳絲走到自己的住處門口，轉身面對眾人。群眾瞬間靜下來。

他們屏氣凝神，準備聽女王說地牢裡究竟發生了什麼事。

「我以後，」希剋銳絲女王輕柔、沉靜地說。「不想聽**任何人**提起這件事。」

此後，再也沒有人對她提起這件事。

第二十六章　父子

這時候，巫師之王恩卡佐在巫師堡壘的大廳來回踱步。一批又一批搜救隊派出去又回來了，就是沒有人找到札爾，恩卡佐快要被恐懼搞瘋了。

前一天，巫師之王恩卡佐和他的巫師手下衝進札爾的房間，發現房間裡沒有半個人，只剩地上一個大洞。

恩卡佐跪在洞的邊緣，看見躺在底部的巫妖屍體，又想到自己的兒子不知所蹤……

「**我到底做了什麼？**」巫師之王自問。有那麼一瞬間，他想像小兒子被巫妖殺死——而後他才意識到令人震驚的事實，其實是兒子殺死了巫妖。想到這裡，他不由得大大鬆一口氣。

劫客從父親背後往洞裡看，臉色稍微白了一點。「父親，那是什麼？」

「那，」恩卡佐嚴肅地說。「是巫妖。」

喔天啊槲寄生還有葉黴還有殘忍大山怪的薑黃色絡腮鬍啊！

原來巫妖沒有滅絕！

證據就躺在札爾房間中央。

一群巫師擠進殘破不堪的房間，他們花好一段時間才接受這個事實。

「你們看！」嚷特得意地說。即使發生了很可怕的事，你知道自己一開始就說對了，還是會有種莫名的滿足感。「我早就說過了，那小子總有一天會捅出不得了的亂子！我說的果然沒錯！巫妖沒有滅絕，札爾破壞了數百年的和平，讓巫妖侵入巫師營地！」

找到巫妖的人是札爾，這點倒是不意外。

「札爾是怎麼殺死巫妖的？」巫師之王的語氣多了一絲不甘願的敬佩。「殺巫妖幾乎是不可能任務……」

「這個嘛，」劫客緩緩開口坦承。「參加法術人賽的時候他作弊，他帶了一把大鐵劍進場，說那是他從戰士手裡偷來的……」

「是魔法劍嗎？」巫師之王驚呼。

「看起來很古老。」劫客說。「他好像說過那是專門用來殺巫妖的劍……可是我們都知道札爾的個性……他整天都在說謊……」

「**你怎麼不早點告訴我？**」巫師之王怒斥。他轉身面對劫客，怒火形成的雷電在札爾破破爛爛的房間裡劈啪作響。

於是，二十四小時後的現在，巫師之王來回、來回踱步，祈禱有人能找到札爾。

劫客看到其他人這麼擔心札爾，就覺得心情很差。就連嚷特也一邊嘆氣一邊說：「其實他是個好孩子……太好動，也太調皮……可是他本性不壞……」

「這全都是札爾的錯。」劫客悶悶不樂地說。「是他害巫妖跑進營地，他失蹤是他自作自受。」

但巫師之王責怪的不是兒子，而是自己。

我把他關在房間裡之前，那孩子對我說了什麼？恩卡佐心想。

「你根本就不關心『我』……你只想要一個『有魔法』的兒子……」

恩卡佐想告訴兒子，事情不是這樣的。

但現在太遲了。

他的兒子不見了。

恩卡佐整晚沒睡，他化身成遊隼的形態沿著野林的樹冠低空飛行，飛了令人疲憊的無數英里，努力尋找兒子的蹤跡。可是札爾太擅長隱藏行蹤，即使遊隼睜大了犀利的紅眼，也無法在滿是樹木枝葉的黑暗中看見那孩子的足跡。

恩卡佐參考過星圖，他俯視星圖看了很久很久，以致熾熱的視線燒穿了圖紙。可是札爾藏在鐵堡裡，巫師之王再怎麼努力看星圖也找不到小兒子。

札爾彷彿從地球表面蒸發了。

巫師之王的各種想像開始朝駭人的方向發展。

人們對巫妖的瞭解有限。

莫非巫妖在臨死前殺了札爾，又用恩卡佐沒聽過的魔法讓札爾的屍體消失了？

恩卡佐把札爾關在房間裡，是為了給他一個教訓。

結果並不讓人意外，學到教訓的反而是巫師之王。

「如果」我當初沒罵那孩子，「如果」我沒有揚言要驅逐他，而是靜靜聽他說話，事情就不會變成這樣了！我「希望」他沒有死，「希望」他死前至少知道我愛他！巫師之王恩卡佐心想。

但即使是偉大的魔法大師，也無法讓時間倒流。

門口傳來叫喊聲。

正在踱步的巫師之王激動地轉身。

是他！是札爾！

札爾就站在門口，他從他的雪貓夜睟背上爬下來。他看上去有點愧疚，不太確定父親會有什麼反應，但還是和平時一樣厚顏無恥、一樣有自信、一樣驕傲自大。

也許比平時還要自大。

就算是法力高強的魔法大師，也有和普通父母一樣的心。

巫師之王恩卡佐用不斷顫抖的雙腿奔向小兒子，他激動又寬慰到不能自已，甚至一把抱起札爾。

「**札爾！你還活著！你回家了！**」巫師之王恩卡佐高呼。

「我回來了。」札爾說。父親這次的反應嚇了他一跳，他忍不住咧嘴燦笑。

札爾本來還怕父親驅逐他，就算是他想像中最好的情況，父親也會問他一些尷尬的問題──通常札爾冒險回來，迎接他的都是各種尷尬的問題。「呃……這裡有一隻死巫妖……對不起，父親……還有我的房間……而且我的《法術全書》又弄丟了……可是你看！」

就算是法力高強的魔
法大師，也有和普通
父母一樣的心。

札爾對他從鐵堡地牢救出來的巨人、巫師、矮人與小精靈打手勢，叫他們走上前。

聚集在巫師堡壘裡的人群齊齊倒抽一口氣。他們本以為再也見不到失蹤的親人、朋友與同事了，沒想到這些人能再次回歸野林。

大家歡呼著衝上前擁抱失蹤已久的親友。

「我想彌補過錯。」札爾自豪地說。「我之前想搶走巫妖的魔法，還偷了一把劍，結果巫妖跟著那把劍來我們的營地。我把劍放回希剋銳絲的地牢，找到了被她關在地牢的魔法同胞，就把他們救了出來。」

札爾表現得很瘋狂，卻也非常勇敢，就算他吸引一大群巫妖入侵巫師堡壘，大家也會原諒他（前提是，他要殺死所有入侵的巫妖）。

恩卡佐很少對小兒子感到滿意。

可是札爾難得做了這麼正當的事！

而且最重要、最「正當」的是：

他**活著**回家了。

巫師之王恩卡佐第一次握住兒子的手，把他看作和自己地位相當的人。

札爾覺得，他這輩子從沒這麼開心過。

他父親竟然這麼驕傲、這麼關愛、這麼尊敬地看著他。

全巫師營地的人都為他歡呼鼓掌。

巫師之王轉向人群。

「或許，我們巫師的世界應該接納沒有魔法的人！」他高喊。「你們看！這些勇敢的巫師、巨人和小妖精失去了魔法，卻又回到我們身邊，我們難道不該在社會上為他們創造一個安居樂業的空間嗎？」

所有人大叫：「應該！應該！」

「來為我的小兒子——札爾——歡呼三聲吧！」巫師之王又說。「是他勇闖希剋銳絲恐怖的地牢，冒著自己和朋友的生命危險救出我們的老朋友！」

「札爾！札爾！札爾！」巫師們紛紛歡呼。

「札爾怎麼**這麼討厭**……？」劫客氣鼓鼓地握著拳頭說。

「我的兒子回來了。他在旅程中學到了教訓，成了一個更優秀的少年。」巫師之王微笑著說。「他學到的教訓是，耐心等魔法降臨才是明智的選擇，我們不該偷走黑暗生物的黑魔法……」

他轉向小兒子。

「我也學到一個教訓。

「就算我的兒子沒有魔法，也比沒有兒子好太多太多……

「札爾，歡迎回來。」

巫師之王擁抱札爾。

接著他再次轉身面對歡聲雷動的群眾。

「我在此宣布，今天將是感恩與歡慶的一天……該給這個節日取什麼名字才好呢？」恩卡佐說。他若不是這麼偉大、這麼強大的魔法大師，那雙灰色眼眸想必會閃爍喜悅的光輝。「就叫作**札爾的魔法沒有降臨節**吧！來，我們舉國同樂！」

巫師從不缺開派對的藉口。

大廳裡的人們開始瘋狂歡慶，魔法小提琴演奏起音樂，閃亮的小妖精橫衝直撞，巫師、雪貓、巨人、矮人與大大小小的動物載歌載舞，還對著漆黑的冬季夜空號叫。

「主人，可以放我們自由了嗎？」亞列爾飛到巫師之王面前，希望趁恩卡佐心情好的時候說服他。「別忘了您答應我和卡利伯的事……您說過，當那孩子長大了，不需要我們了，就會放我們自由……和札爾那孩子待在一起，太考驗我們的勇氣了……」

「我沒忘記。」巫師之王沉聲說。他剛才的慷慨大方瞬間消失了。「好好看清事實吧，札爾還需要你們。在我兒子長大變成一個睿智、細心的大人之前，我不會放你和卡利伯自由。」

「我們可能永遠等不到這一天。」卡利伯說。

「那你們就永遠別想自由。」巫師之王嚴肅地說。

「對了，卡利伯。」

「呃，嗯……陛下有什麼吩咐？」內疚的渡鴉嚇了一跳。

「你找時間把過去二十四小時發生的事完整說給我聽。現在是歡慶的時間，但晚點你必須把真相一五一十地報告給我，卡利伯……」

說完，巫師之王在斗篷令人心驚肉跳的隱隱雷聲中大步離開，和其他人歡慶去了。

「還是別把真相『完整』說給他

在我兒子長大變成一個睿智、細心的大人之前，我不會放你們自由。

聽比較好。」札爾笑嘻嘻地說。

「對……」卡利伯說。「我可能得省略一些部分，例如那把劍混了鐵和魔法、吱吱啾中毒的事、石頭裡的巫妖，還有希望是命運之子這些事——現在想想，我能說的部分好像不多。」

「那你千萬別把『這件事』告訴他。」札爾攤開手掌，眼底閃過狡猾的光。他手心還留著非常淡、非常淺的綠色巫妖印記。

卡利伯驚恐地嘎嘎叫。「巫妖印記！怎麼會這樣？你不是把它處理掉了嗎！」

「我也以為它不見了。」札爾笑著握起這隻手。「可能是我太快離開石頭了吧。還有更棒的消息喔，你要不要聽？」

札爾再也藏不住興奮與雀躍的心情。「我覺得它開始生效了！」

「可是……可是……可是……札爾！」可憐的卡利伯結結巴巴地說。「那是壞魔法！是巫妖的黑魔法！我們不是為了這件事到處奔波嗎？我還以為你父親說對了，我還以為你真的學到教訓，變成好孩子了！

「你忘了這次冒險學到的教訓嗎？」

但札爾已經跑走了，他忙著和其他魔法生物一起慶祝「札爾的魔法沒有降臨節」。

小妖精們興沖沖地加入慶典，飛來飛去地和平時一樣到處惹麻煩，例如：

風暴提芬樂不可支地對別人的食物施法術，別人拿起一塊好吃的蘋果派，放到嘴裡卻變成噁心的大蛞蝓。

吱吱啾施放臭氣法術，但這隻冒失的小妖精用錯了法術，大廳沒有充斥雞蛋壞掉的臭味，反而飄著檸檬的甜香。

札爾無憂無慮地在漂亮的女孩面前吹噓耍帥……

只有可憐的卡利伯憂心忡忡地坐在樹枝上，試圖安慰自己。

「說不定巫妖王死掉以後，」渡鴉自言自語。「所有巫妖再度沉睡。他們就算在我們還在世的時候甦醒，也不見得會找到那個女孩，她不會蠢到再次離開戰士鐵堡……說不定她是百年難得一見的人類，可以從錯誤中學習……

「……說不定。」

這隻愛操心的渡鴉剛說服自己放輕鬆，又馬上開始擔心別的事了。

「札爾許下得到魔法的願望，現在他得到他想要的魔法了，可是那是壞魔法……如果他父親發現這件事，札爾就完蛋了……」卡利伯憂心地說。

「現在他回來了，大家都很開心，可是過不久大家又會想起札爾以前犯過的錯……人的名聲一旦臭掉，他以後要改正自己的形象，就太難太難了……」

老渡鴉歪著頭，考慮別的可能性。

「說不定札爾會在他父親發現以前，先學會控制巫妖魔法。札爾擁有一顆善良的心，他在這次冒險中表現出了善良的本性。說不定札爾的善心能控制邪惡的巫妖血……

「……說不定……

「**說不定**。」

「卡利伯！」站在下方的札爾喊道。「別坐在上面擔心這擔心那了，快下來玩啊！」

札爾左顧右盼，確認沒有人在看他。

然後，他用刻了巫妖印記的手對準樹枝。

札爾過去應該試了幾千次，沒有一次成功用出魔法。

但這次不一樣。

這次，他整條右手臂出現又刺又麻的奇妙感覺，彷彿他從來沒用過的一條肌肉舒展開來了。

札爾驚喜地發現，他能感覺到魔法從指尖射出去。

砰！

卡利伯所在的樹枝應聲爆炸，老渡鴉不悅地尖叫一聲，像團羽毛般掉了下來。他在札爾笑嘻嘻的臉前拍翅膀抗議。

「**成功了！**」札爾高呼。他欣喜若狂地看著自己的手。「**這一切都值了！我會用魔法了！**」

卡利伯深深、深深嘆一口氣。

不知怎的，這次冒險的教訓完全錯了。

札爾可能還要花好一段時間才會學乖。

可是現在……

「老傢伙，明天再擔心吧！」札爾笑著說。「我們今晚就該『跳舞』！」

巫師男孩拉著老渡鴉的翅膀轉了一圈又一圈，老渡鴉彷彿回到自己還是雛鳥的歡樂時光，和巫師男孩在午夜清冷的星光下跳舞。

尾聲

這是札爾和希望的故事。他們很久很久以前在一座午夜的森林裡相遇，兩人的星辰交會。

在那個久遠的時代，不列顛群島還不知道它們是不列顛群島，魔法出沒在島上幽暗的森林裡。

我和卡利伯一樣，到現在還在尋找這個故事的寓意。

你要專心傾聽故事，因為每一則故事都有它的意義。

我煩惱的是……這些故事的意義究竟是什麼？

這是札爾獲得魔法的故事，是希望發現自己不平凡的故事，也是巫妖王從石頭中脫困的故事。
所有人的願望都成真了，但結果和他們預期的不太一樣。
因為——這句話我可能說過一、兩次或兩、三次了——我們不能亂許願。
願望有可能會實現。
我在故事一開始說過，這則故事的旁白是其中一個角色。
你猜到這個人是誰了嗎？
你是不是覺得，我有可能是故事裡的任何人？
我可能是札爾，或是希望，或是夢想成為英雄的助理保鑣刺錐，或是希剋銳絲，或是恩卡佐，或是其中一隻小妖精，也有可能是那隻活過好幾輩子的老渡鴉卡利伯。
我有可能是故事裡的任何一個角色，可能是好人，可能是壞人，也可能又好又壞。
我還不打算說出我的真實身分。

你只能繼續看，繼續猜了。

因為我們還沒到達故事的終點——還差得遠呢。

巫妖王像出了神燈的精靈一樣，逃脫石頭的束縛了。

他會再回來找希望的，因為她擁有操控鐵的魔法。

而札爾有了壞魔法，不知道未來會發生什麼事。

《法術全書》躺在希望的枕頭下沉眠，但它隨時可能會醒來。我們只能希望卡利伯說得對，這本書能幫助她對抗那些擁有邪惡心腸與強大魔力的人，不讓那些人占有她的魔法……

因為，只要出現一隻巫妖，就會出現更多巫妖……

祈禱吧。

猜猜看吧。

作個夢吧……

文末署名：不知名的旁白

從前從前，世上存在魔法……

從前從前，世上存在魔法
它十分自在，它十分自由
它在空中與海底優遊
在那逝去已久的遙遠時光
胡言亂語仍帶有力量
門可以飛翔，鳥可以說話
巫妖邪惡燦笑，巨人四處走踏
我們有魔杖和魔法翅膀
為不可思議的東西敞開心房

難以想像的事件！難以置信的概念！
巫師與戰士竟能打成一片

在這個充滿奇蹟與不可能的天地
我不知道我們為何忘了法術
看著森林消失，我們迷失了道路。
但現在我們老了，是時候撒手逝去。

我又一次看見那隱藏的道路
它會帶我們回家，帶我們踏上歸去的路途……
所以拿起你的魔杖，張開你的翅膀
我會唱出我們對不可能的嚮往
當你握住我消失的手

我們將回到存在魔法的宇宙
回到我們心愛的世界……
好幾輩子以前……
我們還是巫師的
從前從前。

作者銘謝

有一整個團隊的人陪在我身邊，幫助我寫這本書。

我要感謝我優秀的編輯——安・麥尼爾——和我傑出的出版經紀人——卡洛琳・華爾斯。

我特別感謝珍妮芙・史蒂芬森、波麗・萊奧・格蘭特和瑞貝卡・羅根。

也感謝阿歇特兒童圖書出版公司的其他人，包括希拉蕊・穆瑞・希爾、安德魯・夏普、瓦倫提娜・法茲歐、露西・屋普頓、路易絲・葛瑞福、凱莉・李韋林、凱瑟琳・福克斯、亞莉森・帕德利、娜歐蜜・格林屋與瑞貝卡・利文斯通。

感謝利特爾布朗公司的所有人：梅根・廷利、賈姬・恩格爾、麗莎・優斯寇維茲、克莉絲汀娜・皮西歐塔與潔西卡・休菲爾。

當然，還有最重要的梅西、克萊米還有札尼。

也感謝賽門為所有事情提供最棒的意見。

多虧了你們，我才能寫出這本書。

奇炫館

昔日巫師

（原名：The Wizards of Once）

著　　者／克瑞希達・科威爾（Cressida Cowell）
封面內頁插畫／克瑞希達・科威爾（Cressida Cowell）
發 行 人／黃鎮隆
副總經理／陳君平
副　　理／洪琇菁
執行編輯／許晶翎

譯　　者／朱崇旻
美術編輯／李政儀
企劃宣傳／邱小祐、劉宜蓉、洪國瑋
國際版權／黃令歡
文字校對／施亞蒨
內文排版／謝青秀

出　　版／城邦文化事業股份有限公司 尖端出版
台北市中山區民生東路二段一四一號十樓
電話：（〇二）二五〇〇－七六〇〇
傳真：（〇二）二五〇〇－二六八三
E-mail：7novels@mail2.spp.com.tw
發　　行／英屬蓋曼群島商家庭傳媒股份有限公司城邦分公司 尖端出版
台北市中山區民生東路二段一四一號十樓
電話：（〇二）二五〇〇－七六〇〇（代表號）
傳真：（〇二）二五〇〇－一九七九
中彰投以北經銷／楨彥有限公司（含宜花東）
電話：（〇二）八九一九－三三六九
傳真：（〇二）八九一四－五五二四
雲嘉經銷／威信圖書有限公司 嘉義公司
電話：（〇五）二三三－三八五二
傳真：（〇五）二三三－三八六三
客服專線：〇八〇〇－〇二八－〇二八
南部經銷／威信圖書有限公司 高雄公司
電話：（〇七）三七三－〇〇七九
傳真：（〇七）三七三－〇〇八七
香港經銷／城邦（香港）出版集團有限公司
香港灣仔駱克道一九三號東超商業中心1樓
電話：（八五二）二五〇八－六二三一
傳真：（八五二）二五七八－九三三七
E-mail：hkcite@biznetvigator.com
新馬經銷／城邦（馬新）出版集團Cite（M）Sdn. Bhd.
E-mail：cite@cite.com.my
法律顧問／王子文律師 元禾法律事務所
台北市羅斯福路三段三十七號十五樓
二〇二〇年八月初版一刷

郵購注意事項：
1. 填妥劃撥單資料：帳號：50003021戶名：英屬蓋曼群島商家庭傳媒(股)公司城邦分公司。2. 通信欄內註明訂購書名與冊數。3. 劃撥金額低於500元，請加附掛號郵資50元。如劃撥日起 10～14日，仍未收到書時，請洽劃撥組。劃撥專線TEL：(03) 312-4212 ・ FAX：(03) 322-4621。E-mail：marketing@spp.com.tw

國家圖書館出版品預行編目資料

昔日巫師 / 克瑞希達．科威爾（Cressida Cowell）作；朱崇旻譯. -- 1版. -- [臺北市]：尖端出版, 2020. 08
冊；　公分
譯自：The Wizards of Once
ISBN 978-957-10-9058-0（昔日巫師系列；一）

873.596　　　　109008737